MAESTRO !

W0415658

DU MÊME AUTEUR

Les Nonnes, Gallimard, 1970.
Eux ou la Prise du pouvoir, Gallimard, 1971.
Holocaustum ou le Borgne, Gallimard, 1972.
L'Autre Don Juan, Gallimard, 1974.
Madras, la nuit où..., Gallimard, 1975.
Lady Strass, pièce en trois volets, Avant-Scène, 1977.
La Mauresque, Gallimard, 1982.
Zone interdite, Gallimard, 1984.
Un balcon sur les Andes; Mendoza en Argentine; Ma' Déa, Gallimard, 1985.
Histoire de Maheu le boucher, Papiers, 1986.
L'Île du lézard vert, Flammarion, 1992.
Habanera, Flammarion, 1994.
Monsieur Lovestar et son voisin de palier, Actes-Sud, 1996.
Rhapsodie cubaine, roman, prix Interallié, Grasset, 1996.
Viva Verdi, Actes-Sud, 1998.
D'amour et d'exil, Grasset, 1999.
La Sagesse du singe, Grasset, 2001.

Eduardo Manet

MAESTRO !

roman

ROBERT LAFFONT

© Éditions Robert Laffont, S.A., Paris, 2002
ISBN 2-221-09202-3

I

André-Marie de Hautecour La Ferrière, vicomte de Brinvilliers

Comment savoir si un artiste est touché par la grâce ou s'il n'est qu'un technicien de talent, Monsieur ? Je ne puis faire valoir ici que mon humble expérience de ce phénomène passionnant et mystérieux qu'est l'éclosion du génie.

Je suis le premier à m'en émerveiller : mon souvenir du moment précis où j'ai entendu pour la première fois Claudio José Domingo Brindis de Salas jouer du violon est resté intact, signe manifeste de la puissante impression que j'ai ressentie alors. Je n'avais que dix-huit ans et j'entamais ma deuxième année au Conservatoire de Paris sous la férule de Charles Dancla. Brindis, lui, n'était qu'en première année et travaillait sous la surveillance ô combien stricte de Camilo Ernesto Sivori. Cet illustre professeur – vous êtes trop jeune pour le savoir – avait été l'élève du grand Paganini. Souhaitez-vous toucher du doigt la force du mythe, Monsieur ? Voyez Camilo Ernesto Sivori. Qui se souvient aujourd'hui de l'excellent interprète qu'il fut ? Le nom de Paganini, par contre, reste aussi célèbre que son stradivarius, ce violon magique qu'il maîtrisait comme personne ne l'avait fait avant lui. La voilà la vérité du génie, Monsieur. Sivori n'était qu'un homme de talent. Paganini, lui, était béni des dieux. Et les dieux, on le sait, sont la chair même des mythes.

Mais à peine ai-je commencé mon récit que je m'égare déjà, avant même de vous avoir parlé de ma première rencontre avec Brindis de Salas. Car si j'ai toujours été fasciné par le génie, je n'ai assisté à son éclosion qu'une seule fois. Cela arrive rarement, je le sais, mais parfois une représentation suffit à faire reconnaître par le public ce que dans notre jargon nous appelons un *monstre sacré.* La scène se passe en général dans un grand théâtre de la capitale. On s'arrache les places, on se bouscule, car il s'agit d'un de ces événements à la fois culturels et mondains dont Paris a le secret. Un jeune artiste fait ses débuts. Des rumeurs courent. D'aucuns affirment : « Il est divin ! » D'autres lèvent le nez, dubitatifs. Qui a raison ? Qui a tort ? La question sera tranchée le soir même, pour le meilleur ou pour le pire. L'avenir de cet inconnu est suspendu à cette unique représentation : conquérir ou décevoir, il n'a pas d'autre choix. Et le jugement sera sans appel. Paris est ainsi. C'est ce qui gâte, parfois, le prétendu « bon goût » parisien. Nous nous prenons pour le centre du monde. Nous en perdons la tête. Nous sommes injustes et, souvent, frivoles.

Revenons, si vous le voulez bien, à mon exemple. Cela a son importance pour la suite de mon histoire. Imaginons une salle prestigieuse, noire de monde. Le moindre fauteuil, le moindre strapontin est occupé. Tout a été pris d'assaut, parterre, loges, balcons, même le paradis, là où bat le vrai cœur du public, là où vont ces amateurs passionnés dont le jugement est souvent plus redoutable que celui du beau monde. Ce public aime ou déteste. Et il manifeste sa tranchante opinion de manière frénétique, en tapant sur le sol, en sifflant, en hurlant.

L'artiste entre en scène, joue, offre son corps et son âme. S'il s'agit d'un soliste, s'il déçoit... pauvre de lui ! Car le public ne se prive jamais de manifester son irritation. Toux par ici ; raclement de gorge par là... Chuchotements ou rires à peine contrôlés. Les connaisseurs savent très vite comment cela va se terminer. Quelques spectateurs applaudiront, peut-être par politesse. D'autres manifesteront leur mécontentement en quittant la salle. Le paradis ira encore plus loin : des cris injurieux se feront entendre. Une mise à mort, Monsieur. Hélas, ce n'est pas un taureau qui tombe foudroyé sur l'arène : c'est un rêve de gloire qui se pulvérise.

Par contre, si l'artiste plaît, s'il séduit ou, ce qui est bien plus rare, s'il hypnotise la salle avec son art... Ah, Monsieur ! Quelle explosion de joie ! Quel délire ! L'ovation se prolongera. Le public refusera de partir, car il saura qu'il vient de vivre des moments exceptionnels. Ce triomphe, cette première rencontre avec le succès, l'artiste ne l'oubliera jamais, en bien ou en mal. Il aura été, le temps d'un soupir, touché par la grâce.

Ne m'en veuillez pas si j'emploie des termes qui correspondraient mieux à l'expression des sentiments religieux. C'est que, voyez-vous, au cours de ma jeunesse l'art a pris dans mon cœur la place de la foi, Monsieur...

Au commencement, il n'y avait qu'un nom, ce nom, musical, exotique, véritable sérénade à l'ombre d'un jardin andalou : Claudio José Domingo Brindis de Salas y Garrido. Qui était-il, ce jeune homme ? D'où venait-il ? Je n'en avais pas la moindre idée. Un citoyen espagnol, sans doute, à en juger par l'étendue de ses noms et prénoms. Au Conservatoire, élèves et professeurs parlaient de lui avec admiration sans donner plus de précisions sur ses origines. C'était déjà un premier signe : le jeune homme s'entourait-il d'un voile mystérieux pour mieux fasciner les autres ? Je n'en savais rien. Mais j'avais remarqué que c'était toujours *on* qui parlait de Brindis :

« *On* dit qu'il a un talent énorme. »

« *On* pense qu'il sera un grand soliste. »

« *On* affirme qu'il décrochera tous les prix à son examen. »

« *On* dit qu'il vit en reclus. »

Ah, Brindis ! Personne ne l'avait jamais vu ni entendu. *On* savait seulement que maître Sivori l'avait pris comme élève. C'était suffisant pour qu'on s'intéresse à lui : Œil-de-lynx – c'est ainsi que nous surnommions Sivori – n'acceptait pas n'importe qui.

Tous ces on-dit avaient excité ma curiosité : j'étais prêt à faire n'importe quoi pour assister à une de ces leçons qui s'annonçaient exceptionnelles, dussé-je recourir à la dissimulation. Car Camilo Ernesto Sivori, professeur exigeant et sévère, interdisait la moindre présence lors de ses cours particuliers. Et je ne tenais pas à m'attirer les foudres de l'Italien – dont les colères étaient légendaires – ni à gêner le mystérieux élève étranger qui travaillait avec lui.

J'étais en deuxième année et je connaissais le bâtiment comme ma poche ; je savais quel escalier emprunter pour parvenir à mon but ; quelles portes ouvrir ; quels rideaux écarter pour suivre les échanges entre maître et élève. J'ai ainsi trouvé la place idéale pour recevoir, en toute tranquillité, le son du violon.

Le son du violon...

J'apprenais cet instrument depuis mon enfance avec, me disais-je, un certain bonheur, puisque j'avais réussi à entrer au Conservatoire et, depuis deux ans, j'y avais reçu l'enseignement d'Hubert Léonard et de Charles Dancla, deux excellents professeurs. Je connaissais par cœur le morceau de musique que l'élève Brindis de Salas était en train d'exécuter. J'avais aussi travaillé les autres pages que Brindis jouait : la *Cavatine* de Raff, la *Polonaise* de Wieniawski, *Grosser Mütterchen,* composition de Gustav Langer...

Je connaissais ? J'interprétais ? Quelle prétention ! J'écoutais Brindis de Salas jouer du violon et je n'en croyais pas mes oreilles. Cet inconnu était, d'un an, mon cadet. Il venait de faire son entrée au Conservatoire : comment pouvait-il montrer une telle aisance, une technique si parfaite de cet instrument diabolique ? Je faisais sûrement erreur : c'était Sivori et non Brindis qui tenait l'archet. Le maître, voulant corriger l'élève, avait dû reprendre l'instrument.

J'ai écarté le rideau et risqué un pas...

Je suis resté cloué sur place. C'était bien l'élève qui jouait. Il attaquait là, sous mes yeux, un *pizzicato* hallucinant. L'archet virevoltait comme animé d'une vie indépendante ; les doigts, les si longs doigts de l'artiste effleuraient à peine les cordes...

Et le son...

Je ne reconnaissais plus cette musique que j'avais pratiquée durant des mois et des mois sans jamais la maîtriser, je m'en rendais compte à présent. Je recevais, à mon tour, une leçon : cet étranger me dépassait en talent, en savoir-faire. Ma leçon d'humilité.

Sans doute le savais-je déjà, mais j'ai compris, à cet instant précis, qu'en dépit de tous mes efforts je ne serais jamais rien de plus qu'un bon professionnel.

Claudio José Domingo Brindis de Salas y Garrido était, lui, un être touché par la grâce. Une bonne fée avait dû se pencher sur son berceau pour lui faire don de talents si particuliers.

« Tu seras magicien, avait-elle dû lui murmurer au creux de l'oreille. Tu seras, mon enfant, un artiste de génie. »

Entre les mains de Brindis de Salas, le violon devenait un objet sacré, un instrument béni par Dieu lui-même.

J'ai su aussitôt que deux choix s'ouvraient à moi : devenir son ennemi mortel, ou son plus fervent admirateur, son ami dévoué.

Brindis était né en 1852. Il n'avait donc que dix-neuf ans lorsque nous avons fait connaissance. J'étais, je l'ai dit, son aîné d'un an et demi et parisien de naissance. Je connaissais parfaitement, sans vouloir me vanter, les grandeurs et misères de ma ville natale.

Brindis, lui, débarquait d'une île lointaine : il était donc de mon devoir de lui venir en aide, s'il en avait besoin.

Quand Brindis parlait de son pays, il fallait voir les têtes de nos condisciples.

« Cuba ? Ça se trouve où ? Du côté de Buenos Aires ? En Afrique ?

– Cuba n'est pas loin d'Haïti, de la Martinique. C'est la plus grande des îles de la Caraïbe, vous savez. »

La patience de Brindis était inépuisable. Et sa voix ! Un violoncelle qu'il maniait à la perfection. Au début, il parlait mal le français et, pourtant, j'imaginais ce que pourrait donner notre langue avec ses modulations de timbre. Pour mieux l'inciter à perfectionner son accent, je lui faisais réciter du Hugo, du Chateaubriand, du Musset. Claudio José trouvait le temps de travailler ces textes à voix haute et il y mettait autant d'énergie que pour un morceau de musique difficile. Le jour où je me suis levé de mon siège pour crier « Bravo ! bravissimo ! », il a ri comme un enfant. Or j'applaudissais son exploit de tout mon cœur. Il venait de déclamer pour moi – encore une fois spectateur unique et privilégié – le monologue de « la folie d'Oreste » de Racine : « Que vois-je ? Est-ce Hermione ? Et que viens-je d'entendre ? Pour qui coule le sang que je viens de répandre ? »

Y avait-il un seul don que Brindis ne possédât pas ? S'il l'avait voulu, il aurait pu être un grand acteur. Et sa curiosité était insatiable. Je n'ai eu aucun mal à l'initier, peu à peu, aux secrets et aux charmes de la vie parisienne. J'ai mis à sa disposition mon gantier, mon tailleur, mon chapelier et, surtout, mon bottier, un Italien qui chaussait les pieds les plus délicats et les plus nobles de la capitale.

Qui payait la note ? Vous me faites rire, Monsieur ! Oui, la question est indiscrète, pardi ! Cela dit, elle ne me dérange pas. À quoi sert l'amitié si elle ne met pas à la disposition d'un ami, sans la moindre réserve, la bourse et la vie ? La discrétion de Brindis sur ses finances était totale. Mais il me suffisait d'observer ses habitudes spartiates, la modestie de ses habits pour savoir qu'il ne disposait que de très peu d'argent pour vivre dans une ville aussi exigeante que Paris. J'ai fini par trouver un subterfuge pour que le fier Claudio José accepte l'aide que je lui proposais.

« Disons que je suis un peu ton impresario, Claudio José. Bientôt, je le sais, tu ensorcelleras le monde avec ton violon. Les contrats pleuvront. Tu pourras, à ce moment-là, me rendre ces cadeaux fraternels car, pour moi, ce ne sont que cela : des cadeaux. »

J'avais ordonné à mes fournisseurs de ne jamais lui communiquer les *vrais* prix.

« Mais comment faire, Monsieur, si votre ami insiste pour connaître le montant de la facture ?

– Inventez un mensonge !

– Très bien. Nous dirons que c'est normal et que nous consentons des rabais, en hommage aux jeunes talents. Cela vous convient-il, monsieur le Vicomte ?

– Parfait. »

La présence de Brindis, sa voix d'airain et les flammes que lançaient ses yeux quand la colère le saisissait impressionnaient tant les boutiquiers qu'ils finissaient par tout avouer.

Un jour, par hasard, j'ai trouvé un carnet dans lequel mon ami consignait la moindre dépense que je faisais pour lui.

« Tu m'offenses, Claudio José, en couchant sur le papier le prix de ces cadeaux offerts au nom de l'amitié. Je ne puis admettre que tu estimes avoir une dette à mon égard ! Si j'avais un frère – et je te considère, à présent, comme un frère – j'agirais de la même manière !

– Mon enfance a été très dure, André-Marie, plus dure que tu ne peux l'imaginer. Si je note ces prix, ce n'est pas du tout dans l'idée de te rendre un jour cet argent ni encore moins pour t'offenser. Tu sais ce que je réponds quand on m'interroge sur mes origines : je suis né le jour où je suis arrivé à Paris. J'ai appris une nouvelle langue, le français, et le prix des vêtements, d'un repas dans un restaurant de luxe, ce sont aussi des choses que je dois apprendre. Et si un jour, comme je l'espère, mon art me permet de devenir riche, tout ce que je gagnerai sera à ta disposition, monsieur l'Impresario. »

Chacun de nous essayait de sauver la face. Brindis continua de noter les dépenses que je faisais « en son nom » et je prenais de plus en plus au sérieux mon rôle d'impresario. C'est ainsi que j'ai été amené à organiser la première prestation publique du jeune prodige. Il venait de finir le Conservatoire une année après moi et tous les professeurs, de Sivori à Léonard, étaient unanimes : « Claudio José Domingo Brindis de Salas n'a plus de leçons à recevoir de personne. » Un premier prix confirma cette opinion. Et tout premier prix devait se présenter devant le très exigeant public parisien. Telle était la tradition.

Je vous le dis, Monsieur : Claudio José n'avait aucune idée de ce que signifiait pour lui cette soirée. Il se concentrait, nuit et jour, sur la seule question qui l'intéressait : bien jouer, ne pas décevoir ses professeurs, ses camarades. Et moi, bien sûr. Il m'avait promis, la main sur le cœur : « Je jouerai pour toi, André-Marie. »

Je me suis lancé, corps et âme, dans cette aventure d'un soir. C'était infernal. Je devais m'occuper de la tenue de mon ami de la tête aux pieds ; faire imprimer et envoyer des invitations ; m'assurer que les critiques importants seraient dans la salle ; choisir les personnes qui viendraient me soutenir dans cette expérience unique. Car, à mesure que la date fatidique approchait, j'étais de plus en plus inquiet. Et si un imprévu venait tout compromettre ? Et si le rideau ne se levait pas ? Et si une corde du violon cassait ? Il suffisait parfois d'un minuscule détail pour réduire à néant des semaines d'efforts. Et si le public ne se montrait pas sensible à la présence et à l'art de Brindis ? Et si le jeune artiste lui-même perdait ses moyens devant une assemblée qu'il savait prestigieuse et compétente ? Et si... ?

Mon angoisse augmentait à mesure que l'heure de la représentation approchait. Par admiration, par amitié, je faisais courir à Brindis un risque d'une extrême gravité : tout miser sur une seule carte, quelle idée insensée ! Si son nom était traîné dans la boue, je ne me le pardonnerais jamais. Et pendant que je me faisais un sang d'encre et mourais de mille morts dans mon imagination, le Cubain, lui, gardait son calme et semblait ignorer le trac. Cette sérénité royale, cette distance glaciale que Brindis interposait entre lui et le monde finissait par me rendre fou. Une idée commençait à faire son chemin dans mon cerveau : en fait, mon ami méprisait le public. Il se moquait de ce qui se passerait durant le récital. Les commentaires de ses professeurs lui étaient montés à la tête, et à présent il se prenait pour la réincarnation de Niccolò Paganini. Il allait nous faire un des caprices préférés du *maestro* : selon une légende que nous connaissions tous, quand le « violoniste préféré du Diable » n'aimait pas son public, il proclamait : « La salle est mauvaise. Je ne sens pas les bonnes *vibrations.* » Et les organisateurs désespérés savaient alors qu'il se contenterait d'exécuter les morceaux, de jouer sans génie, de n'utiliser que son savoir-faire technique. Bien sûr, pour Paganini c'était suffisant. Son prestige lui assurait une ovation même s'il limitait à « reproduire des sons d'une manière mécanique ». Mais Brindis de Salas ? Le public qui s'était déplacé pour l'écouter ne supporterait pas, sans se venger, un concert médiocre d'un artiste inconnu.

Tel était mon état d'esprit, les turbulences qui m'étreignaient le cœur juste avant le récital. J'avais réservé, pour moi et mes amis, une douzaine de rangs sur l'allée centrale de la corbeille. La corbeille ! Quel nom délicieux ! J'avais filé la métaphore jusqu'au bout. Corbeille, dites-vous ? Allons-y ! Remplissons-la des plus belles fleurs du jour ! Le groupe qui m'accompagnait occupa les fauteuils selon une disposition précise : je trônais au centre du premier rang. Autour de moi, à ma droite, à ma gauche, au deuxième rang, il n'y avait que des jeunes filles et des femmes d'une grande beauté. Un esprit pervers m'avait poussé à mêler le vice à l'innocence : mes naïves cousines se trouvaient assises à côté de grisettes déniaisées depuis belle lurette ; deux actrices célèbres côtoyaient sans s'offusquer des hétaïres réputées pour leur savoir-faire. Toutes n'avaient qu'un seul souci : briller par leur beauté.

Quel spectacle, Monsieur ! Ces dames étaient parfaites ! Mes cousines traitaient les grisettes comme s'il s'était agi de princesses, et les grisettes rougissaient en murmurant avec ferveur des « Ma chère comtesse... »

Aux rangs supérieurs de la corbeille, j'avais placé quelques représentants de la plus vieille et authentique noblesse de France : de jeunes dévoyés plus habitués aux cercles de jeu qu'aux salles de concerts. Ils étaient fiers d'être, comme je leur avais demandé, les gardes du corps de mes invitées.

Pourquoi cette mascarade ? Pour disposer, en cas de malheur, d'une porte de sortie. Si les choses tournaient mal, si la prestation de Claudio José était reçue avec froideur ou hostilité, ma petite troupe de choc avait pour consigne d'applaudir à tout rompre et de crier « bravo ! » à tue-tête pour neutraliser l'ennemi. Et si Claudio José triomphait, le groupe se ferait le porte-voix de sa réussite : tout Paris saurait, le soir même, qu'un nouvel astre brillait au firmament de la capitale.

Je me souviens... Oh, oui, je me souviens de chaque instant de cette soirée-là et je m'en souviendrai sans doute encore au jour de ma mort. « Ne te presse pas, lui avais-je conseillé. Quand le rideau se lèvera, compte jusqu'à dix. Entre d'un pas assuré.

Prends ton temps avant d'attaquer le premier morceau. Tu dois donner l'impression de dominer tes nerfs et ton art. »

Le rideau de scène s'est levé. Aussitôt, tous les détails défectueux m'ont sauté aux yeux : l'éclairage médiocre, la toile de fond d'un gris sinistre au lieu du bleu azur que j'avais demandé, et puis le manque de place entre le fond du plateau et le devant de la scène. J'avais exigé que l'on réduise l'espace pour que toute l'attention du public soit concentrée sur l'artiste, et il restait à peine trois mètres de longueur et de largeur. J'aurais dû surveiller de plus près ces dispositions au lieu de me ronger les ongles dans un coin. Tout allait de travers.

Et Brindis ? Où était-il ? Que faisait-il ? Sans m'en rendre compte, j'avais commencé à compter dès le lever du rideau : j'en étais déjà à vingt-sept et l'artiste n'avait toujours pas fait son apparition. Suivant mes recommandations, ma « claque » avait applaudi avec enthousiasme. La salle reprit ces applaudissements sans trop de conviction. Politesse glaciale : mauvais augure. Et Claudio José... Seigneur ! Il se conduisait comme s'il n'y avait pas de salle, pas de public, pas de critiques ! Se croyait-il seul dans son atelier d'étude au Conservatoire ? Il lui arrivait parfois de rester ainsi, le violon à la main, le regard perdu, absent... Même le sévère Sivori respectait ce comportement si particulier de son élève préféré. « Il cherche l'inspiration, disait le maestro italien. Il cherche... »

« Nous courons à la catastrophe ! »

Je n'avais pu m'empêcher de prononcer cette phrase à voix haute. Ma très gentille cousine Louise-

Mathilde m'avait serré la main : ses doigts étaient aussi glacés que les miens.

Enfin, Claudio José Domingo Brindis de Salas y Garrido est entré sur scène. Il n'a pas salué le public, n'a pas acquiescé aux applaudissements de ma claque. Il s'est conduit comme il l'aurait fait dans une salle de classe, sans tenir compte de personne. Il a passé quelques instants à s'assurer que l'instrument était bien accordé. Il a pris un temps infini avant de poser le violon sur son épaule et d'y appuyer le menton. Et, à nouveau, pas un regard vers le public : il nous ignorait ! Pour son premier concert, Brindis de Salas se conduisait avec une désinvolture incroyable !

Et ce que j'avais le plus redouté était en train de se produire. La salle observait l'homme avec curiosité au lieu de s'intéresser à l'artiste. J'entendais les murmures...

« Mais... d'où vient-il ? »

« Il doit être africain, à mon avis. »

« Peut-être. Il est si élégant, si racé... »

Ma cousine Louise-Mathilde me serra le bras et se pencha vers moi.

« Mais, cousin, c'est un Nègre ! »

Puis – Dieu soit loué ! – Brindis s'est mis à jouer.

Il a attaqué sa première page musicale, la *Cavatine* de Raff, poursuivi avec la *Polonaise* de Wieniawski... Ce n'est qu'après le deuxième ou troisième morceau que j'ai commencé à me détendre. Et j'ai alors compris la sage stratégie du Cubain : « Prenez le temps de me regarder. Manifestez votre curiosité. Et, après, laissez-moi jouer. »

S'il s'en était ouvert à moi, je lui aurais dit qu'il courait au désastre. Je croyais bien connaître Claudio

José : ce n'était que vaine prétention de ma part. La richesse, la complexité du caractère de mon ami ne cesseraient de me surprendre tout au long des années à venir. Je le savais modeste, réservé, parfois, timide. Et pourtant, une fois sur scène, il était capable de subjuguer l'auditoire, du fond du paradis au premier rang d'orchestre, avec la plus grande aisance. Comme il venait de me le prouver, ce soir-là.

Je ne sais, Monsieur, si vous avez déjà vécu pareille expérience : un interprète dépasse tous vos espoirs, il vous fait quitter le fauteuil que vous occupez, il vous conduit vers d'autres sphères. Une communication mystérieuse s'installe entre la scène et la salle. Chaque spectateur oublie ses soucis quotidiens pour laisser place à l'émerveillement.

Il est vrai que, étant trop impliqué dans cette aventure, je réagissais avec beaucoup plus de véhémence que les autres. Les larmes aux yeux, je ne cessais de penser : « Tu as gagné, Brindis ! Oh, oui ! Tu as gagné ! »

Il y eut une ovation à la fin de chaque morceau. « *Bis ! Bis !* Encore ! Encore ! » hurlait la salle.

Pour ce premier récital, le violoniste n'était censé jouer que sept morceaux. Quand, à la fin du sixième *encore*, la *Fantasia* d'Ernst sur un thème d'*Othello*, Brindis quitta la scène pour y revenir sans son instrument, ce fut le délire. La salle entière se leva pour applaudir celui qui lui avait procuré une si intense émotion artistique.

C'est alors que Claudio José Domingo Brindis de Salas y Garrido s'avança, salua à la russe en pliant son buste d'athlète vers ses genoux, se redressa, ouvrit ses longs bras en croix et... sourit.

Le délire devint apothéose.

Ces dames, que j'avais choisies avec tant de soin pour leur élégance, leur retenue, s'étaient soudain transformées en furies. Louise-Mathilde, méconnaissable, avait grimpé sur son fauteuil pour clamer son enthousiasme.

« Brindis ! Brindis ! »

Les comtesses se conduisaient comme des hétaïres et les hétaïres devenaient de romantiques demoiselles au bord de l'évanouissement.

« Nous voulons le voir ! »

« Nous voulons lui parler ! »

« Conduis-nous à lui, André-Marie ! »

« Oui, allons dans sa loge ! »

J'eus la bonne idée de ne pas céder à l'enthousiasme si fébrile et si puéril de mes amies. Je réussis à les calmer en leur proposant un marché.

« Si nous allons dans sa loge, la moitié de la salle nous suivra. Regardez ce monde ! On sait déjà que nous sommes les amis de l'artiste. Et si je fais venir Claudio José ce sera pire. Non. Procédons autrement. Attendez-nous au *Procope*. J'y ai réservé un salon. Nous vous rejoindrons, Brindis et moi. Vous pourrez le voir et lui parler en toute tranquillité. »

J'avais honte de m'être débarrassé si lestement de ce groupe d'amis que j'avais entraîné avec moi dans le seul but de me servir de claque. J'espérais me faire pardonner en les laissant boire et manger à mes frais.

Quant à moi, je me précipitai vers la loge de Brindis pour partager avec lui ce moment de joie intense.

Je m'attendais à retrouver sur ses lèvres le sourire qui avait déclenché l'ovation du public. J'ouvris la porte de la loge en écartant les bras pour l'accolade fraternelle, cet *abrazo* cubain que Claudio José employait pour montrer sa gratitude ou pour mieux dissimuler son émotion.

En le voyant, je suis resté cloué sur place : Brindis était assis, le dos voûté, un pli amer au coin des lèvres. Tout le chagrin du monde semblait peser sur ses épaules.

« Claudio José ? »

J'eus du mal à le tirer de son abattement. Il ne voulait rien dire. J'avais beau insister, il se contentait de me répondre :

« Demain. Nous parlerons demain.

– Non. Pas demain : ce soir. Je refuse de te laisser seul dans cet état. Tu devras supporter ma présence. Je n'ouvrirai pas la bouche, mais je serai là. Compris ? »

Il hocha la tête en signe d'acceptation, se leva, s'enveloppa dans sa longue cape, prit son chapeau et sa canne à pommeau d'ivoire, le cadeau que je lui avais offert pour son premier concert.

« Suis-moi. »

Nous avons marché en silence sous une de ces pluies fines et persistantes dont Paris a le secret. L'air de la nuit était froid et humide. Nous avons quitté la place de l'Opéra et les Grands Boulevards. Brindis me conduisait d'un pas vif en suivant un chemin qu'il semblait bien connaître.

Nous étions à la fin septembre 1871. La IIIe République venait à peine de naître. Les élections avaient donné la majorité aux conservateurs dont le programme était la paix et le retour à l'ordre.

Avez-vous une idée de ce qui se passait en France en ce moment-là, Monsieur ?

C'étaient des temps terribles. Je vous parle des années 1870, 1871, 1872... Quelles années ! Quelles tristes et lugubres années ! J'étais jeune, oui, et trop sensible aux épreuves que traversait le pays. J'appartiens à un milieu privilégié, c'est vrai. Ma famille est de celles qui, de tout temps, ont fait l'histoire de France. Le titre dont j'ai hérité ne doit rien à cet empereur d'opérette que fut Napoléon III. Toute mon enfance a été bercée par la nostalgie de l'Ancien Régime. Mon père, ma mère, nos parents, nos relations, tous étaient figés dans le regret d'un monde perdu à jamais. J'étais sensible à leur douleur, leurs lamentations et, pourtant, je ne les suivais pas sur ce chemin-là.

Permettez-moi un aveu : je suis fier de mes ancêtres mais je n'ai pas hérité des préjugés de ma caste. Allez savoir pourquoi. C'est ainsi. Je voulais vivre, et vivre au rythme que le temps m'imposait, non au pas funèbre des regrets de mes aînés. Tout jeune, je me cachais déjà dans un recoin du jardin pour lire des textes interdits par mes précepteurs, ce qu'ils appelaient *la littérature subversive*, expression qu'ils prononçaient en se signant pour éloigner le Malin. Que voulez-vous... J'avais développé un goût pervers pour ces auteurs que l'on disait *maudits*, au sens le plus littéral du terme. Diderot et Voltaire, Rousseau et d'Alembert. Des écrivains que mon père abhorrait. Je suis allé encore plus loin, par esprit de contradiction : j'ai appris par cœur les discours de Saint-Just ! Sa prose enflammée me faisait rêver. Elle m'aidait aussi à supporter la réalité médiocre qui était celle du temps de mon adolescence. Le second Empire ! Une cour de pacotille ! Que pouvions-nous attendre du tout petit Napoléon III et de son épouse Eugénie, la danseuse de castagnettes ? Chaque jour qui passait, je me disais : avec ce couple et leurs amis, il faut s'attendre au pire. La corruption était généralisée. L'argent régnait en maître. Le Veau d'or était de retour. Tout était à vendre. Et on pouvait tout acheter : sinécures, palais, titres de noblesse, l'honneur d'une femme et le consentement de son mari... L'homme vertueux devait détourner le regard à chaque pas, de honte d'être le complice d'une telle décadence. Et je me demandais : comment croire en la justice divine quand la justice des hommes n'est qu'une mascarade ?

Mon père me reprochait amèrement mes lectures, mes idées, mes fréquentations. Je menais la vie insouciante d'un jeune dandy. Le soir venu, je m'habillais comme un pauvre étudiant que je n'étais pas, et je traînais dans les rues, dans les estaminets, là où bat le cœur du peuple, le petit peuple, le vrai, Monsieur, les ouvriers, les artisans... Et eux aussi rêvaient du temps passé, de la Grande Révolution de 1789, de celle de 1830, de celle de 1848... Ah, ces histoires d'un peuple en rébellion, d'un roi que l'on détrône et guillotine. Ah, la diabolique invention, Madame Guillotine, coupant des têtes en moins de temps qu'il n'en faut à un enfant de chœur pour dire « Amen » ! Mais ces temps passés n'étaient pour moi qu'une toile de fond, le décor d'une pièce de théâtre jouée un siècle plus tôt, au cours de laquelle deux de mes grand-tantes avaient été suppliciées. Une terrible époque, certes, mais... quelle sublime époque, Monsieur !

Et puis, il y a eu l'été 1870. Tout s'est écroulé du jour au lendemain. La guerre ; Sedan ; la capitulation, la perte de l'Alsace et de la Lorraine... Ce qu'on appelait le *second Empire* n'était, en réalité, qu'une mauvaise pièce de boulevard. Que dis-je ? Un vaudeville à deux sous où tout un pays, tout un peuple se voyait forcé à jouer le cocu de l'histoire.

Monsieur, cela ne vous surprendra guère : quand les Prussiens ont marché sur Paris, je n'ai pas suivi ma famille à Versailles. Pendant le siège, j'ai crevé de froid et de faim comme tout le monde.

Lorsque M. Thiers fut nommé chef du pouvoir exécutif, Clemenceau et Victor Hugo, entre autres, se sont démis de leur mandat de député en signe de protestation. C'était le 1er mars 1871, et ce fut le début de ce que les députés patriotes avaient appelé « le démembrement de la France ». Au cours de la nuit du 17 au 18 mars, l'armée a essayé de pénétrer dans Paris. Sur la butte Montmartre, le peuple de Paris – des hommes, des femmes, des enfants – a voulu récupérer les canons gardés par des soldats. Les généraux Lecomte et Clément ont ordonné de tirer sur la foule. Verdaguerre, un sous-officier, est sorti des rangs et a crié :

« Crosse en l'air ! »

Les soldats se sont retournés contre leurs chefs, et les ont fusillés.

Ce geste insensé déclencha l'insurrection.

J'étais présent sur la place de l'Hôtel-de-Ville lors de la proclamation de la Commune, le 28 mars. Un après-midi radieux qui fut considéré par les révoltés comme un signe d'espoir.

Monsieur, c'est ici que je dois vous faire une confidence sur ce que Brindis de Salas et moi-même avons fait pendant ces journées tumultueuses. Nous étions de tout cœur avec les fédérés. Pendant ces semaines où tout semblait possible, il régnait un étrange sentiment d'exaltation, celui qui s'installe lorsque l'homme se rend maître du temps. L'horizon était couvert de nuages, les morts s'amoncelaient, mais Paris était une fête. Le 21 mai 1871, la Commune avait décidé d'organiser un concert au bénéfice des victimes de la guerre : les veuves, les orphelins, les fédérés blessés au combat. Deux cents exécutants, des acteurs, des chanteurs, des musiciens. On chantait *La Marseillaise*, on récitait *Les Châtiments* de Victor Hugo. La situation était difficile. Mais on ne se doutait pas que c'était, littéralement, le dernier jour de la Commune.

Claudio José savait que je voulais me rendre à cette grande célébration. Il insista pour m'accompagner.

« C'est trop risqué, Claudio José. Tu es un étranger et chaque jour qui passe rend la victoire de la Commune moins probable. Si Versailles triomphe, la vengeance sera terrible.

– Je le sais. Mais, un, tu seras de la partie, et, deux, en ce moment même des Cubains blancs, noirs et métis luttent pour l'indépendance de mon pays. Je suis loin d'eux : je considère de mon devoir de faire quelque chose pour ces Parisiens qui luttent aussi pour leur liberté. »

Je ne pus l'empêcher de venir avec moi. Ce furent les véritables débuts de Brindis de Salas dans la capitale. Juché sur une plate-forme improvisée à l'angle d'une rue, Claudio José fascina les badauds par son art. Il joua avec une telle conviction et pendant si longtemps que deux cordes du violon sautèrent en plein milieu d'un morceau. Pour le remercier, des ouvriers le portèrent en triomphe... jusqu'au bistrot le plus proche. On trinqua en l'honneur de « l'ami noir des Parisiens ».

Mais ce même 21 mai au soir, par traîtrise, vingt-cinq mille versaillais entraient dans la ville par la porte de Saint-Cloud.

Un bain de sang transforma les rues de Paris en étal de boucherie. Il n'y eut pas de quartier. Les fédérés se sont battus vaillamment, avec l'énergie du désespoir. La moindre barricade était défendue jusqu'au dernier combattant. Les versaillais achevaient les blessés et fusillaient sur place les survivants. La bataille a duré une semaine. Vous savez sans doute que les ultimes combats ont eu lieu dans le plus grand cimetière de la capitale, le Père-Lachaise. C'est là, contre un modeste mur, que sont tombés les derniers héros de la Commune de Paris.

Selon les chiffres officiels, les massacres de la Semaine sanglante ont fait trente-cinq mille morts. Connaîtra-t-on jamais la vérité ? Tout ce que je sais, Monsieur, c'est qu'après la chute de la Commune, pendant plus de six semaines, on fusillait tous les jours, entre quatre et six heures du matin, au fort de Bicêtre. On m'a dit que plus de cent mille ouvriers manquaient ensuite à l'appel. Tragique fin, pour un si beau rêve...

Nous savons tous, Monsieur, que la mémoire est courte et c'est peut-être tant mieux pour nous pauvres humains dont le séjour sur terre est si transitoire. Quelques mois à peine après la Semaine sanglante, Brindis et moi parcourions ces rues de Paris où l'on s'était si âprement battu. En ce mois de septembre, on pouvait encore déceler des traces des événements récents : des pavés retournés, des murs troués par les obus et les balles, des façades noircies par les flammes et la fumée, des vitrines brisées, des lampadaires arrachés....

Ces rues que nous traversions, le Cubain et moi, étaient désertes. Nous nous dirigions vers le cœur de Montmartre, ce Montmartre qui, quelques années plus tôt, était encore un village. Dix ans auparavant j'aurais dit que nous quittions la ville pour aller à la « proche campagne ». Et maintenant cette proche campagne faisait partie de la capitale. Paris la dévoreuse deviendra-t-elle un jour aussi gigantesque que Londres ?

À ma grande surprise, je constatai que Claudio José connaissait les yeux fermés ce sombre dédale de rues étroites qui serpentaient en montant vers les hauteurs de la Butte. J'avoue que, pour ma part, je commençais à ressentir une certaine inquiétude. Nous étions en tenue de soirée, bottines à deux tons maculées par la boue, chapeaux haut de forme, capes doublées de satin. Deux gentlemen, l'un blanc, l'autre noir, égarés par hasard dans ce faubourg sinistré ? Deux étrangers de passage cherchant à s'encanailler ? J'imaginais la surprise des malfrats du quartier devant ces figures insolites.

« Allons-y ! À l'assaut ! Ces deux-là l'ont bien cherché ! »

Nous étions tous les deux vigoureux et bien bâtis, certes. Et nous avions nos cannes, bien sûr. Mais l'idée d'une rixe ne me plaisait pas du tout. Les scènes de violence dont j'avais été le témoin quelques mois auparavant avaient fait de moi un pacifiste convaincu.

Nous étions arrivés sur le versant de la Butte où abondaient les hôtels de passe, les bars louches, les recoins obscurs propices à tous les guets-apens. J'avais surpris des silhouettes inquiétantes adossées contre un mur ; des passants qui tournaient la tête pour mieux nous dévisager ; des regards hostiles qui étaient de véritables coups de couteau. Et pourtant nous sommes parvenus à bon port. Brindis m'avait conduit d'un pas ferme jusqu'à l'entrée d'un estaminet dont l'enseigne ne pouvait être plus ironique : *Au bon coin.*

L'intérieur du cabaret était si sombre que je ne voyais pas où je mettais les pieds.

Brindis eut la prévoyance de me prendre par le bras et de me guider : nous avons descendu un escalier aux marches glissantes qui menait dans une cave. Des bougies, quelques lampes à huile créaient des ombres grotesques sur les murs tapissés d'affiches de corrida. L'humidité avait dessiné des taches sur le papier et, au plafond, la silhouette d'un grand taureau prenait toute la place. Au-dessus de ce corps d'animal puissant, presque monstrueux, des lettres noires annonçaient le nom du toréador : *El Paco.*

Sur la droite, il y avait un comptoir en demi-lune ; le reste de cet espace clos était occupé par des tables, des chaises, des bancs, des tabourets : le lieu voulait rappeler, sans doute, une arène faisant face au comptoir, symbole de la loge présidentielle ou royale. C'est là que trônait le propriétaire du bistrot.

« Paco !

– Claudio José ! »

Les deux hommes se sont donné l'accolade, le Noir de haute taille serrant dans ses bras l'Espagnol au crâne lisse et au corps tout en muscles noués.

« Voici le meilleur des matadors andalous, André-Marie.

– Ex-matador, mon frère. Souviens-toi du proverbe : *ayer maravilla fui, hoy sombra de mí no soy.* Je ne suis plus que l'ombre de moi-même. Laissons le passé mourir en paix ».

J'ai eu droit à une accolade ; l'ex-toréador conservait, quoi qu'il en dise, des muscles d'acier et une vigueur rare chez un homme qui proclamait son âge avec fierté : quatre-vingt-deux ans.

Le Cubain serra quelques mains avant de me conduire vers une table au fond de « l'arène ». Je n'avais jamais vu de ma vie autant de mines patibulaires réunies dans un même endroit. Brindis semblait être connu et très apprécié de ce cercle de voyous qui l'appelaient d'un air complice « notre Claudio José ».

« Tu sembles très à ton aise ici, Claudio.

– Ce cabaret est mon port d'attache, mon antidote à la nostalgie. Tout le monde ici est étranger, comme moi. On trouve des commerçants syriens abandonnés par la chance, comme ils disent ; des marins maltais qui naviguent sur toutes les mers ; des Polonais, des Bulgares au passé turbulent. Il y a aussi des filles de joie avec leurs julots, comme tu peux le constater. J'ai même rencontré un prêtre mexicain défroqué, alcoolique au dernier degré, qui m'a juré qu'il buvait pour oublier la présence de Dieu dans son cœur ! Quant à Paco... Célèbre *matador* à dix-huit ans, il a tué un homme d'un coup de couteau pour laver son honneur. Il venait d'épouser sa cousine de quinze ans, l'amour de sa vie ; elle l'a trompé avec un danseur de flamenco. Selon El Paco, seuls les taureaux doivent porter les cornes. Le jeune homme qu'il était a dû choisir l'exil pour éviter la prison. Il a fait le tour du monde avant de s'établir à Paris. Tard dans la nuit, quand il est aussi ivre que ses clients, Paco nous montre pourquoi on disait de lui qu'il était le meilleur toréador de son temps. Une nappe à la main, il se transforme et nous fait revivre sa gloire, enchaînant les véroniques sublimes. À présent, tu comprends pourquoi la présence d'un Nègre des Antilles ne surprend personne.

– Ils savent quel est ton métier ? »

Brindis retrouva son sourire éclatant pour m'avouer :

« Ils croient que je travaille dans un bordel de luxe. Je venais souvent ici après mes cours au Conservatoire, mon étui de violon à la main. J'ai même organisé deux soirées musicales : la première pour fêter la sortie de taule d'un apache ; la seconde pour l'anniversaire d'une putain devenue la maîtresse attitrée de Paco. Une gamine d'à peine vingt ans. Le vieux essaie de revivre ses amours malheureuses avec sa cousine de quinze ans. Cette fois, au moins, il ne se sent pas cocufié puisque sa femme couche avec les hommes par obligation professionnelle.

– Et moi ? Que vont-ils penser de moi ?

– Je viens de dire à Paco que tu joues du violon dans le même bordel que moi. Ce soir, sache-le, nous venons de célébrer l'entrée d'une nouvelle pupille dans la maison, ce qui explique nos habits de soirée. Et j'ai promis au matador que nous jouerons ensemble un de ces soirs pour que ses clients puissent mieux te connaître. Bienvenue chez moi, frère André-Marie ! »

La nuit fut longue et nous avons veillé bien au-delà de l'aube. Claudio José ne buvait que rarement, et moi, j'avais hérité de mes ancêtres ivrognes, paraît-il, un foie très fragile. Nous avons néanmoins dû trinquer avec El Paco, qui avait offert une tournée en mon honneur et, retour de politesse des bas-fonds, Brindis a répondu en offrant à son tour des tournées. Je me suis limité à accepter quelques petits verres de rhum que je vidais discrètement derrière son dos ; Brindis, lui, enchaînait les verres d'absinthe. Je fus étonné de l'endurance de mon ami, le buveur modéré.

Le jour pointait. Une aube humide et grisâtre planait sur la ville quand nous avons quitté l'estaminet. Je m'attendais à voir Claudio José tituber à chaque pas, manifester d'une manière ou d'une autre les effets de cette redoutable boisson qu'est l'absinthe. Il était juste un peu plus raide que d'ordinaire et s'appuyait plus fermement sur sa canne. Son élocution était plus lente et il avait parfois du mal à trouver ses mots en français.

Nos pas nous ont conduits jusqu'au cimetière de Montmartre. La journée, blafarde, s'était installée sans espoir de rédemption. La pluie nous obligea à remettre nos hauts-de-forme, chapeaux incongrus par une telle matinée. Imaginez le tableau, Monsieur. Deux jeunes hommes se promenant en queues-de-pie et capes soyeuses au milieu des tombes et autres monuments funéraires : stèles commémoratives, croix en marbre, *Mater Dolorosa*, angelots joufflus aux fesses aussi rondes que leurs visages... Deux silhouettes fantaisistes marchant sur un tapis de feuilles mortes.

Je me suis recueilli un instant devant la tombe de Stendhal, mon écrivain préféré. Puis j'ai rejoint Brindis qui s'était assis sur la dalle de marbre d'un mausolée dédié à « Thérèse Blandine, notre fille bien-aimée ».

C'est assis sur ce tombeau, la tête abritée par un ange en marbre rose aux ailes déployées, que, pour la première fois, Claudio José Brindis de Salas m'a parlé de lui, de sa famille et de son enfance à Cuba.

« Tu sais mieux que personne, André-Marie, combien je déteste parler de moi, de mes origines, de mon pays. Je ne dis que l'essentiel et, tu le sais aussi, j'invente parfois des histoires, je brode sur certains détails de ma vie pour mieux cacher la vérité. Tu as dû souvent penser, sans oser me le dire, que je voulais oublier mon passé pour mieux affronter l'avenir. Si, si, ne le nie pas ! À ta place, j'aurais pensé de même. L'ami loyal que tu es m'a tendu la main plus d'une fois pour que je dise, enfin, ce que j'avais sur le cœur.

Tu pensais que si je te livrais le motif de ma honte ou de mon désarroi je m'en porterais mieux. Tu m'as bien dit un jour : “ Les catholiques fervents ont la chance de pouvoir se confesser pour se libérer du poids qui pèse sur leur conscience. Parler, oser dire, aide à mieux supporter les peines de cœur et les chagrins de l'âme. ”

« C'est vrai. Mais dans mon cas le problème est différent et plus étrange aussi. Considère-moi comme un arc tendu, André-Marie : une anomalie qui défie le temps et l'espace. Un point indique le jour de ma naissance, un autre point, mon arrivée à Paris : entre les deux, il y a une zone d'oubli, une région dévorée par la brume où il est très difficile de savoir ce qui est du domaine du rêve et ce qui est réel. Je suis un homme de la Caraïbe, je te prie d'excuser l'emploi des métaphores qui me permettent de mieux protéger ma fierté. J'aimerais plutôt dire : je suis né aujourd'hui, il y a quelques heures à peine, au moment précis où je suis entré en scène pour affronter le public parisien. Ou encore : je suis né, je ne sais plus quand, un violon à la main. J'ai compris tout à l'heure que jouer devant une salle remplie de spectateurs, recevoir une ovation à la fin d'un concert est ma raison de vivre. Et si un jour le public ne veut plus de moi, je mourrai sans regret.

« Maintenant, écoute-moi bien : je ne confierai les secrets de ma mémoire à personne d'autre que toi. Je ne reprendrai jamais ces confessions. Jamais ! Si un jour l'envie te vient de raconter à quelqu'un ou de coucher sur le papier ce que je te confie aujourd'hui, tu seras libre de le faire. Il te suffira d'affirmer : *Brindis me l'a dit.* Et là où je serai, en enfer ou au paradis, j'aurai une bonne pensée pour toi, l'ami.

« Souviens-toi : *Brindis me l'a dit.*

« Mon père, Claudio Brindis de Salas, est né à La Havane en 1800. À Cuba, il y deux catégories de Noirs, André-Marie : les esclaves et les “ affranchis ”. Mon grand-père, Luis Brindis de Salas, appartenait à cette dernière catégorie. Il avait, en outre, le grade de sergent dans le corps d'artillerie royale. Sa femme, Maria del Monte, venait aussi d'une famille de militaires noirs au service de l'Espagne. C'était, à l'époque, une situation privilégiée. La misère et l'ignorance régnaient dans l'île. Il n'y avait que quelques écoles dans la capitale et l'enseignement se limitait à l'apprentissage de la lecture, de l'écriture et de quelques rudiments d'arithmétique. Les rues étaient toujours sales et, dès qu'il pleuvait, tout se transformait en boue. Le seul divertissement de la population de la ville, c'étaient les bals. On dansait partout, dans tous les quartiers, tous les soirs. Cette situation n'empêchait pas les affranchis qui avaient du talent et de la volonté de s'éduquer ou de se cultiver. Sais-tu qu'un des cousins de mon père, militaire lui aussi, a appris par ses propres moyens le latin et le français ? Mon père, quant à lui, montra très tôt un grand talent musical. Beaucoup d'affranchis étaient musiciens et enseignaient la musique pour gagner leur vie. C'est ainsi que mon père a reçu une excellente éducation musicale entre les mains d'Ignacio Calvo et de Tomás Alarcón, deux violonistes noirs célèbres à l'époque. Mon père n'a pas tardé à surpasser ses maîtres : très jeune, il est devenu soliste, compositeur et directeur d'orchestre. C'était un homme à la fière allure. Avec sa peau noire couleur d'onyx, son élégance raffinée, mon père était, comme lui-même le disait, « le Nègre préféré de toutes les fêtes blanches de La Havane ». Il oubliait d'ajouter qu'il était aussi adulé par ses frères de race : la présence de son orchestre dans un bal était un véritable événement. Regarde, André-Marie, je garde toujours sur moi cet article publié dans le *Diario de la Marina*, le 28 juin 1841, qui fait le récit d'un bal à Guanabacoa animé par l'orchestre de mon père. Il a pour moi une importance particulière. Il évoque la qualité de l'orchestre qui, je traduis pour toi, " a fait danser les couples toute la nuit " et " l'autorité et l'élégance du violoniste, compositeur et chef d'orchestre, Claudio Brindis de Salas ". J'étais encore enfant quand ma mère, qui voyait mal mais détestait porter des lunettes, me suppliait de lui lire et de lui relire cet article, André-Marie. Elle me disait : " C'est ce soir-là que j'ai eu le coup de foudre pour ton père. "

« Guanabacoa était le lieu de villégiature préféré des familles espagnoles. On y accédait soit en barque en traversant la baie de La Havane, soit par voie terrestre, en carrosse ou à cheval. Les grandes familles y possédaient de belles demeures tenues par des armées d'esclaves, mais nombre d'affranchis et de métis émancipés avaient des boutiques dans le village et pratiquaient toutes sortes de petits métiers.

« Une particularité du colon espagnol à Cuba faisait rire mon père, André-Marie. Il disait : " L'Espagnol adore la peau noire et les superbes croupes de nos femmes. Voilà pourquoi le café au lait sera peut-être, un jour, la couleur de notre drapeau. Et voilà aussi pourquoi le café au lait est la boisson préférée des Espagnols. Toi, Claudio José, tu es un descendant d'authentiques Noirs africains. Sois fier de tes ancêtres, mon fils : tu es taillé dans le meilleur bois de notre lointain continent. "

« Le fait d'être noir ainsi que d'appartenir à une famille d'affranchis dont les hommes faisaient partie, dans leur grande majorité, de l'armée royale constituait, pour mon père, un grand motif de fierté.

« À l'époque, les bals commençaient à huit heures du soir et finissaient à l'aube, au moment du *toque del Ave Maria*, quand les cloches de l'église annonçaient la première messe du matin. Entre huit heures et minuit, la loi interdisait les " couples mixtes ", c'est-à-dire que les Noirs et les métis devaient danser entre eux. Dès que minuit sonnait et jusqu'à l'aube, les Blancs avaient le droit d'entrer dans la danse et de prendre la dame, noire ou métisse, de leur choix. Par contre, si un Noir ou un métis s'avisait de rechercher la compagnie d'une femme blanche, la loi s'appliquait avec sévérité : il pouvait être fouetté, jeté en prison, voire condamné au supplice du *garrote vil*, c'est-à-dire une lente mise à mort par étranglement.

« Ces bals se déroulaient comme un véritable spectacle en deux parties. Première partie : la population " de couleur " s'adonnait de tout cœur à la joie de danser, de s'amuser entre gens de même condition. Pendant ce temps, à l'extérieur de la salle de bal ou du parc public où la fête avait lieu, les Blancs, jeunes ou moins jeunes, rôdaient comme des loups affamés. Ils avaient déjà rendez-vous avec une belle " de couleur " ou ils observaient celle à qui ils demanderaient une danse après minuit. Ces hommes appartenaient aux meilleures familles en villégiature à Guanabacoa. Ils possédaient le plus souvent des esclaves et faisaient partie de la clientèle des affranchis qui tenaient boutique dans le village. La plus grande politesse était de rigueur entre Blancs et Noirs au cours de ces bals. Mais, derrière ce voile de bonnes manières, l'amertume était grande chez les gens de ma race. Le Blanc le plus médiocre ou le plus démuni avait la loi pour lui ; le Noir le plus considéré, le plus respecté ne pouvait jamais franchir les limites imposées par cette même loi. Cela explique sans doute que mon père ait subi ce qu'il a subi par la suite. Patiente un peu, André-Marie, j'aimerais te parler de la rencontre de ceux qui allaient devenir mes parents.

« Ma mère n'avait que seize ans quand elle a reçu la permission d'assister à un bal en compagnie de ses parents, ses tantes et de la petite armée de ses cousines. C'était la fameuse soirée du 26 juin 1841. Les " gens de couleur " qui avaient réussi à atteindre une certaine aisance économique suivaient la mode et les manières imposées par les Espagnols. Ma mère avait été éduquée comme une jeune fille blanche : elle savait lire, écrire, tenir une maison, et ses talents de dentellière faisaient l'admiration de la famille. Ce premier bal marquait ses débuts en société : elle aurait le droit de danser jusqu'à minuit sous la surveillance du clan, qui veillerait à lui faire quitter la salle le moment venu.

« Je lisais et relisais l'article du *Diario de la Marina* pour ma mère et, en échange, elle me faisait le récit de sa rencontre avec mon père. Je me souviens du moindre de ses mots : “ Je garde encore au fond d’un tiroir mon carnet de bal, Claudio José. Au début de la soirée, je ne dansais qu’avec mes cousins. J’étais considérée comme le joyau de la famille et, pour mon premier bal, ma mère et mes tantes avaient pris soin de m’entourer d’une véritable muraille humaine. Je n’y voyais pas de mal, tant j’étais heureuse de porter ma première robe de soirée et de danser sans cesse avec mes jeunes cousins. Je dansais, je tournais, je m’envolais, emportée par la musique. On m’avait dit que l’orchestre serait de grande qualité, son chef et violoniste étant déjà célèbre dans toute La Havane. J’ai dansé des valses, des contredanses, sans jamais regarder la scène sur laquelle se tenait l’orchestre. Puis, à un moment donné... Je te jure que je dis la vérité, mon fils ! J’ai senti une sorte de pression sur la nuque et j’ai eu la sensation qu’une force mystérieuse m’obligeait à tourner la tête. C’est alors que j’ai vu ton père pour la première fois. Très grand, très mince, élégant comme un prince. Et ses yeux ! Ses pupilles lançaient des flammes qui me clouaient sur place. J’ai cru m’évanouir d’émotion. Je jure sur l’autel de la Vierge Marie que je suis tombée amoureuse de lui à cet instant-là ! J’ai continué à danser comme une folle les morceaux endiablés que l’orchestre interprétait. Or la règle du jeu était la même qu’aujourd’hui : commencer par un rythme soutenu pour donner du cœur à l’ouvrage aux danseurs ; intercaler de temps en temps des pages musicales plus douces, un *son*, un *danzón*, par exemple, pour permettre aux danseurs de retrouver leur souffle. Mes pauvres cousins n'en pouvaient plus. Ils protestaient : ' Que se passe-t-il ? Le chef est-il devenu fou ? L'orchestre ne sait rien jouer d'autre ? ' Je prenais un rafraîchissement au buffet en compagnie de mes cousines quand une voix de velours a murmuré à mon oreille : ' Puis-je avoir l'honneur de danser avec vous, mademoiselle ? ' Par chance, mes parents et mes tantes étaient sortis dans le jardin pour profiter de la brise. Claudio m'a conduite au centre de la salle et nous sommes devenus le couple royal de la soirée. C'est alors que j'ai compris le secret de ce bal si mouvementé. Ton père avait eu lui aussi un coup de foudre pour moi. Jaloux de nature, il n'avait pas voulu que je danse avec mes partenaires. Il avait donc imposé à l'orchestre valse après valse jusqu'à pouvoir s'approcher de moi. Puis de la musique douce avait remplacé les valses pour le reste de la soirée... Ton père s'est présenté à mes parents quand, minuit approchant, ceux-ci sont revenus me chercher : je devais rentrer à la maison. Le chef d'orchestre réputé obtint la permission de me rendre visite le lendemain. Cinq mois plus tard, nous étions fiancés. "

« Ma mère répétait cette phrase comme si elle savourait un fruit délicieux. Ses parents ont décrété que les fiançailles dureraient deux ans. L'excuse officielle était qu'il fallait *mieux former* la jeune fille à son futur métier d'épouse capable de fonder une famille et de tenir une maison. En réalité, le clan familial était divisé sur mon père. Une partie admirait le musicien ; l'autre estimait que " le joyau de la famille " méritait bien mieux et craignait de le voir épouser un homme dont la vie se déroulait la nuit et qui était sans cesse en déplacement. Les deux années suffiraient à le mettre à l'épreuve. Ma mère vécut cette période comme un enfer; mais mon père accepta l'attente avec philosophie, car son succès augmentait de jour en jour et cela lui permettait d'économiser pour offrir à sa jeune fiancée " la vie qu'elle méritait ".

« Outre ses dons de violoniste et de chef d'orchestre, mon père possédait une très belle voix de baryton. Ma mère collectionnait les coupures de journaux relatant ses succès dans les fêtes de la meilleure société de la capitale. En tant que jeune promise, elle avait le droit d'assister à ces soirées mondaines : quand il s'agissait d'une association " de couleur ", elle pouvait prendre son amoureux par le bras; quand la fête avait lieu " chez les Blancs ", elle se contentait d'écouter. L'orchestre du maître Brindis de Salas y Blanco était la principale attraction des bals organisés par le *Liceo Artistico y Literario, La Habanera, Santa Cecilia* et d'autres salons prestigieux de San Cristóbal de La Habana. Le plus grand succès de mon père, à l'époque, fut sa prestation lors du banquet offert par le marquis de San Felipe y Santiago en l'honneur du général français Bertrand, qui avait combattu aux côtés de Napoléon. Je suppose que l'aristocratie créole trouvait cela plaisant de faire un pied-de-nez à la métropole en recevant avec tous les honneurs un partisan de l'Empereur. Le général, en tout cas, s'était levé pour applaudir mon père et l'avait qualifié de " génie incomparable ", paroles que ma mère n'a cessé de répéter sa vie durant.

« Tout était donc pour le mieux dans le meilleur des mondes possibles, comme disait Pangloss, et pourtant j'ai failli ne pas naître, André-Marie. Je t'explique. À l'époque, la plupart des pays d'Amérique latine avaient déjà acquis leur indépendance. Mes compatriotes trouvaient de plus en plus insupportables les abus du pouvoir colonial. Une conscience nationale naissante et le rêve d'une " île sans fers aux pieds " faisaient leur chemin dans l'esprit des gens. Les affranchis et les métis cultivés devenaient les porte-voix de leurs frères qui ployaient encore sous le joug de l'esclavage. Des rumeurs alarmantes circulaient chez les colons : on disait que les Nègres préparaient une révolte comme celle d'Haïti. Cette rumeur fournit au gouverneur de l'île, le général O'Donnell, le prétexte pour créer une commission militaire chargée de " réprimer le désordre ". Cet homme féroce et sanguinaire impliqua dans la " conspiration " plus de quatre mille personnes : des Blancs dont la métropole se méfiait mais surtout des " gens de couleur ". C'est un épisode tragique de l'histoire de mon pays, André-Marie, appelé la " conspiration de l'échelle ". Le nom vient du supplice inventé par les Espagnols pour obtenir des aveux : l'accusé était suspendu par les pieds à une échelle, pour que le sang inonde le cerveau. On le fouettait pendant des heures dans cette position jusqu'au moment où le malheureux dénonçait des innocents, y compris des membres de sa famille, pour mettre fin aux tortures. Les natures les plus robustes ne résistaient pas à l'échelle. Beaucoup de gens furent aussi passés par les armes, comme le jeune poète noir Placido, dont le talent avait été salué par les cercles littéraires de Cuba et d'Espagne. Le général O'Donnell réprima la prétendue conspiration dans un véritable bain de sang.

« Mon père, dénoncé peut-être par un des suppliciés, fut arrêté, torturé, et traduit devant le conseil de guerre pour trahison. Est-ce sa renommée qui lui a sauvé la vie ? C'est un mystère. Le fait est qu'il fut banni avec interdiction de revenir à Cuba ou de s'installer à Puerto Rico, qui appartenait aussi à la Couronne. La seule possibilité qui lui restait était de partir au Mexique, dans la région de Veracruz et de Campeche où se trouvait déjà une communauté de Cubains exilés.

« Ma mère évoquait souvent ces années d'amertume ; elle ne pardonnait pas à ses parents d'avoir retardé son mariage avec mon père. " Par amour pour moi, comme ils disaient, ils m'ont volé les meilleures années de ma vie. " Mon père, qui désespérait aussi de revoir sa fiancée, rentra clandestinement à Cuba et fut jeté en prison. Par chance, le nouveau gouverneur, le général Concha, accorda deux mois de liberté à mon père pour qu'il puisse " organiser son départ ", ce qui lui permit de bénéficier d'une amnistie générale.

« Le mariage de mes parents fut célébré deux mois plus tard. C'est à ce moment que ma mère apprit la vraie raison pour laquelle ses parents s'étaient tant opposés à leur union : mon père avait été marié, tout jeune, à une de ses cousines, qui était morte après avoir donné naissance à un enfant, mort lui aussi au bout de quelques jours. Une des tantes de ma mère, initiée dans la *santería*, avait convaincu mes grands-parents que Claudio avait le mauvais œil : une femme et un fils disparus, la prison et l'exil, un métier moins solide que d'autres. Un musicien est célèbre et riche aujourd'hui, misérable et oublié de tous demain. Et ma mère m'a dit un jour : " Mes parents s'obstinaient à éconduire Claudio, mais j'avais grandi et j'avais trop versé de larmes pour me laisser faire. Mariée ou non, je vivrais avec Claudio Brindis de Salas. C'était l'homme de ma vie. Je les ai sommés de choisir. Ils ont fini par laisser de côté leurs préjugés et nous ont offert un beau mariage. " Ma mère adorait les récits romantiques, dont les héros étaient des couples malheureux qui retrouvaient le bonheur à la fin du livre.

« Voilà l'histoire de mon père, Andrés Maria. Que te dire de plus ? Je suis né le 4 août 1852 dans une maison de la rue Aguila, la rue de l'Aigle. Ma mère et ma tante *santera* ont dit que c'était un signe : " Tu iras loin, Claudio José. Tu monteras haut. "

« Je suis à présent à Paris, je viens de jouer devant un des publics les plus difficiles au monde, et il m'a acclamé. Je suis assis sur une tombe au cimetière de Montmartre. Je viens souvent ici, André-Marie. J'aime le silence, le respect avec lequel les gens se déplacent au milieu de ces tombes. La mort t'oblige à réfléchir sur la brièveté de la vie, la banalité du succès et de l'argent. Mon père ne cessait de me le répéter. Je ne comprenais pas la sagesse de ses paroles. Je pensais qu'il disait cela parce qu'il était vieux et amer. J'étais injuste. J'espère ne jamais perdre l'habitude de visiter un cimetière, où que je me trouve, après un moment de grand bonheur. Je jure devant cette tombe de ne pas oublier ce serment. Mais regarde,

André-Marie, le soleil brille à présent. Il est temps de rentrer nous reposer. La nuit a été longue, mon ami. »

Quel tour de force ! Brindis, l'homme sphinx, avait parlé de son père, de sa mère, de son pays sans rien dévoiler de lui-même ! Mais ce premier pas n'a fait que renforcer mon amitié pour lui. Que savais-je, au fond, de son monde secret ? Rien. Mais au moins, grâce à nos discussions, j'en avais appris un peu plus long que la majorité de mes compatriotes sur ce qui se passait dans son pays où, depuis trois ans, des insurgés luttaient les armes à la main pour leur indépendance. Brindis de Salas m'avait avoué, un jour, le respect et l'admiration qu'il portait à Céspedes, don Carlos Manuel comme il l'appelait, ce riche propriétaire qui, le 10 octobre 1868, avait affranchi ses esclaves et proclamé l'indépendance.

« Il vient d'une très riche famille d'origine espagnole, il est blanc et, pourtant, il montre par l'exemple ce que doivent faire ses pairs. Une assemblée de la République en armes a été créée à Bayamo. Il paraît qu'on y a chanté l'hymne cubain pour la première fois. J'aimerais bien connaître cette musique, André-Marie.

– Pour la jouer en concert ?

– Non. Pour la jouer pour moi tout seul. »

En cette fin de 1871, les combats faisaient rage dans la province d'Oriente. En France, la presse commençait à s'enflammer pour cette guerre qui avait, à ses yeux, quelque chose de romantique. De riches fermiers blancs comme Céspedes luttaient dans la *manigua*, c'est-à-dire le maquis cubain, aux côtés d'affranchis, de métis, de coupeurs de canne venus de la Jamaïque et d'immigrés chinois. On les appelait les *mambis*, mot méprisant d'origine congolaise qui signifie tout simplement « vauriens méchants ». De quoi exciter l'imagination de la presse et des lectrices en mal d'aventures. Cette armée hétéroclite manquait cruellement d'armes et chargeait à la machette des troupes espagnoles très bien équipées.

Que pensait Claudio José de la guerre qui faisait rage dans son pays ? Tous ceux, toutes celles qui apprenaient d'où venait le violoniste ne tardaient pas à lui poser la même question : que pensait-il de « la situation cubaine » ? Les *mambis* réussiraient-ils à conquérir l'indépendance ? Allaient-ils enfin marcher sur La Havane ? Était-il vrai qu'un combattant noir, Antonio Maceo, était devenu le héros de l'insurrection ? Que ferait Brindis si Cuba devenait indépendante ? Y retournerait-il ?

Face à cette curiosité parfois agressive, Claudio José hissait le pont-levis : il se contentait alors de donner des réponses vagues. Quand une question le gênait ou lui semblait trop indiscrète, il haussait les épaules, souriait et murmurait d'un ton poli :

« Je ne suis qu'un artiste, vous savez. Si je peux aider mon peuple et mon pays, c'est en restant tout entier ce que je suis. »

Réponse sibylline qui lui permettait de couper court à la conversation.

« Mais qu'a-t-il voulu dire par là, André-Marie ?

– Je n'en sais rien. Claudio José Domingo Brindis de Salas y Garrido est un artiste, un authentique créateur de rêves. Son silence est d'or, et sa musique du plus pur argent. »

La curiosité suscitée par la personnalité du Cubain ne fit que s'amplifier au lendemain de son premier grand récital. J'avais eu raison de croire en lui, Monsieur. Le Tout-Paris artistique ne parlait que du « sublime violoniste qui nous vient des Antilles ».

Tenez, voici ce qu'écrivait, dans *Le Siècle*, un des critiques les plus réputés de l'époque, Oscar Commentant qui, je vous l'assure, ne versait pas souvent dans l'hyperbole :

« Un artiste d'un immense talent... On dirait qu'une main mystérieuse prend possession du violon pour lui arracher des sons sublimes, une musique venue du ciel... »

Ou bien lisez encore ce que disait Charles Weber du *Temps*, sur un ton un peu moins enflammé mais, dans le fond, tout aussi enthousiaste :

« Brindis de Salas sait comment séduire son public, le dominer du début jusqu'à la fin de son concert. »

Après ce succès de presse, les prestations de Brindis se sont succédé à un rythme frénétique. Toute la ville voulait entendre et rencontrer le jeune prodige.

J'observais Claudio José, ses réactions face à cet engouement un peu exagéré et aussi, je dois le dire, passablement ridicule. Quand nous entrions dans un restaurant, tous les regards se tournaient vers lui ; des dames, des jeunes filles de la meilleure société parisienne, le suppliaient de signer un programme, le menu du jour, un éventail, un bout de papier... L'important, c'était de pouvoir dire plus tard : « J'ai rencontré le violoniste noir, je lui ai parlé, il m'a baisé la main si courtoisement ! »

J'admirais mon ami. Je savais mieux que quiconque l'ivresse et les ravages que peut produire un succès démesuré. J'avais donné mon premier concert à l'âge de quinze ans. Ma mère avait insisté pour que je me produise en public et je n'ai jamais su dire « non » à ma mère. Elle avait décidé de se faire à la fois mécène, impresario et valet de chambre pour que je puisse entamer une carrière de grand soliste.

J'étais l'élève, depuis de longues années, de deux professeurs très compétents mais trop complaisants à mon égard : le Français Louis Massart et le Belge Émile Ysaye. Ces deux maîtres avaient fini par céder aux injonctions de ma mère en acceptant de me présenter en public.

Ici, une nuance s'impose, Monsieur, en ce qui concerne le mot « public ». J'allais, en réalité, d'un salon mondain à un autre salon, encore plus mondain ; d'un palais somptueux à un autre, encore plus somptueux. J'ai même dû jouer, pour ma plus grande honte, devant celle que j'appelais « la danseuse de castagnettes » : l'impératrice Eugénie. Par chance, son empereur d'époux ne se trouvait pas dans la salle. Je pense que, même adolescent, j'aurais refusé de jouer devant lui.

J'étais, tout de même, encore un enfant et incapable de discerner la passion qui aveuglait ma mère : elle était sûre que son fils était un génie. L'hypocrisie ou la lâcheté d'une société aristocratique pour qui le mot *mensonge* n'existait pas, nous a permis de jouer à ce jeu des années durant et, au bout du compte, seuls ma mère et votre serviteur en étions les victimes. On se moquait de nous dès que les bougies étaient éteintes, mais lorsque j'entrais en scène les applaudissements pleuvaient sur ma tête. Que dis-je ? J'étais ovationné, choyé, gâté...

C'est mon entrée au Conservatoire qui m'a remis les pieds sur terre. J'ai réussi le concours, certes, mais pas mieux que d'autres. J'ai eu le droit de suivre les leçons de professeurs qui étaient honnêtes et sévères. Ils étaient sensibles à ma constance dans le travail, à mon enthousiasme pour cet instrument qui nous réunissait en un cercle commun, maîtres et élèves. J'ai commencé à comprendre que mon avenir artistique serait moins glorieux que je ne l'avais imaginé : je pouvais aspirer à une carrière en tant que membre d'un ensemble, orchestre de chambre, orchestre symphonique. Peut-être, à force d'acharnement et de labeur, parviendrais-je à devenir premier violon. J'aurais pu me sentir déprimé, quitter le Conservatoire... Ma passion pour la musique m'a permis de regarder mon futur avec sérénité. Et, pour finir, il y a eu ma rencontre avec Brindis de Salas, qui a enfoncé le clou : je voyais enfin un véritable artiste transformer son violon en instrument magique.

Quant à son comportement face au succès... Quel bel exemple de dignité ! L'homme ne changeait pas. Il était heureux de ces triomphes, et il était conscient de sa valeur. Mais il gardait la tête froide, et la jeune vedette continua de mener la vie simple qui avait été celle du jeune étudiant. Une seule différence : l'argent commençait à affluer et il n'hésitait pas à en faire usage. Il ne fut plus question de me laisser payer la note dans un restaurant et il refusa de se laisser acheter des habits. Pour ne pas le froisser, je ne protestais jamais lorsqu'il me faisait des cadeaux et m'offrait mille preuves de son amitié : des livres rares, une chevalière dont j'avais admiré la facture...

Pour répondre aux situations nouvelles, j'ai continué à lui servir d'« impresario improvisé », en négociant le prix d'une salle à louer, en courtisant les journalistes qui comptaient, en l'introduisant dans le milieu des salons parisiens où se forge le prestige d'un artiste... Je construisais pas à pas – et avec quel plaisir ! – la légende de Brindis de Salas, le plus brillant représentant de la nouvelle génération de solistes.

Les semaines défilaient à une vitesse étourdissante ; le printemps finissait ; l'été frappait déjà à la porte. J'ai commencé à recevoir des propositions d'Italie : tout le pays attendait, avec impatience, la visite du « jeune génie cubain ».

Connaissez-vous l'Italie, Monsieur ? Oui ? Tant mieux ! Je n'aurai donc pas besoin de vous en décrire les merveilles...

Si les débuts de Brindis à Paris avaient été couronnés de gloire, en Italie rien n'était acquis. Le goût, la sensibilité du public changent d'un pays à l'autre : le succès mondial, qu'il s'agisse de celui d'un artiste, d'un livre, d'une pièce de théâtre ou d'un opéra, est rare. Je faisais confiance au talent de mon ami et, en même temps, je me méfiais de la Péninsule. Je n'oubliais pas que le souvenir de Niccolò Paganini, mort en 1840, était encore présent dans tous les esprits. Comme vous le savez, Monsieur, le célèbre violoniste avait révolutionné la technique de l'instrument. Paganini avait su exploiter avec brio tout son registre harmonique. Il avait élargi au maximum la tessiture du violon. Comme me l'a assuré un de ces vieux admirateurs qui « avait encore dans l'oreille » les prodiges entendus au cours d'un concert : « Paganini a transfiguré le violon. Jamais personne ne pourra l'égaler. »

Si l'on ajoute à cela la personnalité du *maestro,* son allure romantique, ses longs cheveux de jais, son regard fulminant et son tempérament de *diva* jalouse de ses prérogatives, on comprend qu'il valait définitivement mieux adopter une posture pétrie d'humilité pour affronter le public transalpin. Je me suis donc permis de conseiller à Claudio José de ne pas jouer au cours de sa tournée un des vingt-quatre *Caprices* de Niccolò.

« Je souhaite lui rendre hommage, André-Marie.

– On pensera que tu veux te mesurer à lui. C'est une idole. N'en fais pas un caprice... »

J'essayais de dérider le front de mon ami avec ce jeu de mots enfantin ; par bonheur, il comprit que j'avais raison. Il ne restait plus qu'à s'occuper du comment, du quand et du où : les trois pièces maîtresses de la préparation d'une tournée.

Je connais les limites, les aspects peu réjouissants du monde aristocratique, Monsieur. Je n'ai pas peur d'en critiquer les faiblesses, de m'opposer aux abus ou à l'insolence de ceux que je considère comme les membres de ma « classe », pour parler comme ces utopistes de Marx et d'Engels. Mais, d'un autre côté, je n'hésite pas à louer ce que j'appelle les côtés positifs de la tradition aristocratique. Un de ceux-ci est le fait d'avoir une famille semblable à un arbre ancien dont les multiples branches s'élancent à l'assaut du ciel et les innombrables racines s'enfoncent profondément dans le sol. J'aime l'idée que je suis apparenté par le sang à une bonne partie de la noblesse européenne. J'accepte ces contradictions qui me permettent d'être révolutionnaire pour les uns et conservateur pour les autres : c'est une richesse d'ordre spirituel dont je suis fier. Mes relations avec mes tantes, mes cousins, mes oncles d'Angleterre, d'Allemagne, de Hongrie ou d'Italie ont toujours été parfaites. Depuis mon adolescence, par pur plaisir, j'ai gardé le contact avec ces membres plus ou moins éloignés de mon arbre généalogique en m'efforçant de ne jamais demander la moindre faveur à personne. Il m'importe tout particulièrement que ces lointains parents sachent que mon affection pour eux est gratuite, un beau geste dont je m'enorgueillis.

Voilà pourquoi mes cousins italiens ont répondu avec enthousiasme lorsque je leur ai demandé d'accueillir Brindis de Salas chez eux. Puisqu'il ne s'agissait pas de moi mais de mon ami, je n'y suis pas allé par quatre chemins et j'ai questionné la *famiglia italiana* : où fallait-il que le jeune violoniste se produise pour qu'en *un seul* récital il provoque le même effet qu'à Paris ? La réponse fut unanime :

« *A Milano, senza dubbio !* »

Milan, la métropole du Nord, la ville la plus riche, celle qui était considérée par ses admirateurs comme le véritable cerveau de la péninsule Italienne ; la seule cité qui pouvait tenir tête, quand il le fallait, au pouvoir de Rome.

Mon grand-oncle, Gian Battista di Fonza Ballestero, y avait fait fortune en tissant une véritable toile d'araignée de banques, un réseau très compliqué et très efficace avec des ramifications en Europe et dans le reste du monde. Cet homme se faisait pardonner sa férocité légendaire de capitaine de la finance en se glissant, de temps en temps, dans la peau d'un mécène courtois, éclairé et prodigue : il donnait de l'argent à tous les musées, à tous les théâtres d'Italie. Artistes, directeurs de troupe, compositeurs, écrivains... Quiconque s'occupait de culture dans l'Italie réunifiée depuis peu *devait* quelque chose à mon grand-oncle. J'admirais cet homme, et je connaissais bien ses qualités et ses défauts : on ne pouvait rien lui imposer. Pis : il fallait qu'il puisse se croire l'initiateur de ce qu'on lui proposait. La nouvelle des succès de Brindis à Paris était déjà parvenue à ses oreilles, et il se fit donc une joie de nous inviter, Claudio et moi-même, à le rejoindre dans sa résidence d'été, à Fiesole, où nous pourrions demeurer le temps qu'il faudrait pour préparer ce triomphe qu'il estimait, comme il me le disait dans une lettre, « inéluctable ». J'annonçai la bonne nouvelle à mon ami – et fus surpris de son refus.

« Rencontrer des gens de la qualité de ton oncle au cours d'un dîner est une chose, André-Marie, loger chez lui en est une autre. Je ne me sentirais pas à mon aise parmi tes riches cousins.

– Tu auras des appartements privés, Claudio José. J'ai averti qu'il te fallait silence et isolement pour pratiquer ton instrument. En fait, tu auras une aile du palais pour toi tout seul.

– Un palais !

– Eh bien, oui ! Je ne voulais pas t'en parler avant. J'aurais préféré que tu découvres la beauté de ce lieu. Et il est entendu que tu auras une liberté totale pour aller, venir, partir, refuser des mondanités et jouer à fond ton rôle d'ours mal léché. C'est le privilège du grand artiste que tu es. *La famiglia è d'accordo.*

– *Ma io non sono della famiglia : io non sono che tuo invitato !*

– *Invitato d'onore, caro.* C'est à toi d'établir les règles du jeu. »

J'avais découvert quelques mois auparavant que Brindis parlait avec aisance aussi bien l'anglais que l'allemand et l'italien. Il m'avait étonné un jour en apostrophant une jeune femme en russe dans un café de Paris.

« Où as-tu donc appris toutes ces langues, Claudio José ?

– Je me suis rendu compte, tout jeune, de l'importance de parler la langue du pays où l'on se trouve. Et même d'adopter l'accent d'une région. À Cuba, petit, je parlais comme les Havanais ; au Mexique, j'ai pris tout de suite l'accent mexicain. C'est comme une marque de courtoisie ; mais cela fait aussi partie de l'instinct de survie. Je suis noir. Où que je me trouve, je serai toujours noir. Maîtriser une langue permet de se défendre, de convaincre, d'insulter s'il le faut. Et d'aimer aussi quand les circonstances s'y prêtent.

– Mais comment trouves-tu le temps ? Depuis que je te connais, tu consacres toutes tes journées au violon. »

Cette question amusa beaucoup Brindis et le poussa à se dévoiler un peu.

« Pas *tout* mon temps, André-Marie. Ne m'as-tu pas souvent demandé : “ Où étais-tu ? ” sans obtenir de réponse ? Eh bien, je donnais des leçons pour joindre les deux bouts. Certains élèves me payaient ; avec d'autres, je faisais des échanges. Par exemple, je donnais des cours d'espagnol à une Allemande professeur de peinture qui rêvait de se rendre au Mexique : elle m'a appris sa langue natale. L'anglais est venu en donnant des leçons de violon au fils d'un diplomate ; j'enseignais au petit et sa mère, une ancienne actrice, m'apprit la langue de Shakespeare, les poèmes de Shelley et de lord Byron. J'ai une très bonne oreille et, surtout, j'ai un énorme plaisir à apprendre les langues.

– *E l'italiano, per piacere ?*

– Ah, l'italien ! Te souviens-tu de la belle patronne du restaurant, avenue de l'Opéra ?

– *La grossa signora ?*

– L'opulente mais très aimable personne, oui. »

Je connaissais le succès colossal de Brindis avec les femmes, mais il venait de m'ouvrir de nouvelles perspectives sur cette vie privée dont il ne parlait jamais à personne. Au fond, son système d'apprentissage des langues n'était pas si étonnant : il passait de la table de travail au lit d'une Allemande, d'une Anglaise, d'une Italienne... Des maîtresses au double sens du terme. Mais quelle belle Russe lui avait enseigné la langue de Pouchkine ? Un jour, peut-être, j'arriverais à le savoir.

Je parvins finalement à vaincre les réticences de mon ami, et nous sommes partis pour l'Italie. Je ne lui avais pas menti ; à Fiesole, on lui avait réservé des salles de travail, des salons particuliers, une somptueuse chambre personnelle, une splendide terrasse et toute une domesticité habituée à servir les invités de mon grand-oncle : des ambassadeurs, des princes, des cardinaux. Je dois dire que *toutes* les femmes de service, gouvernantes, cuisinières, femmes de chambre, lingères, soubrettes, toutes sans exception ni distinction d'âge ou de physique, tombèrent sous le coup de son charme.

Le comportement de Claudio José vis-à-vis *della famiglia* fut exemplaire. Il assista sans rechigner à quelques dîners offerts en son honneur et prit part à plusieurs déjeuners champêtres avec mes cousins et cousines ; il n'économisa ni son temps ni ses meilleurs sourires pour plaire à tout le monde. Et puis, au bout d'une semaine de ces activités harassantes, après un souper vraiment familial avec mon grand-oncle, sa femme, mes cousins, mes cousines, Claudio José s'éclipsa quelques instants puis reparut, violon en main.

Je croyais bien connaître l'art du Cubain, sa technique prodigieuse ; je pensais aussi que Brindis avait besoin d'un auditoire nombreux avec lequel entrer en communion. Je l'avais surnommé d'ailleurs, par jeu, « le vampire musical », car mon ami semblait aspirer les diverses énergies qui parvenaient jusqu'à lui et qu'il renvoyait dans un souffle puissant vers la salle.

« Tu fais l'amour à ton public, Claudio José, me suis-je permis de lui dire un jour. C'est presque indécent. »

Brindis sourit car il savait à quoi je faisais allusion : au cours d'un de ses derniers concerts, il s'était relevé après avoir salué, et des rires avaient fusé aux premiers rangs : sous le pantalon, serré comme on les portait à l'époque, on pouvait voir qu'il n'y avait pas que l'interprète qui s'était redressé...

« Pourquoi riaient-ils ? Toutes les femmes du premier rang étaient hilares.

– Une jeune déesse t'aurait-elle mis en transe, mon ami, ou bien est-ce la musique qui produit cet effet sur toi ? En tout cas, tu as permis à toutes ces dames de vérifier *de visu* que la nature t'a gâté sur tous les plans.

– Mon Dieu ! Quelle honte ! »

Il eut du mal à contenir un fou rire avant d'ajouter :

« Non, non, ce n'est pas une femme qui a eu cet effet sur moi, c'est la réaction de la salle après un récital très dense qui me procure une excitation incomparable. Dans ce sens-là, oui, tu peux dire que je fais l'amour avec le public. »

À Fiesole, nous n'étions qu'une poignée de convives et, pourtant, Brindis se surpassa : il donna le meilleur de son art et de lui-même, peut-être pour nous remercier de l'admiration et de l'affection que nous lui témoignions. J'en fus ému. Mes cousines pleuraient de joie. J'ai surpris quelques domestiques qui écoutaient, cachés derrière les rideaux. La métamorphose qui s'était opérée dans les traits de mon grand-oncle me donna des frissons : les rides creusées par le temps, le masque sévère gravé par des années de soucis et d'efforts avaient disparu. Une sérénité surprenante donnait à la peau de ses joues et de son front, aux contours de sa bouche, une fraîcheur de jeunesse retrouvée. Son habituel regard sombre était devenu lumineux et il souriait de ce sourire que doivent avoir les bienheureux à l'entrée du paradis.

Brindis, sensible à cet accueil, ne se montra pas avare de son talent : l'archet vibrait d'une intensité toute particulière ; les longs et vigoureux doigts de l'artiste redoublaient d'agilité. La deuxième *Rhapsodie* de Liszt et la première *Valse* de Chopin, véritables tours de force dont la moindre note est un piège pour l'interprète, prenaient l'allure d'un jeu grâce à l'inspiration de Brindis.

Il y a eu des cris, des larmes, une véritable ovation après ce concert improvisé qui avait duré plus d'une heure. Mon grand-oncle y mit bon ordre en envoyant tout le monde au lit. Nous sommes restés seuls avec lui. Il fit servir à nouveau du café, de la *grappa* et finit par nous livrer le fond de sa pensée.

« Aujourd'hui, Milan se prend pour le centre du monde, surtout depuis la réunification du pays. Ce serait donc une grave erreur d'évoquer les triomphes de notre ami à Paris. D'abord, ce serait insultant : tout Milanais cultivé connaît mieux que les Parisiens la vie artistique de votre capitale. Non, Milan préfère “ découvrir ”, faire croire qu'elle dicte au reste du monde ce qu'il faut admirer. Après tout, que serait Verdi sans la Scala ? Il faut donc aborder le public milanais avec la plus grande humilité. Brindis doit se produire au Conservatoire ; cela plaira immensément. Bien entendu, le public sera composé des professeurs, des élèves et de leurs familles. Personne ne s'opposera à ce que j'invite, en outre, quelques amis. Par le plus grand des hasards, il se trouve que ces amis sont de ces personnes qui comptent dans le monde musical et culturel de notre ville : des chefs d'orchestre, des propriétaires de salles, de grands journalistes et quelques restaurateurs qui serviront de porte-voix à notre entreprise. Je sais déjà quelle sera la réaction de ce petit monde : un triomphe. Nous n'aurons pas besoin de chercher une salle : vous croulerez sous les offres. Et vous pourrez vous permettre de refuser celles qui ne vous plairont pas. Croyez-en mon instinct de vieux chasseur : la direction de la Scala viendra vous supplier à genoux. Tout ce qui vaut et brille à Milan sera présent pour applaudir *il Cavaliere* Brindis de Salas. Car, mon cher *maestro*, j'ai décidé de vous décorer de l'ordre de la croix de Malte, comme j'en ai le pouvoir... Sur les affiches, nous inscrirons, *il cavaliere Claudio José Domingo Brindis de Salas y Garrido*. Qu'en dites-vous ? »

Mon grand-oncle voulait s'atteler aussitôt à la mise au point des détails du récital, mais Claudio José prétexta une migraine pour prendre congé.

« *Forse è la grappa.* Je ne suis pas habitué à boire cette liqueur excellente mais *troppo forte.* »

J'avais l'impression que le Cubain nous jouait la comédie. Les regards, les sourires échangés entre Brindis et ma cousine Maria Carolina delle Grazie ne m'avaient pas échappé. Le feu menaçait dans la demeure. Je soupçonnais qu'un rendez-vous discret avait été convenu pour plus tard, sans doute dans l'aile du palais réservée à Claudio José. J'avais un nœud à l'estomac ; si mes soupçons se confirmaient, tout pouvait très mal finir. Ma cousine était une jeune écervelée, mariée à un officier de l'armée royale, vétéran des batailles contre les Autrichiens. On le tenait pour un des meilleurs spadassins du pays et il avait remporté de nombreux concours de tir. Comble de malchance, l'homme était Napolitain. Et plus jaloux qu'un tigre en rut. J'avais fait mon enquête, et on m'avait rapporté qu'il avait expédié dans l'autre monde deux pauvres bougres qui avaient simplement eu le malheur « d'avoir regardé sa femme avec trop d'insistance ».

Je n'étais pas sûr que mon ami savait où il mettait les pieds. Mais comment l'en avertir sans froisser cet *orgullo cubano*, cette fierté cubaine qu'il ne cessait de claironner ? Mon oncle parlait, mais je ne l'écoutais plus. Prenant mon courage à deux mains, je prétextai à mon tour une indispositon pour me retirer.

Je l'ai entendu bougonner dans mon dos :

« *Tutti malati. Questi ragazzini non possono bere due bicchierini di grappa ! Porca giovinezza e povera Italia !* »

Je me suis discrètement retourné : il avait empoigné la bouteille de grappa et buvait au goulot.

Mes craintes, hélas, étaient bien fondées : en arrivant aux appartements de Brindis, j'ai vu, depuis le jardin, la fenêtre de sa chambre grande ouverte. Le Cubain enlaçait ma cousine qui était comme évanouie dans ses bras. Elle était consentante, bien sûr, et cette défaillance simulée ajoutait du piquant à sa reddition.

Les jours suivants, j'ai remarqué un changement très curieux dans l'attitude des domestiques envers Claudio José et ma cousine : on les traitait comme s'il s'était agi d'un couple marié ! La *famiglia* était-elle aveugle ou acceptait-elle cyniquement la situation ? Je savais que ni mon grand-oncle ni les frères et sœurs de Marie-Caroline n'avaient de la sympathie pour le *Napoletano* : que la jeune mariée trompe son époux avec un si brillant artiste, Noir venu d'ailleurs, enflammait les sentiments romantiques des jeunes et attendrissait le vieil oncle qui, au temps de sa jeunesse, avait été un grand consommateur de magnifiques servantes venues du Moyen-Orient et d'Afrique du Nord.

J'étais le seul à percevoir le danger que courrait Brindis si d'aventure le mari jaloux revenait à la maison. Selon ce qu'on m'avait dit, il participait à quelque opération secrète pour le compte de la Couronne du côté de la Sicile. J'avais soudoyé les domestiques pour connaître les habitudes du militaire : le Napolitain faisait une authentique investigation policière à chaque retour de voyage. Qu'avait fait sa jeune femme pendant son absence ? Combien de fois était-elle sortie sans chaperonne ? Qui était venu la voir à la maison ?... L'homme semait la terreur et, malgré l'adoration que suscitait Brindis chez « le petit peuple », malgré l'affection que l'on portait à la jeune épouse, sans oublier les pourboires généreux que je distribuais à tout-va, quelqu'un dénoncerait immanquablement le couple clandestin. Il était de mon devoir de tout mettre en œuvre pour couper court à cette passion naissante. Par chance, la date du concert approchait et Claudio José s'enferma pour travailler jour et nuit. Je fus à nouveau le bienvenu et mon ami me donna carte blanche pour que cette première représentation soit un immense succès. Le moment était venu, et nous avons quitté Fiesole pour rejoindre la capitale du Nord et nous installer dans la somptueuse demeure milanaise de la *famiglia*.

Mon grand-oncle m'apporta une aide précieuse : nous avons établi un « plan de campagne » qui fut suivi au pied de la lettre. Il fallait, avant toute chose, créer un élan de curiosité autour de la personnalité de Brindis. La rumeur commençait à enfler : « un artiste exceptionnel » allait se produire au Conservatoire. Mes jeunes cousins et cousines s'amusaient à tenir des propos énigmatiques lors de l'entracte de tel spectacle, dans tel restaurant à la mode, dans telle *gelateria* proche du Duomo, partout où l'on trouvait des gens qui, à leur tour, alimenteraient « les potins du jour ».

« Un grand artiste étranger venu de Paris, dites-vous ? Un pianiste ?

– Je n'en sais rien.

– Moi, on m'a parlé d'un *phénomène*.

– Un pianiste avec quatre bras !

– Un chanteur à deux têtes !

– Vous avez été invitée ?

– Pas pour l'instant. Et vous ?

– Non plus. »

La patience des Milanais était mise à rude épreuve. La *famiglia* était assaillie de cartes de visite, de lettres implorant une invitation « à ce prochain événement dont toute la ville parle ». Quelques personnes, oubliant tout sens de la décence, eurent l'audace de frapper à la porte de mon grand-oncle. Il se montra intraitable. Chaque invité avait été choisi dans un but bien précis : le soutien qu'il pourrait apporter à la préparation de la tournée qui établirait la renommée et la gloire de Claudio José en Italie.

Sans surprise, le soir du récital, la salle était bondée ; on se serrait, mais on ne boudait pas son plaisir d'être là ; il ne restait pas une place de libre ; des hommes se levaient pour offrir galamment leurs fauteuils aux dames arrivées en retard.

Dehors, devant les portes du Conservatoire, la foule se pressait dans l'espoir d'obtenir une place à la dernière minute. Notre sage grand-oncle avait eu la bonne idée de demander au chef de la police, un de ses amis, de disposer un cordon de policiers, une force capable de faire respecter l'ordre. À peine le dernier invité était-il entré dans le bâtiment que les portes se refermèrent... Ce fut alors un déchaînement de sifflets, de hurlements, de quolibets que les policiers durent essuyer sans ciller.

À l'intérieur du temple musical, dans la salle de spectacle où pas un bruit ne parvenait de l'extérieur, le chevalier Claudio José Domingo Brindis de Salas y Garrido subjuguait son auditoire. Après un long silence quasi religieux, révélateur de l'état d'esprit du public, abasourdi par le génie du *Cavaliere*, des applaudissements intempestifs éclatèrent au moment où Claudio José entama les morceaux de bravoure que sont les *cantabile sonore* de la *Cavatine* de Raff et les *pizzicati* de la *Fantasia* inspirée du thème musical cubain *Ensillo mi caballo* (Je selle mon cheval).

Brindis, par principe et par respect pour le public de *vrais* connaisseurs, refusait de s'interrompre dans ce genre de circonstances. Il m'avait dit un jour :

« Je hais quand le public de l'Opéra, du Français ou de la salle Pleyel brise l'enchantement d'une tirade de Racine, la délicatesse d'une *aria* de Cherubini ou l'inspiration d'un pianiste qui donne le meilleur de lui-même en jouant une page de Schumann ou de Liszt. Mais ce que je hais par-dessus tout, c'est quand l'artiste se conduit en boutiquier, et interrompt sa tirade, son aria ou sa partition pour remercier le client. Mon public à moi devra attendre la fin de ma prestation pour que je vienne saluer. »

Et à Milan le public a dû attendre pour transformer les *evviva!* et les *bravo!* en manifestation triomphale.

Le lendemain, une réunion eut lieu dans le bureau de mon grand-oncle. Comme celui-ci l'avait prévu, il y avait là le directeur de la Scala, qui offrait d'organiser un récital dès la semaine suivante, ainsi qu'un homme aux cheveux blancs qui s'avéra être Serafino Di Vitti, l'impresario le plus respecté du pays, qui proposait de mettre sur pied une tournée estivale qui établirait définitivement la célébrité de Brindis dans la Péninsule : Parme, Venise, Florence, Rome et, bien entendu, le théâtre San Carlo de Naples.

Méfiant comme tout homme d'affaires avisé, mon grand-oncle me chargea de vérifier les accords, d'affiner les programmes et de veiller à la qualité des affiches. J'étais déjà pris dans l'engrenage de toutes ces activités, qui commençaient à me peser, accablé par la chaleur de plomb de l'été (« Jamais il n'a fait si chaud en Italie ! » entendait-on à tout bout de champ), je n'ai donc pu continuer à surveiller les amours de Claudio José et de ma cousine comme je l'aurais souhaité. La grande soirée à la Scala arriva et, ce soir-là, le spectacle dont je fus témoin en entrant dans la salle me glaça le sang : Marie-Caroline trônait, toute seule, dans une des meilleures loges. Bien sûr, la *famiglia* avait des places de premier choix, mais, du point de vue hiérarchique, c'était comme si l'on avait accordé à ma cousine le rang de princesse. L'impératrice Eugénie elle-même n'aurait pu se sentir plus honorée.

Ce signe d'amour manifeste, exhibé devant tout ce que Milan comptait comme noms illustres, ne semblait pas non plus suffire à mon ami : avant et après chaque morceau, le violoniste saluait ma sotte cousine. Il ne remerciait le public qu'après lui avoir rendu hommage.

Ah, les airs entendus et les regards outrés ! Ceux qui ne savaient pas que la belle inconnue était une femme mariée souriaient à ces manifestations d'amour. Les autres fronçaient les sourcils. Mais les marques impudiques d'affection qu'échangeait le couple – ma cousine ne se privant pas de minauder à l'abri de son éventail – n'altérèrent en rien l'accueil du public : la salle se leva comme un seul homme pour offrir à l'artiste l'ovation qu'il méritait. Claudio José dut revenir sur scène pour enchaîner les rappels. Ma cousine rayonnait.

Pour ma part, j'étais effondré.

J'ai erré dans Milan de café en café, en commençant par le buffet de la gare centrale jusqu'aux modestes estaminets des lointains faubourgs de Turro et de Gorla : partout, sauf peut-être dans les échoppes les plus minables, on commentait « le grand événement qui venait d'avoir lieu ». Le plus souvent, quelqu'un qui se trouvait au paradis essayait de communiquer à ceux qui l'écoutaient les émotions produites par chaque morceau interprété par *il violinista nero*. Les autres brodaient autour de ce qu'on leur avait raconté.

Dois-je vous rappeler, Monsieur, que la musique fait partie de la chair même de l'histoire de Milan ? Que c'est dans cette ville que les mots *Evviva Verdi !* sont devenus le symbole d'une rébellion. Vive le musicien, bien sûr, mais aussi un défi lancé à la face des forces d'occupation autrichiennes : *Evviva Vittorio Emanuele, Re di Italia !* Bien des citoyens de la ville avaient connu les geôles autrichiennes pour avoir peint sur les murs ces mots qui manifestaient tant leur patriotisme que leur attachement à la liberté.

La *Gazetta di Milano*, que je me procurai dès sa parution, confirmait les commentaires élogieux que j'avais entendus. « Claudio Brindis de Salas tire du violon ses mélodies les plus pures. Il ne recule pas devant les grandes envolées volcaniques mais, tout en exécutant de vertigineux tours de force techniques, il sait garder sa sérénité. Le bon goût du violoniste cubain le préserve des effets gratuits. Il est d'une élégance remarquable. »

Claudio José venait de gagner le cœur de Milan. Quel meilleur départ pouvait-on rêver pour une tournée en Italie ?

Après un succulent petit déjeuner pris dans la galerie du Duomo, je suis monté sur le toit de la cathédrale : c'était mon lieu préféré quand je me trouvais à Milan et que j'avais besoin de m'isoler.

J'avais deux graves problèmes à résoudre : empêcher le retour du militaire napolitain et trouver le moyen de lui expédier ma cousine dans les meilleurs délais. Isolé quelque part en Sicile, l'époux trompé ne serait sans doute pas informé tout de suite de l'affront qui lui était fait ; par contre, dès qu'il remettrait les pieds à Milan, il serait au courant de tout. Ce que j'avais lu dans la gazette, à la page des « potins », m'avait glacé le sang : « Nous serions ravis de connaître le nom de la belle jeune femme à qui le violoniste cubain a dédié ses morceaux musicaux. » Il fallait mettre un terme au scandale avant qu'il ne nous explose à la figure.

Je suis arrivé au bon moment chez mon grand-oncle : on avait fait la fête jusque tard ; la famille dormait. Mon grand-oncle, lui, en homme matinal qu'il était, se trouvait déjà dans son bureau, devant la table de travail recouverte de dossiers. Il me connaissait bien et savait déchiffrer mon visage.

« Tu n'as pas accompagné Brindis au festin. Il en a été assez peiné, le pauvre, et n'a cessé de te demander. Tu as passé, par contre, une nuit blanche. Ta tête est celle d'un très mauvais matin. Quels sont tes soucis, mon neveu ?

– Brindis, justement. Et Marie-Caroline. Le scandale qui se prépare et la tragédie qui s'annonce. »

Je n'y suis pas allé par quatre chemins. C'était la meilleure manière d'agir avec cet homme d'expérience qui n'avait pas peur des mots.

J'ai tout dit. J'ai évoqué mon manque de discernement, car j'aurais dû lui parler bien plus tôt. J'ai fustigé l'inconscience de Marie-Caroline, qui savait très bien comment réagirait son épouvantable mari ; j'ai aussi eu des mots cinglants pour la frivolité indigne de mes jeunes cousins et cousines qui s'amusaient à jouer, le temps d'un été, les entremetteurs.

Mais je n'ai pas dit un mot sur l'attitude de mon oncle, d'abord par respect mais aussi parce que je savais que, dans sa grande sagesse, il saurait mieux que quiconque reconnaître l'ampleur de sa faute.

Le vieillard avait posé un coude sur le rebord de sa table de travail et se tenait la tête dans la main. Je ne voyais pas ses yeux, son visage était caché par son abondante chevelure argentée.

« Tout ça, c'est ma faute. »

La voix grave était lugubre comme des cloches sonnant le glas.

« Voyons, mon oncle ! Il ne faut pas...

– Si... Si... »

Il releva la tête et me regarda droit dans les yeux.

« Mon mépris du *cafone*, ce cul-terreux de Napolitain, m'a aveuglé. Je me réjouissais de la tête qu'il ferait en arrivant à Milan lorsque toute la ville lui apprendrait qu'il était le cocu le plus fameux de la saison. Je comptais protéger Maria Carolina de ses foudres, bien sûr. Protection qui serait à coup sûr inutile, car le pauvre bougre adore la petite garce. Mais, dans mon compte, j'ai oublié Brindis, ton ami, notre ami. Que faire à présent pour empêcher cette catastrophe ? Je n'y vois plus clair. Ce doit être le début de la sénilité.

– Le militaire ne doit pas quitter la Sicile.

– Accordé. J'en parlerai à Cavour, au roi s'il le faut !

– Marie-Caroline doit rejoindre son époux.

– Il y aura du grabuge. La petite peste s'est vraiment entichée du Cubain. Elle se voit déjà parcourant le monde à son bras.

– Je sais. Il faudra la forcer, l'obliger au départ.

– L'enlever, tu veux dire.

– En quelque sorte, oui.

– C'est faisable.

– Il faudra changer l'itinéraire de la tournée. Pour le moment, Brindis doit jouer à Florence, Rome, Naples, Parme, et finir à la Fenice de Venise. Il ne faut pas que le couple se montre à Naples. C'est trop risqué. Un ami du militaire outragé pourrait se sentir pousser l'envie de laver son honneur en les trucidant tous les deux.

– Entendu. Nous allons modifier les plans de la tournée. Florence, Rome, Parme et Venise, lieu parfait pour ce genre d'histoire rocambolesque. Un bateau loué pour l'occasion emportera Maria Carolina de la Sérénissime jusqu'au trou perdu en Sicile où se trouve son mari. Ce sera une bonne leçon pour cette étourdie. »

Mon grand-oncle se moquait des sentiments. Je pense qu'il ne croyait pas du tout à la puissance de l'amour. Son unique passion était celle des affaires ; son luxe, élever une large famille qui lui permettait de se détendre les soirs de grand froid. Je n'avais pas connu ma grand-tante, morte quand j'avais dix ans. Le nom de mon grand-oncle n'avait jamais été associé à celui d'une autre femme. Et, pourtant, ce bon vivant aimait les plaisirs de la chair. J'avais remarqué, parmi la domesticité de la maison, des gouvernantes, des cuisinières qui avaient des particularités communes : croupes généreuses, seins opulents, un certain embonpoint et des visages rubiconds qui respiraient la joie de vivre. Des maîtresses placées à l'intérieur de la maison. Un harem secret qui répondait dans la bonne humeur aux plaisirs du maître. En tout cas, que Marie-Caroline aimât sincèrement Brindis ou que celui-ci fût tombé amoureux fou de la jeune femme, cela n'avait pas la moindre importance pour lui. La décision de briser le couple ayant été prise, il ne restait qu'à passer à l'action.

Je devais préparer le rapt de Marie-Caroline en m'efforçant de laisser des portes ouvertes ; un espoir de retrouvailles, un jour, peut-être, pour les amoureux.

Brindis me reçut avec simplicité. Il ne m'interrogea pas sur mon absence, la veille, à son banquet d'honneur. Lorsque je lui confirmai que j'allais bien participer à l'organisation de la tournée, il s'enthousiasma :

« Avec l'entrée en scène de Serafino Di Vitti j'ai cru que tu allais me laisser tomber. Tu me connais, je n'ai que faire des experts. Je n'ai besoin que de mes amis, et surtout de mon ami le plus proche, de toi, André-Marie. »

Tout était redevenu calme et limpide entre nous. Je ne pouvais pourtant pas oublier le but principal de la tournée : préparer son succès tout en le séparant de la femme dont il s'était épris.

Je me suis ensuite ouvert à Serafino Di Vitti : rien n'était possible sans sa complicité. Il se fichait éperdument des affaires de cœur du musicien ; avec qui Brindis couchait le laissait indifférent ; par contre, la menace d'un duel représentait un risque commercial insupportable. Il me promit de tout faire pour m'aider dans « l'entreprise de Venise », euphémisme qui servait à maquiller la réalité crapuleuse de l'action qui s'annonçait.

Je pris mon courage à deux mains pour demander à Brindis de manifester plus de discrétion en public avec Marie-Caroline.

« Sa présence, seule, dans la loge d'honneur a fait jaser tout Milan. Ma cousine est bien naïve et ne songe pas à la médisance d'une société snob et pervertie jusqu'à la moelle. Quelqu'un se fera forcément un plaisir de tout raconter à l'époux napolitain. Il faut éviter tout scandale. Pour le bien de la famille, pour ton bien à toi, et pour elle, bien sûr.

– Je n'y avais pas pensé. Tout me semblait si simple, tu sais ? Deux êtres découvrent l'amour et le paradis sur terre, en toute innocence. Et tu me dis que l'orage menace. Que dois-je faire, comment dois-je m'y prendre ? Je suis à tes ordres : tu connais bien mieux que moi cette société aristocratique. »

J'exposai mon plan d'action qui était, d'ailleurs, très simple. Au théâtre, Marie-Caroline devrait être constamment entourée de ses cousins, de ses amies, de ses cousines.

« Et salue la salle avant de te tourner vers elle. »

Mon ami sourit, il découvrait les côtés amusants des amours clandestines.

« Après le concert, au cours des promenades en ville, ses cousines doivent vous tenir compagnie. Du chaperonnage au premier degré : comme si vous étiez fiancés. En Italie, la coutume exige que les amoureux marchent seuls, devant, suivis de loin, *à chaque instant*, par le clan familial.

– C'est tout, monsieur l'Inquisiteur ?

– Pas tout à fait. Quand tu t'enfermeras pour travailler, je serai aux côtés de ma cousine : nous ferons des emplettes, nous visiterons les musées.

– Je t'en remercie. J'avoue que j'étais un peu préoccupé. Maria est si naïve, comme tu dis, qu'elle ne comprend pas que j'ai besoin de huit, dix, douze heures de pratique chaque jour. Elle pense qu'il me suffit de monter sur scène, sans travail préparatoire, pour éblouir l'humanité entière. »

Tout était pour le mieux : Brindis expliqua à ma cousine « la pièce de théâtre que nous devons jouer dans la vie ». Ma cousine accepta tous les points que je lui avais indiqués. Elle jura de suivre à la lettre la règle du jeu et, je dois le dire, sa conduite à Florence fut exemplaire.

J'ai promis de ne pas vous faire perdre votre temps, Monsieur, en vous décrivant les beautés uniques de la Péninsule, ces paysages glorieux, ces monuments qui en font le berceau de notre culture occidentale. Je ne peux pourtant pas vous cacher le plaisir renouvelé que me procure l'évocation des rives de l'Arno, des arches du Ponte Vecchio ou des œuvres d'art de l'Accademia. Se levant parfois à cinq heures du matin, Brindis trouvait le temps de travailler son violon et de nous accompagner dans nos déambulations à travers la capitale toscane. Les habitants de Florence étaient habitués à la présence d'étrangers de passage et ne montraient jamais de curiosité particulière pour personne. Nous étions, à vrai dire, une exception. D'abord, nous étions jeunes, très jeunes, dois-je vous le rappeler. Marie-Caroline avait dix-huit ans ; Brindis venait d'avoir vingt ans en cet été 1872 ; j'étais son aîné d'à peine une année. Nous étions aussi beaux, chacun dans notre genre, et riches, à en juger par l'élégance de nos vêtements, la qualité des tissus, de nos bijoux.

Nous formions, en outre, un bien étrange trio : une jeune fille blonde, au teint rose et aux yeux d'un bleu céleste, donnait un bras à un géant d'ébène, et l'autre à un rouquin déjà un peu en chair, mais dont la prestance ne le cédait en rien à celle de ses compagnons.

Et, bien sûr, Brindis était déjà célèbre dans toute la ville. Serafino Di Vitti avait inondé Florence d'immenses affiches avec un portrait en pied du *Cavaliere* violoniste, arborant fièrement sa croix de Malte. Rien d'étonnant, donc, à ce que tout le monde se retourne sur notre passage.

Comment décrire mes sentiments ? J'étais plus qu'heureux de la tournure qu'avaient prise les événements et je me disais que l'avenir de Brindis était placé sous les meilleurs auspices. Mais le climat pouvait aussi s'assombrir soudainement, comme le lendemain du premier concert, lorsque je retrouvai un Brindis furieux contre le *Corriere Italiano*, le principal journal de la ville. Marie-Caroline dormait dans sa chambre, Brindis finissait de déjeuner sur la terrasse de sa suite dominant l'Arno.

« Tiens, lis !

– “ Le jeune Noir a émerveillé son auditoire, suscitant l'enthousiasme. La technique du violoniste est admirable, son *portamento* très léger et, en même temps, nous sommes fascinés par l'énergie propre de sa race ; Brindis de Salas a une sensibilité à fleur de peau et cette sensibilité s'exprime avec une passion intense ; ses pupilles lancent des éclairs, l'expression de son visage électrise... " Et alors ? Je ne comprends pas ce qui te met dans cet état. J'aimerais recevoir, un jour, de tels éloges d'un journal si prestigieux.

– Tu n'auras jamais un article pareil. Personne ne mentionnera ta *race* pour expliquer ta fougue. Relis ce papier comme il faut, André-Marie ! Le jeune Noir ! L'énergie propre à sa race ! Ses pupilles qui lancent des éclairs ! L'expression de son visage qui électrise ! Le tâcheron qui a écrit ce torchon n'y est pas allé de main morte ! Me voilà dépeint comme un chimpanzé qui fait le beau devant un public de peaux blanches. Je savais bien qu'un jour ou l'autre cette histoire de race ferait surface. C'est intolérable ! Je me souviens de notre première rencontre, du plaisir que m'as fait en me disant : " J'écoutais derrière une porte le son d'un violon qui m'enchantait ; je me moquais que l'artiste fût jeune, vieux, gros, maigre, grand ou petit : le son du violon existe en soi. " Tu te fichais de ma nationalité ou de ma couleur de peau, n'est-ce pas ? Si ces crétins de journalistes pouvaient faire de même !

– Oui, certes. Mais permets-moi de te faire remarquer que l'article ne décrit pas du tout un chimpanzé : il évoque plutôt la splendeur d'une panthère.

– Je ne plaisante pas, André ! Ah, ils me veulent fauve ! Ils veulent voir la magie et les mystères de la forêt sur scène ! Eh bien, je vais leur en donner pour leur argent ! À partir de maintenant il faudra prévoir deux violons et des dizaines de paquets de cordes, plus quelques archets. Je ferai en sorte que l'instrument s'enflamme sous mes doigts ! »

Rien ne pouvait calmer la colère de mon ami. J'attendais que l'orage passe lorsque Marie-Caroline m'a fait appeler par la femme de chambre.

Elle prenait son petit déjeuner au lit ; devant elle était posé un immense plateau en argent encombré de tasses, d'assiettes, de verres, de récipients pour le thé, pour le lait, pour l'eau chaude, de viennoiseries de toutes sortes, d'œufs brouillés, de confitures variées, de diverses variétés de miel... L'appétit de la jeune femme semblait insatiable. Elle continua de manger à pleines dents tout en m'assenant des paroles très dures.

« Comment, cousin ? J'apprends que nous n'allons plus à Naples après Rome, mais que nous nous précipitons à Parme ? Et mes amies, et ma belle-famille napolitaine qui m'attendent ? Que vais-je leur dire ? Vous n'imaginez pas l'é-nor-me intérêt que suscite Claudio José ! »

J'ai décidé d'adopter un ton humble, de tout mettre sur le dos de Serafino Di Vitti. Je posai solennellement la main sur la Bible qui se trouvait sur la table de nuit.

« Je jure par Notre-Seigneur Jésus-Christ que jamais de tels changements impromptus ne se reproduiront. »

Je me tenais debout devant ma cousine qui, pour bien me faire sentir son ire, ne m'avait pas prié de m'asseoir ; elle se goinfrait, le dos calé contre des oreillers, le plateau d'argent posé sur ses genoux. Sa chemise de nuit était presque transparente, son décolleté laissait entrevoir bien plus que la naissance de son opulente poitrine. Sous le tissu léger, les pointes de ses seins se dressaient de manière insolente.

La tentation était irrésistible. Je brûlais de vérifier ce que je soupçonnais déjà : les poings serrés dans les poches de mon pantalon, je fixai donc sans sourciller la gorge voluptueuse de Caro. Opération délicate : vous êtes trop jeune pour savoir, Monsieur, que nous portions à l'époque des pantalons serrés qui mettaient en valeur, certes avec discrétion, les attributs masculins. Je voulais savoir quelle serait la réaction de ma cousine. Allait-elle se scandaliser, crier à l'offense, m'inviter à quitter sa chambre sur-le-champ ?...

Elle sourit.

Sa vanité était plus forte que son sens de l'honneur et de la modestie.

« Nous sommes donc d'accord, cousin : pas de changements sans m'avoir préalablement consultée. Et cessez donc de nous surveiller : laissez-nous un peu de liberté à Claudio José et à moi. »

Je posai à nouveau la main sur la Bible.

« Je le jure. »

Je me dirigeais vers la porte lorsque la voix de Marie-Caroline m'arrêta :

« Dites, cousin... »

J'ai pivoté pour lui faire face.

« Oui, cousine ?

– Seriez-vous, par hasard, jaloux ?

– Jaloux ? Que voulez-vous dire ?

– Vous m'avez parfaitement compris. Claudio José m'a beaucoup parlé de votre amitié... fraternelle ; il m'a expliqué qu'il ne prend aucune décision, professionnelle ou privée, sans vous consulter. Et, soudain, la fête est finie ! Arrive une petite sotte de cousine qui change la donne. C'est moi que Claudio José consulte à présent. J'espère que vous en êtes conscient.

– Tout à fait. Y a-t-il autre chose ?

– Je me demandais aussi... »

Elle fit une moue de petite fille gâtée, joua avec une de ses boucles dorées.

« Oui ?

– Eh bien, dans la famille, tout le monde sait que, hormis votre mère, aucune femme n'a jamais compté pour vous. Aucune. Et, pourtant, beaucoup de jeunes filles exquises, en France, en Italie, soupirent après vous.

– Ce qui veut dire... ?

– Rien. Je pense que chacun doit vivre selon ses choix, en toute liberté. »

C'est à ce moment-là que s'est produite la véritable rupture entre ma cousine et moi. J'avais baissé la garde ; jusque-là je pensais que, peut-être, Marie-Caroline aimait sincèrement Brindis. Tout n'était pas encore joué. Depuis notre départ de Fiesole, pas un jour ne s'était passé sans que j'aie été assailli par les remords : avais-je le droit de m'immiscer dans leur histoire d'amour ? Au lieu de manœuvrer pour expédier ma cousine en Sicile, n'aurais-je pas dû leur offrir un bateau pour qu'ils s'enfuient ? La Russie, la Suède, l'Allemagne, l'Europe entière réclamait le jeune prodige noir. Une fois les amoureux loin d'Italie, la famille pourrait contenir la fureur du Napolitain, lui faire entendre raison.

Je fixais Marie-Caroline et la jeune femme se métamorphosait sous mes yeux : dix ans encore, et elle aurait doublé de taille, les charmes de la jeunesse auraient laissé la place à la vulgarité obscène des chairs molles. Une vingtaine, une trentaine d'amants encore, et Caroline aurait intégré la cour des ribaudes qui savent comment soutirer de l'argent à leurs maris âgés pour mieux payer les caprices de leurs jeunes amants.

Un goût amer envahit ma bouche. Pour toute réponse, je me suis incliné et j'ai quitté la suite royale du couple, sans prendre la peine de fermer la porte.

J'ai décidé de ne pas faire le voyage à Rome : la présence de Marie-Caroline m'était devenue insupportable. L'idée de parcourir la Ville Éternelle à son côté, en plein milieu de l'été, me semblait une pure folie. Ceux qui ont déjà séjourné à Rome un 15 août, le célèbre *ferragosto* si redoutée par les Italiens, savent de quoi je veux parler. Journée odieuse pendant laquelle réaliser le moindre effort est un supplice. Faire un pas, dire un mot, respirer est déjà un acte d'héroïsme. Les rues des bas quartiers, le célèbre Trastevere, deviennent des fours où il est dangereux de s'attarder : la folie rôde entre les murs brûlés par un soleil vertical. Il est déconseillé de rester dehors : les familles, même les plus modestes, partent vers la côte à la recherche d'un bain de mer providentiel. La ville ancienne ne garde que ses chats faméliques, ses rats, ses coupeurs de gorge. Adieu sens de l'équilibre et amour du concret des Romains ! Les limites explosent. Tout est possible. Pis encore : tout est *pardonnable* au cours du *ferragosto*. Le mari jaloux peut, impunément, égorger sa femme ; l'ouvrière étrangler sa patronne, l'enfant brûler son chien... Tout crime trouve une explication valable ; victime de la chaleur intense, l'homme n'est que l'instrument d'une force supérieure. Certes, j'exagère quelque peu les conséquences de cette journée exceptionnelle, mais c'est pour mieux me trouver une excuse : à Rome, j'aurais été capable de poignarder ma cousine.

Je ne vous cacherai pas que j'en voulais aussi un peu à Brindis. Follement épris de sa belle, il avait accepté sans le moindre regret, pour la première fois depuis que nous nous connaissions, mon absence lors d'un de ses récitals. Je battis donc en retraite en me rendant à Parme sous le prétexte de préparer sa venue prochaine.

Cela ne me déplaisait pas non plus de retrouver une de mes villes préférées, symbole, à mes yeux, de l'élégance et du raffinement de la Renaissance. Quel bonheur de me rendre à pied, tôt le matin, de l'église Santa Consortia jusqu'à la piazza della Pace, où j'avais l'habitude de prendre un café avant de traverser le pont sur le fleuve Torrente pour aller lire les journaux au soleil sur un banc du Parc ducal. J'avais trouvé de la presse française chez un libraire. Ma langue maternelle, les nouvelles de ma ville natale suscitèrent en moi une anxiété qui me surprit. Nostalgie, regrets, désir de solitude. Les bras chargés de revues, de journaux, je déambulais d'une allée à l'autre du Parc, puis je m'arrêtais, hypnotisé par les eaux limpides du bassin aux nénuphars.

Immobile, j'essayais de plonger au plus profond de moi-même pour y voir clair. Je me disais...

Te voici dans un des lieux les plus privilégiés de la planète, une ville où règne la sérénité et où chaque pierre incite à la réflexion. Pourquoi jouer l'ange gardien d'un insensé qui court à sa perte ? Profite de la sagesse ancestrale de Parme pour prendre une bonne résolution : pars, laisse ta cousine à ses turpitudes et Brindis face à son propre destin.

Pourquoi ne l'ai-je pas fait ? Rien n'est simple dans la vie, si je puis me permettre de vous assener cette platitude, cher Monsieur. Et, pourtant, c'est vrai : rien n'est simple.

Au lieu de rentrer à Paris, je suis resté à Parme pour attendre le couple royal. M'est revenue alors en mémoire la longue conversation que j'avais eue à Milan avec ma tante Nannunzia, la sœur cadette de mon grand-oncle. Celle-ci faisait partie du « complot » pour une raison bien simple : Marie-Caroline l'adorait et la considérait, depuis son enfance, comme son unique confidente. Nannunzia était elle aussi très attachée à celle qu'elle avait élevée à partir de l'âge de cinq ans. Malgré son affection pour Maria, ses principes moraux de mère de famille la rendaient intraitable sur un point : rien ne pouvait excuser la conduite d'une « femme adultère ».

« J'ai eu une longue conversation avec ma nièce, André-Marie, et j'ai eu du mal à me retenir de la gifler. J'ai essayé de la raisonner. J'ai invoqué le tort qu'elle se fait, qu'elle nous fait, la flétrissure sur l'honneur de son époux... Peine perdue. Elle a même pris un air offensé. Je plains ton pauvre ami... Elle doit peser sur ses épaules jour et nuit. Je me demande où il trouve l'énergie pour monter sur scène. »

Le récital du Chevalier à l'opéra de Parme devait me prouver que la tante Nannunzia voyait juste. Ce que je redoutais le plus s'est hélas produit : pour la première fois, Brindis m'a déçu. Il était épuisé, énervé ; de toute évidence la plus grande confusion régnait dans son esprit et il se réfugiait dans un étalage éblouissant de prouesses techniques. Où était passé son jeu subtil, son sens exquis des nuances ? Tout n'était qu'artifice.

La salle, bien sûr, délirait ; les ovations n'en finissaient pas. Et c'est là que, pour la première fois, j'ai entendu crier : « C'est un nouveau Paganini ! » – « C'est un Paganini noir ! »

Mon regard croisa celui de Giuliano Masseri, le critique musical le plus éminent de la ville. Il avait, par chance, assisté aux concerts de Milan et de Florence. Il vint à ma rencontre.

« Que se passe-t-il, Vicomte ? Le succès fait-il tourner la tête à notre ami ?

– Je crains que ce ne soit une tête blonde qui lui fasse perdre la raison.

– Vous me rassurez. Au moins le mal n'est pas incurable. Les blondes passent, le talent perdure. Ne vous faites pas de souci : je ne serai pas trop méchant avec votre Chevalier. »

Masseri tint promesse. Dans son article, tout en signalant les fautes de goût de l'interprète, il lui tissait des éloges :

« J'espère, pour le bien du chevalier Claudio José Brindis de Salas, que les hurlements hystériques de la salle le baptisant un *nouveau Paganini* ont échappé à son extraordinaire sens de l'ouïe. Le Brindis que nous avons entendu et applaudi à Florence et à Milan ne ressemblait à personne ; toutes ses qualités provenaient de lui-même : c'est là son meilleur atout. »

Le lendemain, nous avions rendez-vous avec Claudio José au café de la piazza della Pace. Le journal, ouvert à la page de l'article de Masseri, était posé sur la table.

« Je suis effondré, André-Marie. »

Je l'ai trouvé amaigri ; il ne cessait de porter un mouchoir imbibé d'eau de Cologne à sa bouche : une toux caverneuse faisait trembler tout son corps.

« Tomber malade en plein mois d'août, c'est un comble, murmura-t-il

– Si tu le souhaites, nous pouvons annuler Venise.

– Jamais ! J'ai cinq jours pour me remettre d'aplomb. Cela est suffisant. »

Une nouvelle quinte de toux coupa le sourire qui avait accompagné ces paroles.

Venise.

Je ne sais pas ce que vous pensez de cette ville, Monsieur : pour ma part, je l'ai en horreur ! Je déteste tout en elle : ses canaux pestilentiels, sa *Ca' d'Oro*, ses pigeons de la place Saint-Marc, gros et laids comme des rats, ses murs lézardés, ses façades lépreuses, ses gondoles, ses gondoliers...

Voilà une ville qui fait rêver le reste du monde et que j'aimerais voir couler et disparaître au fond de la mer. Les villes sont pour moi des boîtes à surprises : elles renferment le meilleur ou le pire ; des rêves limpides ou des histoires sordides à vous glacer le sang.

Je suis peut-être injuste ; je me laisse sans doute influencer par de mauvais souvenirs.

Je vous demande pardon ?

Non, il n'y a pas de mal à cela. Vous n'êtes pas indiscret. Vous m'écoutez avec patience depuis le début de ces entretiens ; je peux bien répondre à une question qui vous intéresse.

J'ai passé un été entier à Venise avec ma mère quand j'avais sept ans. Cette femme charmante et généreuse avait un dangereux penchant à se laisser envahir par les misères des autres. Cet été-là, une catastrophe naturelle, une inondation, un tremblement de terre, que sais-je, s'était abattue sur la région. Ma mère partait tôt le matin avec un groupe d'amies porter secours aux malheureux ; pendant ce temps, elle laissait son fils dans un immense *palazzo*, glacé, humide, en compagnie d'une gouvernante alcoolique, d'une domesticité indolente et les poches pleines d'argent. J'avais aussi une gondole à mon service et un gondolier qui, comme me l'avait expliqué ma mère, devait m'obéir au doigt et à l'œil. Je détestais le palais et ses domestiques, je passais donc mes journées sur la gondole.

Je n'aime pas abuser des caricatures, mais il n'y a rien à faire, Luigi était une caricature de gondolier : grand, élancé, sourire étincelant et en plus il chantait !

Au début, je m'amusais à donner des ordres, et Luigi se faisait un devoir de m'obéir : je me gavais de glaces, je passais des heures au guignol et je me comportais comme un enfant gâté capricieux. Je me souviens de l'avoir obligé à passer et à repasser sous le pont des Soupirs une bonne centaine de fois. « Le pont est plein de cris, de soupirs, de larmes, *signorino.* » J'aimais les histoires que Luigi me racontait, ces récits horribles de pauvres bougres torturés, étranglés, découpés en morceaux, puis jetés à l'eau...

Luigi m'appelait *il mio signorino.* Il m'exhibait avec fierté à ses collègues. Je déjeunais souvent en compagnie de gondoliers qui me gavaient de fromage, de saucisson et me laissaient boire de la bière.

C'est la partie amusante de mon histoire.

Puis Luigi se mit en tête de me montrer l'autre face de Venise : celle des quartiers pauvres, la zone où l'on enfermait autrefois les lépreux, l'asile de fous, l'ancien ghetto... Luigi était fier de me montrer comment il manœuvrait adroitement sa gondole dans des canaux de plus en plus étroits, sous des ponts de plus en plus bas, là où l'eau stagnante avait une couleur abominable et une odeur de poisson pourri qui me collait à la peau pendant des heures.

En réalité, le gondolier, comme tant d'autres Vénitiens, faisait de la contrebande. Une fois la confiance entre nous établie, il se mit à m'abandonner de longues heures en compagnie des gosses de son quartier. Cela arrangeait ses affaires et ne lui posait aucun problème d'ordre moral.

C'est ainsi que je suis passé de l'autre côté du miroir. Quand j'entends des gens cultivés, raffinés, se pâmer devant les beautés architecturales de la Sérénissime, ses ruelles, ses places comme des décors de théâtre, je ne peux m'empêcher de penser aux ruelles louches, aux bâtiments pourris qui sont plus près d'un des neuf cercles de l'Enfer que du Jardin des délices.

Les enfants que je fréquentais n'étaient pas méchants, loin de là : ils me considéraient comme un petit prince qui leur remplissait les poches de sous et de sucreries. Ils étaient juste brutaux, insensibles, dépassés par l'insolite de la situation : un gosse de riche était tombé entre leurs mains, comme une sorte de... jouet.

Ce qui sauve mes souvenirs de Venise, ce sont les moments musicaux qui y sont associés. J'aime le théâtre de la Fenice. J'y ai fait connaissance avec Verdi, avec les plus grands artistes. J'espérais de tout mon cœur que Brindis ferait honneur à ce temple.

L'arrivée de Brindis à Venise, son entrée à la Fenice...

J'ai vécu cette rencontre entre l'artiste et le vénérable lieu qui devait l'accueillir comme une vraie fête. Je pensais connaître l'endroit comme ma poche, Brindis, en le visitant pour la première fois de sa vie, a eu une réaction d'une justesse surprenante.

« Le bâtiment est d'une incroyable beauté, à l'extérieur comme à l'intérieur, mais sais-tu ce qui m'émeut le plus, André-Marie ?

– Dis-moi.

– Le respect pour le public que l'on ressent à chaque pas, du parterre jusqu'au dernier rang du paradis. As-tu remarqué que, où que l'on se trouve, on voit la scène dans sa totalité ? D'habitude on pense aux princes et, après, au peuple : pas à la Fenice.

D'abord les spectateurs ! Les dorures, les tapis moelleux, les rideaux de velours, le marbre... Tout ça vient en plus. »

Assis au premier rang du balcon, j'observais Brindis s'adapter au plateau. En bras de chemise, il arpentait la scène de long en large, allait vers le fond, revenait, s'arrêtait au milieu, les yeux fermés comme pour mieux sentir de mystérieuses vibrations. Il s'approchait de l'encadrement pour observer puis palper le bois ciselé, le poids du rideau de scène qu'il caressait comme un chat.

Brindis se déplaçait en de longues enjambées élégantes, avec une souplesse toute féline ; il tournait sur lui-même, jouait de ses bras, de ses doigts avec un violon invisible.

Se rappelant enfin ma présence, il me supplia de jouer sur scène pendant qu'il arpentait la salle.

J'ai commencé par refuser : je ne m'en sentais pas capable. Mon admiration pour son talent me l'interdisait. Cédant à son insistance – comment pourrait-il jauger l'acoustique du lieu si je ne l'aidais pas ? –, j'ai fait un effort et, installé au centre de la scène, j'ai joué pendant qu'il se plaçait aux quatre coins de la salle, de l'orchestre au paradis. J'exécutais ses ordres.

« *Piano-piano*, s'il te plaît.

« *Melodioso.*

« *Fortissimo.* »

Il m'a enfin rejoint sur le plateau. Il avait dans le regard quelque chose de fiévreux, je le sentais brûler de l'intérieur. Il était en nage. Son trac, qu'il me montrait pour la première fois, le rendait plus humain et plus fragile.

« Je suis confus, André-Marie ! La chance de jouer dans la plus belle salle au monde s'offre à moi trop tôt ! »

J'ai fait de mon mieux pour le rassurer. Juste retour des choses, c'est moi qui ai dû prendre du bromure le soir de la prestation de Brindis. J'avais choisi une place au premier rang du paradis. Je voulais *voir, écouter, sentir* tel un spectateur désargenté mais passionné. J'ai pu suivre ainsi, à chaque instant, les réactions de ce public sincère qui cherchait son plaisir et rien d'autre.

Après la matinée passée à tester l'acoustique du théâtre, Claudio José avait décidé de revoir entièrement le programme du récital. Contrairement à son habitude, il n'interpréterait pas une page musicale paisible suivie d'une autre plus forte. Il opta pour un pari dangereux : une page lente, une douce montée de la sérénité vers un épanouissement où toutes les énergies seraient concentrées. Il passerait ainsi de la *Fantaisie* d'Ernst à la *Barcarolle* du baron Freederichsz puis à la *Paraphrase de Faust* de Wieniawski.

Il voulait laisser au public le temps de faire connaissance avec ces qualités d'interprète que l'on ne cessait d'applaudir chez lui : maîtrise de l'instrument, sensibilité à fleur de peau, inventivité, sens de l'improvisation...

Ah, Monsieur, quelle soirée ! Quel succès phénoménal ! Du paradis où je me trouvais jusqu'aux premiers rangs du parterre, les spectateurs, hommes et femmes, se sont levés comme répondant à un signal secret. L'ovation n'en finissait pas. Pour remercier le public de cet accueil, Brindis enchaîna avec une série de *bis* des plus spectaculaires.

J'ai quitté Venise sitôt le concert terminé. J'avais laissé à Brindis une gigantesque gerbe de fleurs et un mot d'excuse.

« Je t'expliquerai à Naples. »

Je savais d'avance qu'il ne me demanderait aucune explication ; ma désertion n'aurait plus d'importance. Le lendemain, Brindis partirait vers Trieste en compagnie de Serafino Di Vitti. L'impresario y avait organisé une soirée en l'honneur du violoniste, un récital informel qui serait suivi d'une rencontre avec des directeurs de théâtres d'Europe centrale en vue d'une tournée d'hiver.

On avait expliqué à Marie-Caroline qu'elle l'y rejoindrait deux jours plus tard.

Le reste ressemblait à un roman de cape et d'épée : Nannunzia verserait un puissant somnifère dans la verveine que Marie-Caroline prenait avant de se coucher ; ensuite, on transporterait la jeune femme à bord d'un bateau en partance pour la Sicile. Mon grand-oncle se chargerait d'expliquer au *Cavaliere* que, le mari de Marie-Caroline étant très malade, elle avait dû se rendre à son chevet...

Le Cubain devait clore la saison estivale du théâtre San Carlo à Naples. À cette époque, en Italie, la mode était d'organiser les activités artistiques et culturelles selon les saisons, ce qui permettait aux dames de changer de garde-robe et de briller en acccord avec la température du moment. Le récital de Brindis de Salas à Naples était considéré comme un événement majeur ; les succès qui l'accompagnaient de ville en ville, les critiques, les commentaires des spectateurs avaient fait grimper la température dans cette ville réputée pour ses excès. À Naples, comme chacun sait, c'est tout ou rien : le triomphe ou l'échec le plus brutal.

Lorsque Brindis et Di Vitti arrivèrent à Naples, j'appris de la bouche de l'impresario que notre complot avait réussi.

« Votre oncle a dit au Chevalier : “ Elle vous écrira, mon ami. ” Brindis a accepté de bonne foi toutes ses explications. Le violoniste est serein. Il attend les lettres qui doivent venir de Sicile... »

Les lettres...

Naples fêta Brindis avec la splendeur que cette ville réserve, dans sa sagesse ancestrale, à ceux qui savent la surprendre ou l'amuser. Claudio José étonna par la fougue de ses interprétations et la délicatesse de son doigté. C'est aussi à Naples qu'un critique trouva un nouveau titre à ajouter à la liste déjà longue des épithètes : « le Roi des octaves ». Le journaliste admirait la capacité de Brindis à « survoler les accords les plus complexes avec l'aisance d'un magicien ».

Et il fallut rester trois jours de plus dans la ville pour répondre à la courtoisie de ceux qui déroulaient des tapis rouges à chaque pas du musicien. Rien de ce qui fait la gloire de Naples ne nous fut épargné : l'ascension du Vésuve, la promenade autour de la baie, le déjeuner à Ischia, le souper à Capri...

À la suite de mon oncle – et avec toute la *famiglia,* qui était descendue à Naples pour assister au « couronnement » de Brindis – nous sommes rentrés à Fiesole dans l'espoir d'y trouver un peu de calme et de fraîcheur.

Mes souvenirs des premiers jours passés dans le *palazzo* familial se perdent dans les vapeurs de l'oubli. Sans doute accusais-je enfin le contrecoup de la tension accumulée depuis des semaines. Je dormais à l'infini, je me levais, je vaquais à mes occupations, me lavais, mangeais, puis me recouchais pour sombrer dans un sommeil profond et me réveillais, au bout du compte, au moindre bruit. La réalité se dérobait sous mes pas.

Une de ces nuits où je m'étais effondré sur mon lit comme une bûche, alors que je me retournais indéfiniment dans mes draps trempés de sueur, une sorte de cauchemar aux sonorités infernales a troublé mon sommeil ; le malaise que je ressentais faisait battre mon cœur comme l'aurait fait l'annonce d'une mauvaise nouvelle.

Le *son* d'un violon en folie.

Une page musicale que je connaissais et que j'avais du mal à identifier. J'ai dû faire un effort pour me rendre compte qu'il s'agissait du *Vol du bourdon*, la composition de Paganini dont l'interprétation spectaculaire avait assis la légendaire réputation du violoniste italien.

Le souvenir d'une soirée bien arrosée du temps où nous étions encore au Conservatoire se mêlait à mon rêve. Quelqu'un avait lancé un défi à Brindis :

« Ho ! le Cubain ! Serais-tu capable de jouer le *Vol du bourdon* aussi bien que son créateur ?

– Aussi bien, non : mieux ! »

J'avais été surpris de voir mon ami, toujours modeste, relever ce défi avec une telle insolence. À sa décharge, je dois préciser qu'il était aussi saoul que le reste de la compagnie. Brindis se leva, prit son violon...

Son sens de l'humour lui permit de déjouer le piège : il s'affubla théâtralement d'un châle posé sur ses cheveux crépus, en imitation de la longue chevelure qui faisait partie de la silhouette de Paganini. Puis il pasticha la pièce, jouant au « violoniste ivre ». Nous étions tous morts de rire.

Mais la musique qui me tira de mon sommeil à Fiesole n'avait rien de drôle : c'était plutôt une lamentation angoissée, un déchirement, un appel au secours.

L'interprète ne jouait pas : il martelait l'instrument avec l'archet, poussait les cordes au bout de leur résistance. Et celles-ci avaient dû finir par céder, car le violon s'arrêta au milieu d'une phrase.

Ma chambre était voisine des appartements de Brindis. La pendule marquait quatre heures moins dix. Brindis avait-il fini par comprendre les mensonges tissés autour de ma cousine ? La colère l'étouffait-elle ? À en juger par sa violence, la rage autant que le désespoir se trouvaient au cœur de la mélopée funèbre que je venais d'entendre.

La porte était ouverte et toutes les lampes et les bougies allumées ; le lit n'était pas défait, et, sur un fauteuil, se trouvait le violon dont une des cordes avait cédé ; l'archet était posé par terre.

La porte de la salle de bains était aussi grande ouverte.

« Claudio José ? »

N'obtenant pas de réponse, je suis entré. Il régnait un grand désordre : sur le lavabo maculé de sang, il y avait de la gaze et du coton.

Je passai sur la terrasse. Brindis était assis sur un banc, au fond du jardin ; il ne portait que son pantalon de pyjama et se tenait, torse nu, très droit, les bras posés sur ses jambes ; les doigts de la main gauche étaient bandés.

Ne sachant que faire ni quoi dire, je me suis assis, à mon tour, à l'autre extrémité du banc en laissant à mon ami la possibilité de garder le silence ou de parler s'il en ressentait le besoin.

J'ai fermé les yeux pour me laisser rafraîchir par la brise qui soufflait doucement ; toutes sortes d'arômes me parvenaient du jardin, le chant des oiseaux nocturnes était hypnotisant...

Soudain, la voix grave de Claudio José murmura, en détachant chaque mot comme s'il avait du mal à les prononcer :

« Ce matin, j'ai reçu une lettre de Cuba, André-Marie. Mon père est mort. »

Au début, j'ai eu du mal à comprendre les phrases que murmurait Brindis, puis, peu à peu, je me suis rendu compte qu'il reprenait le récit de la vie de son père à l'endroit précis où il s'était interrompu un an plus tôt, au cimetière de Montmartre.

« L'homme qui est rentré d'exil n'était plus le même. Les tortures subies en prison avaient laissé des traces : certains matins, il se réveillait avec de telles crampes dans les jambes qu'il avait du mal à se lever ; s'il restait longtemps debout, il avait des élancements dans le dos. Et les choses avaient bien changé depuis son départ. La Havane était devenue le point de passage obligé de toutes les grandes compagnies de théâtre ou d'opéra ; les solistes les plus éminents tenaient à s'y produire avant de continuer leur tournée sur le continent. Les musiciens noirs qui intégraient la plupart des orchestres populaires jouaient un répertoire nouveau, très différent de celui qui avait fait sa gloire. Moins respectueux des traditions musicales espagnoles, les jeunes musiciens s'efforçaient de trouver de nouveaux sons, en puisant dans les sources d'inspiration qu'étaient la campagne cubaine et, surtout, le très riche creuset de la tradition africaine. La concurrence était féroce.

« Mon père essaya de reconquérir sa popularité d'antan en s'adjoignant de jeunes musiciens talentueux : il baptisa son orchestre *La Concha de Oro,* la Coquille d'Or. Ce nom ne lui porta pas bonheur : l'orchestre eut beaucoup du mal à se faire une place.

« Il avait une famille à nourrir, qui s'est agrandie avec le temps : sa femme, mes deux frères et moi. Ma mère, Maria Nemesia, se refusait à demander de l'aide à ses parents. Et elle se tuait au travail : notre maison était la plus propre de tout le quartier ; nos vêtements, les mieux repassés ; nos chemises, les plus amidonnées. Grâce à son éducation de jeune fille sachant coudre, broder et tisser, elle s'était créé une clientèle de riches dames. Et, quand l'argent venait à manquer malgré les sacrifices de mes parents, ma mère se faisait aussi lavandière et repasseuse. Pendant ce temps, nous, ses enfants, ne manquions de rien, nos souliers étincelaient, nos habits étaient d'une propreté exemplaire.

« Dieu merci, il y avait la musique...

« Nous nous endormions et nous réveillions en musique. Mon père pratiquait son instrument, donnait des leçons, composait ; ma mère chantait du matin au soir : des chansons cubaines, des *zarzuelas* espagnoles, des mélodies de Veracruz que mon père lui avait apprises en rentrant d'exil.

« Bien sûr, nous, les enfants, nous étions musiciens depuis le berceau. On m'a offert mon premier violon à l'âge de trois ans, un cadeau d'anniversaire. Ce n'était qu'un jouet, certes, mais il est devenu mon compagnon préféré. Mon père assurait que je tirais des sons très harmonieux de cet instrument.

« J'ai pris conscience, très jeune, d'une situation qui, même aujourd'hui, me laisse un goût amer : il était évident pour tout le monde que j'étais le fils préféré de mon père, et mes frères vivaient cela comme une injustice. Peut-être pour compenser la situation, ma mère leur donnait toute sa tendresse ; je n'étais, pour elle, que le canard boiteux. J'avais un corps robuste quoique tout en finesse et je savais me battre : mes frères n'osaient pas s'en prendre à moi physiquement ; ils me traitaient donc par le mépris. Ce n'est pas par volonté que je suis devenu, aux yeux de tout le quartier, le garçon solitaire qu'on ignorait à l'heure de former des équipes de jeu.

« L'indifférence de mes frères et la réserve de ma mère m'ont poussé dans les bras de celui que je considérais comme mon maître et unique ami : mon père

C'est par admiration pour lui que je me suis mis à composer à l'âge de sept ans. Oh, rien de bien sérieux au début, quelques lignes mélodiques, un bout de chanson...

« Mais, un an plus tard, ma composition *La Simpatizadora* faisait de moi une célébrité dans les milieux musicaux de La Havane. J'avais dédié cette page à doña Narcisa Martinez, une riche dame de la haute société à qui mon père devait quelques faveurs. Doña Martinez organisa une fête chez elle en mon honneur, au cours de laquelle j'ai exécuté le morceau. Un enfant noir de huit ans jouant avec brio sa propre composition ne pouvait qu'éveiller la sympathie de ces dames de la bonne société havanaise : je fus ovationné et l'on plaça sur ma tête une couronne de boutons d'or. Je suis passé de bras en bras, les dames, leurs filles, me cajolaient ; elles m'appelaient " leur petit ange noir ".

« Jusqu'à ce moment-là, j'avais pris des leçons avec mon père et un vieux maître noir appelé José Redondo. Mon succès chez doña Martinez poussa mon père à viser plus haut : José Van der Gucht, un violoniste belge qui vivait à La Havane, a accepté de s'occuper de moi.

« Cette période difficile et passionnante m'a fait perdre la notion du temps : je prenais des cours avec mon maître belge, je pratiquais et, en même temps, je jouais avec mes frères dans *La Concha de Oro*, sous la direction de mon père. Nous faisions des tournées épuisantes de La Havane à Matanzas, Cárdenas, Villa Clara, Cienfuegos, Güines... Une première série de numéros " chauffaient " la salle ; venait ensuite le trio d'" artistes en miniature ", mes frères et moi ; puis l'orchestre revenait au complet et, pour finir, je jouais en soliste, souvent pendant une heure, avant que l'orchestre ne reprenne les numéros dansants du grand finale.

« L'accueil d'un public enthousiaste, la fierté de mon père, la joie de jouer devant des personnes qui m'appréciaient, tout cela m'aidait à supporter la méchanceté de mes frères. En coulisses, ils ne cessaient de se moquer de moi, de rire, de me regarder d'un œil mauvais ; puis nous entrions sur scène et nos trois violons ne faisaient plus qu'un comme par enchantement.

« Lorsque j'ai eu onze ans – c'était en 1863 – Van der Gucht a décidé que je devais affronter un public de professionnels, critiques, journalistes, gens du monde. La représentation devait avoir lieu au Liceo, un théâtre très prestigieux de La Havane. Pour donner encore plus d'éclat à l'événement, le Belge avait décidé se produire lui-même et également invité le jeune pianiste et compositeur Ignacio Cervantes, idole du public cubain. L'événement eut un retentissement national ; on a même dit de moi que j'étais l'un des plus sûrs espoirs musicaux du pays.

« Après, mon père m'a déclaré : " L'île est trop petite pour toi, tu dois chercher la gloire ailleurs. " Mais mon triomphe eut des conséquences bien plus néfastes. À la maison régnait un véritable état de guerre : mes frères ne supportaient plus de partager le même toit que moi, et ma mère, brisée, malade, se résigna à demander à son mari de " me placer ailleurs ".

« Je suis passé ainsi d'un foyer ami à un autre et, pour apaiser mes frères, mon père m'a dispensé de jouer avec l'orchestre. Van der Gucht, qui était très estimé dans les salons les plus huppés de La Havane, a organisé pour moi une série de concerts privés. Je savais que les cachets devaient être conséquents, mais je ne réclamais jamais un sou à mon père ; j'étais trop heureux de pouvoir contribuer à la paix de son foyer.

« Je voyais ma mère dépérir. Elle n'avait plus que la peau et les os ; ses immenses yeux noirs lui dévoraient le visage. Plus d'une fois j'ai dû réprimer l'envie de la câliner, de l'embrasser. Mais quand je m'approchais d'elle, surtout si mes frères étaient présents, elle me regardait comme si j'étais la cause de tous ses malheurs. Je l'observais de loin, en me disant : “ Elle se meurt, elle a déjà un pied dans la tombe. ”

« Je venais d'avoir treize ans quand ce que je craignais depuis des mois finit par arriver : ma mère mourut dans son sang, étouffée par une crise foudroyante de phtisie.

« Un après-midi, mon père me demanda de l'accompagner au cimetière, où se trouvait la très modeste tombe où reposait ma mère. Il saisit ma main droite et la posa sur le marbre chauffé par le soleil.

« “ Jure que tu feras ce que je te demande, Claudio José ! ”

« J'ai juré.

« Mon père m'a expliqué qu'il avait économisé, depuis deux ans, tous mes cachets de jeune interprète ; il y avait ajouté un peu de son propre argent.

« “Je t’ai acheté deux valises, des vêtements d’hiver et d’été. Et un billet dans un bateau qui part après-demain pour Veracruz. ”

« Il avait tout préparé depuis mon récital au Liceo, deux ans auparavant : une famille cubaine devait m’accueillir, je n’aurais à payer qu’un modeste loyer et ma place à la table commune. Un autre Cubain m’avait trouvé un emploi dans une entreprise allemande de textiles, la Büsing Mertens and Co.

« “ Tu auras à porter des sacs, ranger des outils, surveiller l’atelier certains soirs. Le reste du temps tu seras libre. Travaille sans cesse ton instrument, économise chaque sou et garde en tête une seule chose : tu dois aller à Paris pour présenter le concours du Conservatoire. Car je le sais, mon fils, ton avenir est là-bas ! Je le sais ! ”

« Il se battait la poitrine avec une telle hargne que j’ai dû agripper ses poignets pour l’empêcher de se faire mal.

« Nous nous sommes embrassés devant la tombe de celle que je considérais à nouveau comme ma mère.

« Deux jours plus tard, je partais pour le Mexique avec l’espoir de revoir mon père en vie. Cet espoir m’a nourri pendant sept ans.

« Je conserve peu de souvenirs précis des quatre années que j’ai passées à Veracruz : une sorte de brume enveloppe cette période et ne restent dans ma mémoire que ce que j’appelle des *tranches de vie*.

« Les Cubains chez qui j’habitais avaient sept enfants à nourrir. Je logeais dans une chambre au fond d’un petit lopin de terre, enfin, ce n’était pas vraiment une chambre ; il s'agissait de quatre murs faits de planches et d'un toit en zinc, c'est-à-dire un four dès qu'il commençait à faire chaud. Je m'étais lié d'amitié avec deux des enfants, âgés de sept et neuf ans. J'aurais voulu leur apprendre la musique, pour qu'ils puissent échapper à l'ennui et se préparer, peut-être, un avenir. Je leur avais même acheté une petite guitare... Peine perdue : ils ne s'intéressaient qu'aux billes, à la chasse à l'iguane, aux bagarres avec d'autres enfants aussi malheureux et démunis qu'eux, dont la bêtise m'affligeait. Je remerciais en pensée mon père de m'avoir montré la voie de la musique. Ma pauvreté, mes difficultés de l'époque ne réussissaient pas à m'abattre, j'avais un rempart contre les coups durs de l'existence : mon violon.

« Je passais de plus en plus de temps sur mon lieu de travail et j'ai fini par m'y aménager un petit coin au fond d'un grenier où l'on entreposait des sacs. L'entreprise allemande pour laquelle je travaillais utilisait le savoir-faire d'Indiennes mexicaines qui brodaient des draps, des oreillers, des nappes et les revendait sur le vieux continent. La main-d'œuvre était très bon marché et les tissus, du lin, du coton, de la soie, provenaient de filatures allemandes. Les bénéfices devaient être considérables, mais les employés, moi y compris, étaient payés une misère. Je ne m'en plaignais pas car mes tâches étaient très simples : je transportais des sacs de tissus brodés, je les empilais, et certains soirs je devais faire une ronde... Le reste du temps, je pouvais me réfugier dans le grenier pour travailler mon instrument sans déranger personne. Si la chaleur était trop forte, je m'installais dehors, dans une sorte de patio où se trouvaient les fosses d'aisances de l'atelier. Le plus loin possible des odeurs désagréables, je jouais du violon. Cela faisait beaucoup rire mes compagnons de travail.

« " Nous devrions payer Claudio José : il nous fait chier en musique ! "

« Le temps passait et je suivais toujours les conseils de mon père : travailler, économiser et ne pas perdre de vue le futur voyage à Paris. Quand ? J'étais incapable de le dire.

« De loin en loin, je recevais de brèves lettres de mon père, dont la teneur était toujours : " Tout va bien ". Tout allait toujours bien pour lui, mais je n'en croyais pas un mot : son écriture devenait illisible. Inquiet, je lui ai même proposé de rentrer à Cuba. Cette fois, il a répondu très vite et en lettres d'imprimerie :

« " JAMAIS ! NE REVIENS PAS ! TON DESTIN EST AILLEURS ! "

« Je suis donc resté. Parfois, je me payais le luxe d'aller à la mer : j'étais à Veracruz, que diable ! Je retrouvais, sur la plage, mon deuxième plaisir d'enfance : nager. Je nageais pendant des heures, rêvant d'atteindre les côtes françaises à la force de mes bras. C'est ainsi que je suis passé, une fois, tout près de la mort. Le jour tombait et je me dirigeais tout droit vers l'horizon. J'ai dû perdre la notion du temps et, à un moment donné, en faisant la planche pour me reposer, je me suis rendu compte que je me trouvais à une distance impressionnante de la côte. J'ai rebroussé chemin mais le vent s'était levé, et le courant devenait pénible. La fatigue se faisait sentir et, un instant, juste un instant, j'ai eu l'étrange sentiment que mes efforts étaient futiles : je n'avais qu'à cesser de nager, me laisser couler... Cette tentation de l'anéantissement ne dura qu'un instant : une mélodie s'imposa dans ma tête : la *Cavatine* de Raff ! Mes bras se sont remis à brasser l'eau, mes jambes sont entrées en action et j'ai nagé à contre-courant jusqu'au moment où j'ai senti le sable sous mes pieds. Épuisé, je me suis laissé tomber sur la plage et j'ai dormi jusqu'au lendemain. C'est ensuite qu'un marin m'a parlé de cet endroit dangereux où l'on avait l'habitude de retrouver des corps gonflés par l'eau et à demi dévorés par les poissons.

« Je devais avoir seize ans lorsque j'ai rencontré don Patricio, le nouveau curé de la paroisse qui se trouvait tout près de mon lieu de travail. C'était un gros bonhomme, chauve et débonnaire, l'image même du prêtre proche du peuple qui s'efforçait de faire oublier le temps où les révolutionnaires pendaient les curés et brûlaient les églises. Il ne cessait de rappeler que, pendant la lutte du Mexique pour l'indépendance, c'était un prêtre, le père Morelos, qui avait hissé l'étendard de la révolte. Don Patricio adorait les noces et les baptêmes pour une simple raison : c'était pour lui une occasion de jouer du violon. Quelqu'un avait dû lui dire que moi aussi je jouais du violon, et il m'a pris sous sa protection : il m'invitait régulièrement à des goûters somptueux (“ tu es trop maigre, mon fils ”), il négocia avec mon patron une réduction de mes horaires de travail ainsi qu'une modique augmentation, et me prêta des partitions. C'est lui qui m'a fait découvrir les *Caprices* de Paganini. Don Patricio ne se formalisa pas quand je lui confiai que je n'avais pas la foi.

« "Je ne me fais pas de soucis pour toi : tu communiques avec Dieu d'une autre façon. Tu es musicien, mon fils. Les anges, eux aussi, sont musiciens. "

« Cette agréable relation n'avait qu'un point noir : don Patricio adorait jouer des duos. J'étais obligé de faire des contorsions pour m'adapter à son rythme et ne pas grincer des dents quand il faisait des fausses notes, ce qui lui arrivait très souvent.

« J'aurais pu ainsi mener une vie tranquille à Veracruz jusqu'à la fin de mes jours, quand le destin en décida autrement.

« Un des *Caprices* me posait des problèmes techniques et j'essayais de les résoudre en reprenant sans cesse ce diabolique morceau. Un jour où il faisait une chaleur accablante, je m'étais réfugié au fond du patio. Or il y avait en ville, depuis quelque temps, une compagnie de *zarzuelas* espagnole dont le directeur était un Basque, un certain Joaquin Gaztambide. Cet homme avait passé un accord avec mes employeurs, Büsing et Mertens : il leur commandait des décors et des costumes à des prix " mexicains ", bien plus intéressants que les prix européens. Le hasard voulut que Gaztambide, gourmand invétéré, se sente un peu dérangé de l'intestin ; il se trouvait dans les latrines au moment précis où je répétais sans discontinuer la pièce musicale de Paganini. Le Basque devait dire plus tard :

« " Grâce à une colique, j'ai eu la joie de découvrir Brindis de Salas : sa musique m'a aidé à mieux supporter les affres de la vengeance de Moctezuma. "

« Joaquin Gaztambide est venu me voir et a décidé de me prendre en main.

« “ Tu ne vas pas t’esquinter le dos et les mains à porter des ballots de tissu quand mère nature t’a fait don d’un sens musical exceptionnel ! ”

« La générosité du Basque n’avait pas de limites : il organisa une représentation de *zarzuelas* à mon bénéfice, me fit jouer à l’entracte et, non content du succès de la vente des billets, il improvisa un discours à la fin du spectacle et demanda au public de “ mettre la main à la poche pour aider ce jeune artiste qui doit se rendre à Paris pour continuer ses études ”.

« Les notables de Veracruz se montrèrent aussi généreux que le Basque : c’est ainsi que j’ai acquis de quoi me rendre en Europe et vivre, modestement, pendant une année.

« Joaquin m’engagea dans sa troupe le temps de la traversée de l’Atlantique. Il organisa pour moi des soirées, afin d’arrondir davantage encore mon pécule. Nous nous sommes séparés en arrivant à Saint-Sébastien, port d’attache de la compagnie. J’ai promis à Joaquin de venir y jouer en son honneur si, un jour, je devenais un violoniste célèbre. De Biarritz, j’ai pris la malle-poste pour Paris.

« Avant de quitter Veracruz, j’avais écrit une longue lettre à mon père pour lui faire part de ma chance : “ J’irai à Paris, comme tu le souhaitais, papa. ”

« La réponse mit longtemps à me parvenir. Elle finit par me trouver à Paris et n’était pas de la main de mon père.

« “ Ne t’inquiète pas, Claudio José. Je suis devenu aveugle. Ce n’est qu’un mal mineur : un musicien n’a pas besoin de voir, mais d’entendre, et de donner à entendre. ”

« C’est l’idée de la maladie, de la pauvreté dans laquelle se débattait mon père qui a été mon moteur secret pendant toutes ces années, André-Marie. Mon air sombre, la tension qui m’habitait par instants, c’est parce que je pensais à lui. Tout au long de cette tournée épuisante, je n’ai été porté que par une seule pensée : j’allais pouvoir lui envoyer de l’argent et, qui sait ? le faire bientôt venir auprès de moi. Hier soir, en recevant ce pli, quelque chose a cassé. Quelle injustice... Je n’aurai pas eu l’occasion de lui rendre un peu, ne serait-ce qu’un tout petit peu, de tout ce qu’il m’a donné, de tout ce qu’il a fait pour moi... Quelle injustice... »

Sa voix se brisa, un son rauque monta dans sa gorge, et Claudio José prit son visage dans les mains. J’eus l’impression qu’une décharge électrique parcourait sa colonne vertébrale.

L’être le plus serein que je connaissais, la personne la plus capable de maîtriser ses sentiments volcaniques dans la vie pour mieux les exprimer sur scène, se tordait littéralement de douleur.

« Claudio ! »

J’ai voulu le serrer dans mes bras, l’embrasser sur la joue, réaction normale de qui souhaite consoler celui qu’il considère comme un frère. L’aube approchait et la brise légère du soir avait disparu, la journée s'annonçait caniculaire et j'avais, à mon tour, ôté la veste de mon pyjama. C'est peut-être la nudité de nos peaux qui provoqua cette suite de gestes maladroits : en voulant embrasser mon ami sur la joue, mes lèvres se sont posées sur son cou ; confus, j'ai serré le corps de Claudio contre le mien. L'espace d'un instant, nos torses nus se sont touchés.

Brindis m'a repoussé et s'est levé brutalement. J'ai moi-même bondi comme Guignol hors de sa boîte. J'aurais dû rire ou apostropher mon ami pour lui faire comprendre son erreur : ce n'était qu'un baiser fraternel dont il avait mal compris l'intention. Après tout, ne se moquait-il pas souvent de cette habitude qu'avaient les Français de s'embrasser sur les joues ? Claudio serrait la main ou, avec ses proches, employait *el abrazo cubano*, cette accolade virile que l'on exprime en tapant de toutes ses forces sur le dos de celui qu'on étreint. Et voilà : au lieu de lui taper sur le dos, je l'avais, péché mortel, embrassé dans le cou.

« Pardon ! »

Je disais *pardon !* d'un ton si coupable que j'avais honte de moi-même.

« Ce n'est rien ! Ce n'est rien ! » ne cessait de répéter Claudio José en reculant.

Il s'éloignait de moi et finit par disparaître dans une allée de pins. Sans cesser de répéter :

« Ce n'est rien ! »

Je suis retourné au palais, je me suis habillé, j'ai enfilé mes bottes et je suis sorti pour marcher. C'est le seul remède que je connaisse pour calmer mes nerfs : marcher. Ce jour-là, j'ai dû parcourir la moitié de la

Toscane à pied. La nuit tombait déjà à mon retour et toute la famille m'attendait. Mon grand-oncle était hors de lui.

« Où étais-tu passé ? Le père de Claudio José est mort et il est reparti pour Paris. Comment peux-tu abandonner ton ami dans un tel moment ? Il t'a laissé un mot. Il est bien bon. À sa place, je t'aurais laissé une lettre d'injures ! »

Ainsi Brindis avait tout de même trouvé le temps de m'écrire quatre lignes de son écriture de collégien appliqué se méfiant de sa calligraphie.

Je rentre à Paris. J'irai, peut-être, à Cuba. Je n'en sais rien. Nous nous reverrons ici ou là-bas.

Un abrazo.

Claudio.

Un abrazo.

L'accolade cubaine.

Mais le projet de retour à Cuba ne se concrétisa pas. Brindis prit, par contre, une bonne résolution : pour compenser la douleur de la mort de son père, il décida d'honorer sa parole et partit rejoindre la compagnie de *zarzuelas* de Joaquin Gaztambide à Saint-Sébastien. Il ne pouvait mieux tomber; les affaires du Basque périclitaient et l'arrivée du jeune violoniste noir « qui avait triomphé en Italie » était une aubaine. Serafino Di Vitti enrageait parce que Brindis donnait tout ce qu'il gagnait à Gaztambide. Et les concerts se succédaient avec un succès grandissant pour deux raisons : l'art de Claudio José suscitait l'adoration des foules et, en plus, il était cubain. Les

Basques ont une relation très particulière avec l'Espagne : ils se sentent, eux aussi, colonisés : or, au même moment, Cuba luttait pour son indépendance, Brindis était cubain et, en plus, noir. Les Basques firent de lui un héros. Et, à son tour, il tomba amoureux de ce pays et de ses habitants, aussi passionnés qu'obstinés. Claudio m'envoyait une carte postale de chaque ville qu'il visitait : Vitoria, Guernica, Saint Sébastien, Irún, Hendaye. La côte basque française le fascinait. Je garde encore dans mes papiers cet étrange message expédié de Saint-Jean-de-Luz : « C'est ici que j'aimerais vivre, et peut-être aussi mourir. »

Quant à moi...

Je me suis lancé à corps perdu dans un projet qui tombait à pic. Trois anciens condisciples du Conservatoire, des amis très chers, m'ont proposé de créer un quatuor.

Les temps changeaient, Monsieur, les goûts du public aussi. On a mis un peu de temps à s'en apercevoir, mais l'époque des monstres sacrés au théâtre, à l'opéra, allait vers sa fin. Certes, l'engouement pour les grands solistes comme von Joachim, Niccolò Paganini, Pablo de Sarasate, Brindis lui-même, se maintenait et faisait les beaux jours des artistes, des directeurs de salle et des impresarios, mais les connaisseurs se tournaient chaque jour un peu plus vers un répertoire de qualité et des ensembles où l'harmonie des instruments primait sur les exploits d'un interprète. Vous direz que j'aime trop à citer Voltaire, mais comment ne pas songer aux propos du sénateur Pococurante dans *Candide* ? « La musique aujourd'hui n'est plus que l'art d'exécuter des choses difficiles, et ce qui n'est que difficile ne plaît point à la longue. »

Voilà des mots écrits en 1759 qui seront encore valables dans les siècles à venir. Une petite porte s'ouvrait à nous ; nous pouvions y pénétrer, en toute humilité, pour faire revivre des partitions susceptibles d'intégrer un répertoire de grande beauté : Bach, Haydn, Mozart, Schubert... Et Beethoven, bien sûr, lorsque nous en aurions la force. Mais d'abord il nous fallait répéter, affiner notre écoute, étudier, chacun, la manière, le style des autres. Nous avions pris, en outre, le parti de ne pas faire de concessions commerciales : chaque programme, chaque concert devait être de qualité. Nous étions jeunes, bien entendu, ce qui était idéal pour le lancement d'une telle entreprise. J'ai insisté, en plus, pour que nous ne jouions que devant deux sortes de publics : celui de riches mélomanes sachant apprécier les entreprises ambitieuses et celui de gens démunis à qui nous offririons l'inestimable cadeau qu'est une initiation à l'art pour qui ne peut, faute de moyens, accéder à la culture. Vaste programme, qui devait nous conduire des palais jusqu'aux coins les plus reculés du pays.

Ce projet demandait des moyens financiers considérables. Bien sûr, j'aurais pu m'adresser à Serafino Di Vitti, dont j'avais apprécié l'habileté et le savoir-faire. Je l'admirais, mais je n'étais nullement disposé à le laisser nous imposer des changements de programme pour mieux satisfaire au goût des directeurs de salle et du public *payant*. J'avais acquis une petite expérience en m'occupant du premier récital de Brindis à Paris : je la mettrais au service de notre quatuor. Et je possédais un autre atout auquel, jusqu'alors, je n'avais pas fait très attention : j'étais riche. Que dis-je ? J'avais à ma disposition l'une des plus belles fortunes du pays.

J'étais habitué, depuis tout petit, à *ne jamais penser à l'argent* : il me suffisait de demander pour avoir ; ma parole avait cette vertu magique. Tel jouet aperçu chez un petit voisin me plaisait ? On me l'achetait. Je suis même parvenu, dans ma voracité d'enfant gâté, à exiger et obtenir un pur-sang arabe. Trop petit pour le monter, je me limitais à le regarder et à embrasser son museau. Par la suite, comme je vous l'ai déjà expliqué, mes lectures, mes pérégrinations nocturnes, une certaine réflexion philosophique, m'ont enseigné la misère du monde. J'ai pris conscience de mes privilèges et j'ai quelque peu modifié ma conduite ; j'ai essayé de ne pas dépenser sottement mon argent et de venir en aide aux plus démunis quand je le pouvais. J'avoue que c'était une manière bien pratique de ne plus me faire de reproches. Lorsque ma mère est morte, à la fin de ma première année de Conservatoire, je savais que j'entrais en possession d'une fortune considérable.

Ce quatuor dont j'étais en train de devenir le directeur musical et l'impresario m'a obligé à me pencher de plus près sur l'étendue de mon patrimoine. Une matinée m'a suffi pour comprendre que j'avais les moyens pour mettre sur pied le meilleur quatuor du monde et veiller à son épanouissement. Je me suis plongé dans cette entreprise passionnante, et je n'ai pas vu passer le temps.

Un jour, j'ai reçu un mot de Brindis m'annonçant son passage prochain par Paris. La meilleure manière de le recevoir me semblait être d'organiser un excellent dîner en compagnie de mes musiciens. Claudio José vint accompagné de Serafino Di Vitti, qui ne le quittait plus d'une semelle et, fier de lui, il me présenta une splendide cantatrice andalouse à la chevelure de jais et aux yeux couleur d'opale ; le contraste était saisissant.

« J'ai promis de lui montrer les merveilles de Paris et ses recoins secrets. »

La dame s'appelait Linda Larra et venait de remporter un triomphe à Madrid. Je pense, en toute honnêteté, que ni Brindis ni moi n'étions encore prêts à nous retrouver en tête-à-tête. Le malentendu de Fiesole nous avait laissé un goût amer. Il nous faudrait du temps pour retrouver notre ancienne complicité.

Cette soirée fut très réussie de tout point de vue. Ma vieille gouvernante se chargea de mettre en œuvre « un dîner digne d'un roi », selon sa propre expression. D'ailleurs, le cuisinier et son équipe avaient travaillé pour l'impératrice Eugénie. Le maître queux se montra à la hauteur de la situation. Je découvris que lorsque Serafino Di Vitti buvait un peu et oubliait son obsession de réussite et d'argent, il savait se comporter comme le Florentin raffiné qu'il était : il se montra spirituel et nous fit rire avec ses mille anecdotes sur les chanteurs, musiciens et chefs d'orchestre mégalomanes qu'il avait fréquentés. Puis Brindis nous surprit en manifestant un réel intérêt pour notre quatuor. Il nous submergea de questions, voulut connaître notre répertoire, nos plans de tournées. L'idée de récitals dans les orphelinats, les hôpitaux et les villages éloignés suscita son enthousiasme et son approbation.

« Je te retrouve là tel que je te connais, André-Marie, vicomte de Brinvilliers, l'aristocrate à l'âme de poète romantique et révolutionnaire. »

Brindis insista surtout pour que nous jouions pour lui et ses compagnons. Or les musiciens et moi-même admirions le Cubain de tout cœur ; il était, pour nous, un de ces rares artistes qui ont le feu sacré.

« Nous venons à peine de nous réunir, Claudio José. Nous ne sommes pas prêts.

– Sottises ! Je connais chacun de vous. Déjà au Conservatoire vous étiez des interprètes de grande qualité. J'exige de vous entendre avant que vous ne soyez devenus des immortels.

– Notre répertoire est mince. Pour le moment, nous ne jouons que quelques pièces de Mozart.

– Eh bien, tant mieux ! Wolfgang Amadeus est la source même de l'inspiration musicale. Jouez-nous du divin Mozart ! Jouez, ou je ne vous le pardonnerai jamais ! »

La nuit était déjà avancée, nous étions tous passablement éméchés mais nous avons relevé le défi. Nous nous sommes transportés dans la salle de musique que ma mère avait fait construire pour moi au fond du jardin de notre hôtel particulier du faubourg Saint-Honoré. J'avais demandé aux domestiques de laisser le lieu dans la pénombre et de nous servir à boire car je tenais à préserver l'esprit de fête improvisée qui avait présidé à notre repas.

Nous avons commencé par le seizième quatuor en *la* majeur. J'aime son premier mouvement, ce développement en forme de question et réponse entre les instruments, que Mozart a repris ensuite dans *La Flûte enchantée*. Le finale, si joyeux, si enlevé, nous valut des applaudissements nourris de notre trio de spectateurs. Brindis se leva pour nous serrer dans ses bras. Chaque musicien eut droit à un *abrazo cubano*. Les beaux yeux d'opale de la cantatrice étaient emplis de larmes. Et Serafino Di Vitti se déclara disposé à s'occuper de notre promotion « sans contrat ni pourcentage ».

« Pour la beauté de l'art, mes enfants ! Vous aurez le monde à vos pieds ! »

Le champagne coula de nouveau à flots, puis nous avons repris nos instruments pour remercier notre « public ». Cette fois, nous avons choisi *Les Dissonances*, ce magnifique quatuor dont j'adore le dépouillement, la limpidité et la transparence si... mozartienne. Je sais que de savants exégètes affirment que ce quatuor reflète l'engagement maçonnique du compositeur avec son andante *cantabile* où la lumière semble combattre l'ombre. Je déteste ce genre de remarque qui n'ajoute rien à la qualité d'une œuvre. Je préfère plonger dans l'univers sonore de l'auteur en lui laissant ses mystères, ses sources personnelles qu'elles soient religieuses, philosophiques ou politiques.

Eh oui, ce fut vraiment une soirée très réussie. Mais j'eus à peine le temps de m'entretenir avec Brindis. Il m'apprit que Serafino Di Vitti avait organisé une longue tournée d'hiver. De mon côté, j'étais pris par notre quatuor. Je savais donc, ce soir-là, que nos chemins ne se croiseraient pas avant un certain temps.

En nous quittant, nous nous sommes donné l'accolade, *el abrazo*.

Et Claudio José m'a ensuite embrassé sur les deux joues.

J'avais raison : Brindis et moi ne nous sommes pas revus pendant un long moment. Telles des feuilles mortes poussées par le vent, les années ont défilé. L'organisation, les représentations et le renouvellement du quatuor (j'ai regretté la mort d'un de mes camarades et le départ d'un autre) occupaient la totalité de mes journées. Régulièrement, Brindis me faisait parvenir des cadeaux somptueux, comme une partition autographe de Schubert qui avait dû lui coûter une petite fortune ; souvent, il m'envoyait deux mots griffonnés au dos d'une carte. Le Cubain voyageait sans cesse et, moi-même, je profitais à présent de mes déplacements pour écrire à mon ami. Deux fois nous avons failli nous trouver dans la même ville : en 1873 à Hambourg et en 1874 à Londres. La célébrité de Brindis de Salas grandissait sans cesse et sa fortune aussi. La générosité du violoniste ne semblait pas connaître de bornes : il donnait des concerts au bénéfice de vieux musiciens malades ; des concerts au bénéfice d'orphelins de musiciens ; des concerts au bénéfice des victimes d'un tremblement de terre... Sans compter ses propres concerts, aussi nombreux que les jours du calendrier. Où puisait-il cette énergie, cette soif de labeur inépuisable ? Ni la reconnaissance des critiques et du public, ni les médailles et les honneurs qu'on plaçait sur sa poitrine, ni les émoluments fabuleux que son impresario demandait à chaque représentation ne semblaient être en mesure de freiner l'impatience volcanique de l'artiste. Brindis brûlait sa vie au rythme d'un cheval fou galopant sur la steppe.

Un soir de l'hiver 1875, le hasard m'a offert la chance de dîner avec Serafino Di Vitti, qui m'a donné des nouvelles fraîches de mon ami cubain. Nous étions à Oslo, où La Ronde – c'est le nom que nous avions finalement choisi pour notre quatuor – venait de se produire au Théâtre-Royal ; Di Vitti se trouvait en ville pour négocier un récital de Brindis devant leurs Majestés.

Oslo hivernait sous un manteau neigeux et nous étions heureux, l'impresario et moi, de nous retrouver dans une très agréable auberge, devant une table bien garnie, à côté d'une cheminée où les bûches crépitaient allégrement. La conversation a bientôt roulé sur le seul sujet qui nous occupait l'esprit : l'ami absent.

« Brindis ? Il vient d'accepter la direction du conservatoire de Port-au-Prince, en Haïti. Allez savoir pourquoi.

– Au contraire, il me semble que c'est assez compréhensible. Non seulement Haïti a été la première nation latino-américaine à obtenir son indépendance, mais en plus c'est une nation de Noirs, don Serafino.

– Je sais, je sais. Mais Claudio José, *lui*, l'est-il encore ? »

Le Florentin me regarda par-dessus ses petites lunettes rondes cerclées d'argent. Son regard pétillait et le sourire de ses lèvres me faisait penser à un portrait de Voltaire que j'aimais regarder au temps de mon adolescence : le visage d'un philosophe, d'un homme qui aime la vie sans trop se faire d'illusions sur la sagesse de l'humanité.

« Le surnom de *Paganini noir* lui colle à la peau, je sais ; de l'Allemagne à l'Angleterre, de Moscou à Bruxelles, les critiques et le public s'extasient sur la peau d'ébène du violoniste, sur ses doigts interminables qui transforment en chef-d'œuvre chaque page musicale... Oui, je sais ! Mais Brindis est devenu plus européen que vous et moi, Vicomte : son don de mimétisme tient du génie. En habit de soirée, la veste barrée de médailles, le Chevalier n'a plus rien du jeune Cubain de couleur que vous et moi nous avons connu à ses débuts. Il est devenu... un prince royal. Savez-vous ce que m'a demandé le roi pas plus tard que ce matin ? " Dites-moi, monsieur : est-il vrai que le Chevalier est un noble éthiopien ? " J'ai failli éclater de rire mais, s'il ne faut jamais manquer une occasion de se moquer d'un roi, il faut le faire avec la plus grande discrétion. Je lui ai donc répondu très sérieusement : " Certes, Votre Majesté, la famille du Chevalier semble bien provenir de la lointaine Abyssinie. On dit même qu'il descend de la reine de Saba. " C'est ainsi qu'on construit les légendes. Vicomte, les gens, même les plus riches et les plus nobles, aiment rêver, vous le savez aussi bien que moi.

– Je connais Brindis, don Serafino : je doute que ces honneurs, cette reconnaissance mondiale parviennent à combler certains vides. Il garde en lui le souvenir de son père, la nostalgie de Cuba et, même, sa honte d'être noir, riche et adoré en Europe pendant que ses frères de sang combattent sur le champ de bataille ou ploient encore sous le joug de l'esclavage.

– Oui, vous avez certainement raison, Vicomte. Savez-vous ce que Brindis m'a raconté, les yeux emplis de larmes ? Il se promenait dans les rues de Port-au-Prince quand une bande d'enfants noirs déguenillés a commencé à le suivre en hurlant : *Maestro ! Maestro !* Ils avaient entendu dire qu'il était un homme célèbre, un grand musicien. Être reconnu par ces enfants a été, pour lui, une récompense aussi importante que sa croix de Malte. Cela explique peut-être qu'il ait accepté de prendre la direction du conservatoire. Jusqu'à quand ? Brindis n'est heureux qu'en voyage : il cherche ailleurs ce qu'il ne trouve nulle part. »

Ce soir-là, je me suis vraiment pris d'amitié pour le Florentin. Au fond, jusque-là je pensais que son intérêt pour Brindis s'arrêtait au pourcentage qu'il touchait à la signature de chaque contrat. L'argent était important pour lui, bien sûr. Néanmoins, Di Vitti avait fini par apprécier l'homme autant que l'artiste. Et le souci qu'il se faisait pour le Cubain était de toute évidence sincère.

« Claudio José refuse de penser au lendemain. Il dépense ce qu'il gagne comme s'il ne savait pas, aussi bien que vous et moi, que cette profession ressemble à la Roue de la Fortune : fameux et riche aujourd'hui, misérable et ignoré demain. La générosité de Brindis ne connaît pas de limites, son goût du luxe et des belles femmes non plus. Quand je le sermonne sur ces sujets, il se contente de sourire et d'affirmer : “ J'aime brûler la vie par les deux bouts, Serafino. La misère et l'oubli ne me font pas peur. *Demain* ne signifie rien pour moi. Qui vivra verra. ” ».

Le Florentin déposa son verre d'aquavit sur la table et saisit mes mains en me regardant dans les yeux.

« Les relations entre Brindis et moi sont faussées à l'avance : je suis l'impresario, il est l'artiste dont je m'occupe, et qui me paie. Même s'il sait que je l'admire et le respecte, je pense que Claudio José se méfie de moi et a du mal à croire en l'honnêteté profonde de mes intentions. Il pense toujours que j'ai des arrière-pensées. Mais vous, Vicomte !... Il parle de vous en des termes si élogieux, il a une telle confiance en votre amitié que... qui sait ? Brindis vous écouterait peut-être ? »

Di Vitti reprit son verre et but une longue gorgée avant de m'avouer :

« Certains de vos collègues musiciens me font des reproches : ils disent que je tue Brindis à la tâche, que je l'exploite, que c'est mon avidité qui le force à enchaîner tournée sur tournée, voyage sur voyage. Ils ont tort : c'est toujours *il Cavaliere* qui décide. Et il en redemande, comme si le feu du diable brûlait en lui. Parfois je me dis que, oui, Niccolò Paganini s'est réincarné dans le corps du Cubain. C'est pour cela que je pense qu'il ne supportera pas longtemps de rester en Haïti. »

Je lui ai promis de faire tout mon possible pour parler à Claudio José dès que ma route croiserait la sienne. Le problème, c'est que je ne pouvais dire quand cela se produirait. Contrairement à mon ami,

La Ronde se faisait désirer : nous nous produisions au compte-gouttes : ma fortune nous permettait de travailler pour l'amour de l'art sans faire la moindre concession ni aux salles, ni aux critiques, ni à un public avide de nouveauté et d'exploits techniques.

Le temps continua de couler.

À la fin décembre 1876, j'ai reçu une longue lettre de Brindis accompagnée de coupures de presse. Le Cubain se trouvait à Caracas ; il venait de parcourir le pays, acclamé par les foules.

Serafino Di Vitti avait raison : Claudio José n'avait pas pu rester longtemps sans bouger. Il avait démissionné du conservatoire de Port-au-Prince et promis de revenir y donner des cours « de temps à autre ». J'ai parcouru la collection d'articles qu'il m'avait envoyée. Il venait d'achever une tournée à travers toute l'Amérique centrale, du Nicaragua au Guatemala, puis au Costa Rica et au Panama. Au Venezuela, le triomphe de Brindis s'était transformé en événement national : il avait été applaudi, fêté, choyé, le pays était à ses pieds. Mon quatuor étant très bien accueilli en Espagne, j'avais fini par maîtriser les rudiments de la langue pour mieux approcher ce peuple que j'aimais tant. J'admirais les paysages et l'architecture de la Vieille-Castille et j'étais devenu passionné de l'art flamenco. J'ai donc pu parcourir les articles et, en particulier, une chronique de l'hebdomadaire *El Zancudo* de Caracas. Je suis resté un peu perplexe en lisant au début de l'article une note biographique sur le père de Brindis où le journaliste, un certain José Irady Rivas, assurait qu'il s'était agi « d'un noble et riche artiste, favori de la reine espagnole doña Isabelle II ». Sans doute Claudio José revisitait-il le passé de son père décédé pour l'élever à la hauteur de sa célébrité mondiale. Cela ne faisait que confirmer l'amour que Brindis lui portait, et je ne trouvais rien à y redire : ce n'était qu'un mensonge pieux. L'article se poursuivait par une énumération des triomphes du violoniste cubain en Europe et mettait l'accent sur le célèbre récital de Gênes au cours duquel Brindis avait partagé l'affiche avec l'immense cantatrice Adelina Patti.

« Roi des octaves », « Paganini noir »... Aucun des clichés qui poursuivaient Claudio José depuis ses débuts ne lui était épargné.

Ce n'est qu'à la fin de l'article qu'une attitude nouvelle chez Brindis semblait percer. Le journaliste évoquait la préoccupation du jeune artiste – n'oubliez pas, Monsieur, que Claudio José venait d'avoir vingt-quatre ans – pour ses « frères d'origine éthiopienne qui souffrent encore de l'esclavage à Cuba, pendant que d'autres Noirs cubains luttent pour l'indépendance du pays ».

Était-ce le retour sur les terres du Nouveau Monde qui avait changé les opinions de Brindis ? Je me rappelais certains propos qu'il m'avait tenus :

« Je suis un artiste. Je garde pour moi mes opinions politiques ou religieuses. Je joue là où on a envie de m'entendre. La musique ne connaît pas de race et n'a pas de message à communiquer. Le musicien non plus. »

J'ai mieux compris pourquoi Claudio José m'avait envoyé cet article en relisant, plusieurs fois, sa longue lettre. Il tournait en rond, il parlait d'une chose – son dernier concert – puis passait à une autre : la misère du peuple haïtien qu'il n'arrivait pas à supporter, car il savait que cela allait empirer avec le temps. Puis il revenait à ses souvenirs du Conservatoire, nos promenades, nos espoirs... Et tout cela pour arriver enfin à ce qui semblait être le but principal de cette lettre : il avait décidé de retourner à Cuba l'année suivante, en 1877. Il citait des noms de gens que je ne connaissais pas, me décrivait la qualité et l'importance de salles dans lesquelles il devait se produire...

« Pourquoi ne viendrais-tu pas, André-Marie, faire un tour à La Havane pendant que je m'y trouverai ? »

Je sentais vibrer une émotion profonde dans cette lettre. L'orgueil de Brindis l'empêchait de supplier ou même de suggérer. Je savais que Serafino Di Vitti, gravement malade, ne pourrait accompagner « son artiste ». Claudio José avait quitté l'île à l'âge de treize ans, pauvre et désemparé ; il y retournait, douze ans plus tard, riche et célèbre. Mais... quel était en vérité *son* pays ? Et quelle serait *sa* place dans cette île ?

La guerre faisait rage dans la région orientale de Cuba depuis 1868. L'invasion de la partie occidentale n'avait jamais eu lieu, ce qui était, d'un point de vue stratégique, un véritable désastre. Neuf ans après le début du conflit, la situation était dramatique : malgré le courage des insurgés, la balance semblait pencher du côté des Espagnols, qui faisaient preuve d'une cruauté extrême. On parlait de populations déplacées, de camps dans lesquels se trouvaient enfermées sans le moindre secours des familles entières : femmes enceintes, vieillards, enfants... Ils mouraient par centaines tandis qu'à La Havane la vie continuait à son rythme habituel.

Par hasard, j'avais rencontré à Madrid un diplomate espagnol de retour de l'île.

« La Havane, mon cher Vicomte ? Un paradis sur terre ! La guerre existe, oui, on en parle surtout dans les cafés, dans les journaux. Les combats se déroulent loin de la capitale. Et la douceur de vivre dont les Havanais ont le secret reste égale à elle-même, comme elle le restera toujours. Soyons clairs, Vicomte, donnez de la musique, du rhum, de bons cigares et, surtout, du sexe aux Cubains, et le reste devient secondaire. Je sais, des enragés se battent, non sans courage, dans la *manigua :* ils sont l'exception, non la règle. »

Après une lecture répétée de la lettre de Brindis, la conclusion s'imposa à moi : mon ami, mon frère avait besoin de ma présence.

J'ai donc pris les dispositions nécessaires pour rejoindre Claudio José à Cuba.

Brindis de Salas avait quitté La Havane très jeune et je m'amusais à l'imaginer marchant dans les rues de sa ville, son violon sous le bras, regardant tout, ne voyant rien, comme il le faisait à Paris, Florence, Milan et dans les autres villes que j'avais parcourues à ses côtés : il aimait flâner, découvrir une place ombragée, un monument antique mais, partout et toujours, il avait l'air de fredonner dans sa tête les phrases d'une partition. J'exagère peut-être un peu, mais si peu ! Il ne parlait de Cuba que très rarement et utilisait des formules vagues qui ne voulaient rien dire : « il y fait chaud et humide » ; « les plages sont belles » ; « la population est accueillante » ; « il y a de beaux quartiers et de très belles rues dans la vieille Havane »...

Un jour, je me suis moqué de lui.

« Claudio José : es-tu sûr d'être né à Cuba ? À t'écouter, on croirait entendre un voyageur pressé qui ne se souviendrait que des clichés ; des paysages sans vie ; des fruits sans goût et sans odeur.

– Ah non ! Les fruits, j'en garde encore le goût ! J'accepte ta critique pour le reste mais les fruits... ! Veux-tu que je te décrive la forme, la couleur, l'arôme d'une mangue mûre ? Le goût exquis d'un ananas frais ? Ou la saveur incomparable du *mamey* ? »

Je n'avais pas le droit de taquiner mon ami si avare d'informations sur son pays : je n'avais, pour ma part, que de vagues notions sur cette île. Et c'était mieux ainsi : j'arrivais à Cuba sans aucun préjugé, ce qui était la meilleure manière de faire connaissance avec le pays. Dès que le bateau s'est approché des côtes, j'ai compris que cette île méritait le détour. La forteresse du Morro faisait la sentinelle et la baie de La Havane ouvrait ses bras au voyageur. L'hiver – nous étions en novembre – était doux et ce fut un véritable plaisir de tomber la veste et d'exposer mon visage aux rayons du soleil. Puis je remis mon chapeau en me rappelant le seul conseil que Brindis m'avait donné :

« Méfie-toi de notre soleil. »

Vous connaissez cette ville que vous venez à peine de quitter, Monsieur, et je ne vous apprendrai donc rien. Mais permettez-moi au moins d'exprimer mon enchantement de néophyte. Je connaissais assez bien l'Europe et j'ai trouvé La Havane captivante. Je dirais même plus ! L'Andalousie était devenue une de mes passions et je me suis senti comblé en trouvant de nombreuses ressemblances entre la capitale cubaine et les villes andalouses, le climat tropical en plus. Monsieur, vous pouvez le constater, j'adore la chaleur et j'aime transpirer sous le soleil. Ainsi, tout de blanc vêtu, un chapeau de paille sur la tête, je battais inlassablement le pavé, palpais la pierre des murs, admirais la moindre façade, la moindre porte cochère de ces vieux quartiers où l'on sentait partout la présence toute proche de la mer. Illusion ? Mes lèvres avaient constamment un goût salé.

Je faisais et refaisais, chaque jour, mon parcours préféré : j'allais de la cathédrale Saint-Christophe au palais du marquis d'Arcos ; de la maison de la comtesse de la Reunión à celle du marquis d'Aguas Claras. Je restais des heures à m'émerveiller devant les balcons en bois tourné de certaines demeures de la rue Obispo. J'étais heureux, je vous le répète, de retrouver l'Andalousie à chaque pas. Vous connaissez, bien sûr, cette maison de la rue Obrapia reconstruite en 1793 et dont le portail avait été transporté de Cadix ? Quel bijou !

Je comprenais mieux pourquoi l'Espagne se battait avec un tel acharnement pour garder sa colonie. L'aristocratie de l'île faisait preuve d'un amour fou pour cette terre qu'elle considérait comme sienne, bien entendu. Je constatais cette passion viscérale en visitant les rues, les palais, les églises, les monastères construits en hommage à Notre-Dame de Bethléem, à la Vierge de Santa Clara, au Saint-Esprit... De pures merveilles bâties sans regarder à la dépense : marquis et comtes, gouverneurs et autorités militaires avaient reproduit, sous le soleil de la mer des Caraïbes, palais et couvents, demeures et bâtiments officiels qui semblaient rappeler leurs villes d'origine : un peu de Málaga ou de Séville par ici ; quelque chose de Salamanque ou de Tolède un peu plus loin. Le vieux Madrid était présent – pouvez-vous le croire ? – dans la maison du comte de Jaruco avec son balcon en fer forgé et sa loggia aux vitraux fleuris.

Toutes mes promenades aboutissaient à l'Hôtel d'Angleterre, d'où je pouvais admirer le Parc central qui venait à peine d'être achevé. On avait eu l'intelligente idée de réunir trois petites places pour aménager ce grand jardin qui offrait aux Havanais un lieu plaisant où prendre le frais à la tombée du jour. Le parc couronnait la promenade du Prado, plus madrilène que son homonyme espagnole.

C'est au salon-bar de l'Hôtel d'Angleterre que Brindis avait établi sa *peña*, comme à Madrid, bien sûr. Journalistes, artistes, gens de lettres, membres de la noblesse considéraient comme un honneur de s'asseoir à la table de celui qu'on appelait « notre Chevalier », « notre Maestro », « notre Paganini à nous »...

Mais je m'égare, Monsieur, et je mets sans doute à rude épreuve votre patience : mon enthousiasme pour votre pays m'a éloigné un peu du sujet de votre attention. Revenons à Brindis, si vous le voulez bien.

À l'arrivée du bateau, il m'attendait sur le quai en compagnie de sa cour, de ses domestiques et d'une impressionnante rangée de carrosses, calèches, landaus... Il me conduisit ensuite chez le comte de Casa Bayona y Chacón, où il avait ses appartements. Vous savez mieux que moi, Monsieur, que le palais du comte est le plus ancien bâtiment de la place de la Cathédrale ; je logeais ainsi dans une des plus charmantes demeures de cette ville riche en chefs-d'œuvre architecturaux. Quel plaisir de prendre le petit déjeuner dans le patio entouré de pilastres soutenant des arcs surbaissés comme ceux de la maison de mon grand-oncle en Toscane ! J'étais en terre étrangère et je me sentais, pourtant, chez moi. Telle est la magie de Cuba.

J'ai appris que la famille du comte de Casa Bayona avait protégé le père de Claudio José. Accueillir le gamin qu'ils avaient connu à l'âge de huit ans, devenu à présent un artiste de renommée internationale, voilà qui confortait la vision du vieux comte : il avait eu raison de soutenir ces descendants d'esclaves noirs.

Étrange situation tout de même, Monsieur ! Il y avait une légère et subtile nuance entre la manière de recevoir Brindis et celle qui m'était destinée. Pour cette famille aristocratique, Claudio José était une sorte de fils adoptif, choyé, respecté en tant qu'artiste mais... il était noir, et cela on ne pouvait l'oublier. Pour ma part, j'étais noble, français – et blanc. Quand la famille me recevait seul, tout le monde était très détendu ; jeunes gens, anciens, hommes, femmes, chacun me considérait comme un des leurs. Mais à peine Brindis franchissait-il le seuil que cette détente cédait la place à un certain formalisme : la famille se montrait d'une extrême courtoisie, bien sûr, trop même ; au fond, ils ne savaient comment se comporter avec ce Noir que, pour rien au monde, l'on aurait pourtant voulu offenser.

Brindis se rendait-il compte de cette situation ? Sans doute. Il n'en disait mot mais certains regards, certains sourires étaient très éloquents.

En apercevant Claudio José sur le quai, je m'étais dit qu'il n'avait pas changé en cinq ans : il était toujours svelte, élégant et cordial comme à son habitude. Une fine moustache recouvrait sa lèvre supérieure, c'était tout. Plus tard, en l'observant en compagnie de sa cour dans le salon-bar de l'hôtel d'Angleterre, j'ai pu l'étudier de plus près et découvrir d'autres changements, plus subtils. Il avait une nouvelle assurance, des manières de *gentleman* qui lui collaient maintenant à la peau. Il avait aussi acquis l'art de maintenir à distance, sans méchanceté, ceux qu'il ne voulait pas voir près de lui. Sa politesse glaciale fonctionnait à merveille. Mon ami avait appris à se protéger des parasites et des importuns.

Je goûtais particulièrement deux moments de la journée : le petit déjeuner dans le patio de la Casa Bayona et, tard dans la nuit, nos discussions sous la véranda, quand Brindis me servait un verre de rhum avec de la glace et de la menthe fraîche. Il s'asseyait, à son tour, un verre à la main et un long cigare au coin des lèvres. Et il me parlait de ses rêves, de ses inquiétudes, de ses doutes.

Nous retrouvions notre complicité d'antan et je m'exprimais, à mon tour, en toute sincérité. Un soir, j'ai mentionné à mon ami le commentaire de ce diplomate croisé à Madrid sur la « douceur de vivre cubaine ».

« Cet homme m'a exaspéré, Claudio. Je l'ai trouvé d'une frivolité insupportable. À présent, je comprends mieux ce qu'il voulait dire : on ne perçoit rien ici de cette guerre qui dure depuis neuf ans. Certes, on m'a expliqué que le palais des Aldama, un véritable joyau, a été saisi et a moitié démoli car on soupçonnait cette famille de soutenir les insurgés. Certes, il y a beaucoup de soldats dans les rues et les mouchards surveillent les gens avec des airs de renards vicieux. Mais, pour le reste, comme disait mon grand-oncle lorsque nous étions à Fiesole : *La vita è dolce, mio figlio.* »

Brindis s'amusa à faire quelques ronds de fumée avec son cigare avant de me répondre.

« Cette île est ainsi, André-Marie. Au Pérou, au Mexique, les Espagnols ont dû se battre pour vaincre. Ici, les Indiens les ont accueillis avec des fruits, des feuilles de tabac, des hamacs pour leur repos... Les Espagnols ont répondu en les réduisant en esclavage et en les exterminant en moins de vingt ans. Les Cubains se battent à présent comme des chiens enragés. Qui sait ? Demain, lorsque nous aurons obtenu l'indépendance, la haine actuelle du *gallego*, le Galicien, l'Espagnol, disparaîtra peut-être et les fils de l'Espagne reviendront au pays. Je pense, en fait, que cette île, que toutes les îles des Antilles remplissent un vide dans le cœur et dans la tête des Européens. Ici, manger, dormir, se baigner dans la mer, faire l'amour devient, comment te dire, différent. Tu ne trouves pas ? »

Je ne pus m'empêcher de rire.

« Oh oui ! Nous sommes tout à fait d'accord ! T'ai-je dit qu'après le décès de ma mère j'ai découvert qu'une bonne partie de son immense fortune, c'est-à-dire de la mienne, provenait des îles, de plantations en Guadeloupe et en Martinique ? Je n'y ai jamais mis les pieds. Au risque de te sembler cynique, je représente le rêve d'une certaine catégorie de Français. J'ai des idées sociales avancées, je fais mienne la devise *Liberté, Égalité, Fraternité*, je défends les Droits de l'homme. Et pourtant : j'ai beau être un libéral sur le continent, je profite sans vergogne du travail des Antillais. Ma seule et maigre excuse ? Un jour, avec ce quatuor que je porte à bout de bras grâce à la sueur de leur front, j'offrirai des concerts gratuits à mes Antillais.

– La musique... »

Claudio José profita de ce changement de sujet pour me parler de sa nouvelle obsession.

« Que penses-tu de ces vaines discussions sur les deux écoles de violonistes : les romantiques et les réalistes ?

– Bien sûr. Avant de quitter Paris, j'ai lu un article où l'on classait Wieniawski parmi les romantiques et Joachim parmi les réalistes. Bien entendu, Niccolò Paganini et son successeur cubain, toi, mon cher, vous êtes les plus romantiques de tous.

– Ce n'est pas cela qui me dérange. Ce que je trouve indigne, c'est la mauvaise idée qu'ont certains journalistes de m'opposer à José White, mon compatriote, mon contemporain. C'est idiot ! Nous avons des sensibilités, des goûts différents, c'est tout ! »

Claudio José prit le temps de rallumer, pour la cinquième fois, son inépuisable cigare, puis il poursuivit :

« J'ai été fier et heureux pour White de lire dans un journal mexicain un article sur lui écrit par José Martí, ce grand poète, ce grand patriote. Il avait assisté à tous les concerts de White au Mexique et décrivait dans sa prose inspirée l'interprétation de la *Chacone* de Bach et du *Quintette* de Mozart qui font partie de son répertoire.

– C'est là que le bât blesse, Claudio José : le répertoire. D'un côté nous avons des interprètes exceptionnels, comme toi, qui choisissent les pages musicales les plus difficiles et les plus spectaculaires aussi ; de l'autre, de bons interprètes qui préfèrent une qualité musicale plus raffinée quitte à briller moins sur scène. »

Je venais de dire à Brindis quelque chose que j'avais sur le cœur depuis longtemps. Je trouvais que le talent de mon ami valait bien mieux que les partitions souvent médiocres qu'il défendait avec un brio admirable.

Claudio José se limita à me regarder un long moment et j'eus pitié de son air fatigué quand il murmura :

« Je ne peux pas trahir mon public, André-Marie. Et mon public exige que je donne mes tripes à chaque interprétation. Qu'y puis-je ? »

Le 24 novembre, Claudio José se produisit au théâtre Payret. Ce fut une consécration : il joua comme s'il allait rendre l'âme sur scène et la salle en délire l'acclama pendant près d'une heure.

Quelques jours plus tard, le 30 novembre, Claudio José insista pour que je l'accompagne aux salons du

Louvre, une association culturelle très en vue à La Havane. Il devait s'y produire en compagnie de son ancien maître, le Belge José Van der Gucht. Sympathique et délicieuse soirée : tous les admirateurs du violoniste étaient là. Claudio José joua plusieurs morceaux en duo avec son professeur, puis, à un moment, il quitta la scène et se dirigea vers moi.

« Cette fois, c'est ton tour : joue avec moi. »

Je n'ai pu refuser et, mal à l'aise, dissimulant de mon mieux mon émotion, j'ai réalisé un vieux rêve dont je n'avais jamais parlé à personne : faire un duo avec mon ami. Et, ma foi, le résultat sembla plaire à tout le monde : le public se leva pour nous applaudir, le Belge m'embrassa sur les deux joues, à la française, et Brindis me serra dans ses bras.

El abrazo.

Que vous dire de plus, Monsieur ?

J'étais présent au théâtre Tacón lors du grand concert qui est resté et restera toujours dans ma mémoire. Toute l'aristocratie créole et espagnole était dans la salle pour cette soirée dont le produit devait être versé à une œuvre charitable : les plus belles parures de perles et de diamants brillaient sur la gorge des dames de la haute société. Chaque interprète s'est efforcé, comme l'annonçait le programme, de « faire rêver le public avec une prestation exceptionnelle ». Et je dois dire, en toute sincérité, que seul Claudio José réussit à se surpasser. C'est au Tacón qu'il a réalisé cet exploit technique dont on parle encore. Au cours du *staccato* du *Faust* de Wieniawski, il s'est servi de la main gauche pour aller du talon à la pointe du violon en faisant deux trilles en octave. Je vois à votre air, Monsieur, que vous ne saisissez pas. Croyez-moi : la virtuosité que ce geste exige est diabolique, et l'effet sonore produit ne l'est pas moins.

Je suis resté pétrifié. Mais ce que je venais de voir et d'entendre me laissait un sentiment de malaise. Brindis, l'artiste que j'admirais tant, acceptait son destin. Il devenait ce que le public attendait de lui : un acrobate du violon. Le théâtre Tacón affichait complet. On avait ajouté des chaises et le fond de la salle était plein à craquer de gens qui n'avaient pu trouver de places assises. L'exploit de Brindis provoqua une réaction d'hystérie : on tapait dans les mains, on frappait le sol du pied, on sifflait de bonheur, le paradis tremblait littéralement sous l'ovation. Et, du premier au dernier rang, tous scandaient son nom :

« Brindis ! Brindis ! BRINDIS ! »

Trois fois ! Claudio José interpréta le *staccato* trois fois de suite ! Et à chaque reprise, il jouait plus fort et plus vite. Vous n'imaginez pas le délire. À un moment donné, les grands lustres suspendus ont commencé à tanguer dangereusement. J'ai cru que le paradis allait s'effondrer. Les gens se penchaient au-dessus du vide pour mieux voir. Brindis finit par cesser de jouer : une note de plus, et la soirée aurait viré au désastre. Il quitta la scène un instant puis revint en manches de chemise pour montrer qu'il était en nage. La silhouette féline du musicien, son sourire de fauve rassassié, l'éclat de son regard et l'habileté du geste – il mit un genou à terre pour remercier son public – provoquèrent une réaction que je n'oublierai jamais : le public se leva comme un seul homme et, à présent silencieux, tous s'inclinèrent en hommage à l'artiste.

Je n'ai pas pu voir Brindis ce soir-là après le concert, ni le lendemain ni le surlendemain : il avait été séquestré par ses admirateurs de la haute société havanaise. Je le retrouvai trois jours plus tard, au petit déjeuner, dans le patio. Ses yeux lançaient des éclairs joyeux, mais son regard avait quelque chose d'insoutenable.

« Je pars en tournée, André-Marie : de La Havane à Santiago de Cuba ! Je vais traverser l'île d'un bout à l'autre. Partout, on m'attend !

– Claudio José, je croyais que les provinces orientales étaient à feu et à sang ? »

Brindis leva ses longs bras au ciel avant de me répondre, comme s'il voulait embrasser un espace infini.

« Les *mambis* luttent encore mais ils sont encerclés, à bout. Certaines personnes bien informées, comme notre hôte, le comte de Casa Bayona, affirment que des négociations sont en cours. Je sais par d'autres sources que le général Maceo, celui qu'on surnomme le Titan d'airain, veut se battre jusqu'à la dernière balle, jusqu'au dernier de ses hommes. Maceo est un héros digne de la mythologie grecque. Comment cela finira-t-il ? Je n'en sais rien. Mais j'estime de mon devoir d'apaiser la douleur des gens avec le baume de la musique. Tu penses que je cours un risque à traverser un pays en guerre ? Tant mieux ! Je me sentirai... comment dire ? Un peu plus motivé. »

La conviction de mon ami était touchante.

« J'aimerais t'accompagner mais... Tu vois dans quel état je suis. »

J'étais, en effet, peu fier de moi-même. Je suis gourmand et glouton, Monsieur, je l'avoue. Manger sans retenue est à juste titre un péché capital. J'étais tombé amoureux de cette cuisine cubaine aussi sage dans son syncrétisme que les croyances religieuses du pays : le matin, à l'église, on vénère Santa Barbara la vierge, qui le soir devient la divinité noire nommée Ochún dans les cérémonies de *santería* ; on mélange le riz blanc aux haricots noirs pour confectionner ce plat exquis, « les Maures et les Chrétiens ». Et ces mélanges audacieux, porc et patates douces, manioc et igname, viande hachée et bananes frites, auxquels on ajoute des raisins secs et des câpres... J'ai encore l'eau à la bouche rien que de penser à ces banquets de La Havane dont je fus l'hôte privilégié. Mais j'en payais le prix : depuis l'avant-veille, mes problèmes digestifs m'interdisaient de mettre un pied dehors. Un médecin sans pitié m'avait imposé une diète sévère, des purges... Une horreur ! Ma maladie n'était en rien un prétexte. Mais, de toute manière, je n'aurais pas accompagné Brindis dans son parcours triomphal. L'exploit de son *staccato* le précédait déjà. Je n'avais aucune envie de voir mon ami déclencher de nouvelles scènes de folie collective.

« Pourquoi souris-tu, André-Marie ? »

Je ne pouvais ni voulais lui mentir.

« Sais-tu le bruit que l'on m'a rapporté, et qui se répand dans La Havane comme une traînée de poudre depuis l'autre soir ? À ce qu'il paraît, tu aurais subi une opération de la main gauche à Paris pour te permettre de jouer le *staccato* plus vite que quiconque. »

Le rire de Brindis fit trembler les murs de la maison.

« Je suis flatté. Sais-tu qu'on disait la même chose de Paganini ? Et aussi de Wieniawski, justement, l'auteur du *staccato* ? Voilà que j'entre à mon tour dans la légende, et en bonne compagnie ! Les gens ne comprennent rien au travail acharné que l'artiste doit accomplir pour développer le don que la nature lui a légué. On préfère parler de magie, de tricherie... Mais je ne peux pas leur en vouloir. »

Brindis partit le lendemain pour sa grande tournée, et je mis encore plusieurs jours à me remettre de mon indigestion. Affaibli par la diète et les purges autant que par la maladie, j'ai profité de l'amabilité de mes hôtes, les Casa Bayona, pour y effectuer ma convalescence.

J'ai fêté Noël et le réveillon chez les Casa Bayona, puis j'ai commencé à préparer mon départ. Je n'attendais que le retour de Claudio José pour réserver une cabine sur le prochain bateau. Nous suivions pas à pas la tournée du Roi des octaves, qui ressemblait plutôt à une glorieuse odyssée. À Santiago, après le récital, un groupe d'admirateurs l'avait porté en triomphe jusqu'à la maison construite en 1516 par le premier gouverneur espagnol, Diego Velázquez et, du balcon de cette ancienne demeure, il avait dû exécuter une partie de son répertoire pour la foule rassemblée sur la place d'Armes. Federico Ramiro, le fils du comte, avait fait le voyage pour assister à la dernière présentation de la tournée et m'avait fait part de sa préoccupation.

« Il est épuisé, amaigri. Essayez de le raisonner, Vicomte. Brindis vous considère comme un frère, il vous écoutera peut-être. Notre ami refuse de se ménager : il dort très peu, fume sans arrêt et mange quand Dieu le lui permet. Sans compter les femmes. On dit qu'il en accueille chaque soir une différente dans son lit. Je pense qu'il s'agit d'une exagération : pas chaque soir, mais un soir sur deux, oui. »

Le jeune comte, lui, n'exagérait pas : lorsque Brindis revint enfin à La Havane, il était à bout de forces et à bout de nerfs.

« Tu vas te tuer à la tâche, Claudio José ! C'est ce que tu cherches ?

– Je ne cherche rien, André-Marie : j'ai trouvé. J'ai vengé les humiliations que mon père a dû supporter. Enfant, j'ai parcouru le pays de salon en salon, de fête de village en fête de village, avec mes deux frères, son trio *d'enfants artistes*, et lui. Tu ne peux pas imaginer ce que nous avons enduré. Cette fois, on a déroulé un tapis rouge sous mes pas, et je me suis fait un devoir de rappeler, avant chaque récital, que j'étais le fils de Claudio Brindis de Salas, le violoniste que la reine Isabelle avait baptisé “ le Roi du violon ”. »

Brindis fut saisi d'une terrible quinte de toux qui, lorsqu'elle s'apaisa enfin, le laissa épuisé. Sa joie l'avait quitté et une lueur sombre voila son regard.

« J'espérais que mes frères me donneraient signe de vie, ne serait-ce que pour m'insulter. Rien. Silence total. J'ai essayé de savoir où ils se trouvent. Le passé est le passé, n'est-ce pas ? Après tout, ce sont mes frères, non ?

– Et alors ?

– On ne sait rien. Peut-être sont-ils morts ? Peut-être ont-ils quitté le pays ? Peut-être se battent-ils contre les Espagnols ? On n'en sait rien. »

Il alluma un cigare malgré mes remontrances : Claudio José croyait dur comme fer que le tabac avait des vertus curatives.

« Claudio José, tu as triomphé. L'île est à tes pieds. Tu as honoré la mémoire de ton père. Tu as même voulu revoir tes frères qui t'ont fait tant de mal... À présent, tu dois penser à toi, te reposer, prendre soin de ta santé. Je ne quitterai pas Cuba sans que tu m'aies promis de prendre un long repos avant la prochaine tournée. »

Il se pencha vers moi pour bien me regarder dans les yeux.

« Quand pars-tu, André ?

– Après-demain.

– Retarde ton voyage d'une semaine. J'ai un service à te demander. Toi seul peux m'aider. »

Je croyais bien le connaître et il me prouva qu'au fond je ne savais rien de lui. Je pensais qu'il était davantage préoccupé par son art que par la situation dans l'île. Je me trompais. Ce qu'il me demandait semblait tout droit sorti d'un roman de cape et d'épée. Il voulait, ni plus ni moins, faire de moi un agent secret, le temps d'un après-midi. Et il était certain que je ne refuserais pas.

« Après dix ans de lutte, les patriotes sont à bout de souffle, André-Marie. On les dit prêts à déposer les armes. Mais Maceo s'y oppose : il refuse de se soumettre, et pour cela il a besoin d'armes. Or, pour se les procurer, il faut les acheter, et, pour les acheter, il faut de l'argent. Avec les moyens dont je dispose, mon devoir de Cubain est de voler à son secours. J'ai besoin de ton aide, André-Marie. »

À Santiago, Brindis avait fait la connaissance d'une noble espagnole qui avait épousé la cause de l'indépendance. Claudio José devait lui confier de l'argent, mais ne pouvait se charger lui-même de cette tâche car il était reconnaissable, un nombre important de cartes postales avec un portrait très ressemblant de lui étant en circulation. Il ne pouvait donc se rendre au rendez-vous secret qui avait été fixé dans le village de Regla.

« Tu porteras un œillet rouge à la boutonnière, André-Marie, et des gants blancs ; tu auras à la main un exemplaire du *Diario de la Marina.* Ce signal est très important. Si tout va bien, si tu penses ne pas avoir été suivi, tu auras le journal à la main gauche ; dans le cas contraire, ce sera la main droite. Et tu poursuivras ton chemin pour que la personne sache que le rendez-vous doit être annulé.

– Et... la personne en question ?

– Elle sera assise à une table du café qui se trouve sur la jetée, et vêtue de bleu de la tête aux pieds. Tu ne devrais pas avoir de mal à la reconnaître : sous son grand chapeau bleu tu verras le visage le plus noble qui soit. »

Je commençais à comprendre un des aspects non négligeables de l'intérêt de mon ami pour la cause d'Antonio Maceo.

Comme tout bon Cubain, vous connaissez certainement, les deux petites villes jumelles de Regla et Guanabacoa, situées de l'autre côté de la baie de La Havane ? À l'époque, nombre de familles espagnoles importantes y avaient leur villégiature. On y avait bâti de superbes demeures rappelant parfois, comme ailleurs à Cuba, l'Andalousie, la Castille et, même, la Galicie. Cette population patricienne côtoyait un autre monde, composé d'esclaves affranchis qui s'étaient faits artisans, barbiers, pêcheurs et musiciens. Leurs conditions de vie étaient misérables : entassés dans des cases faites de planches en bois, ils enduraient les chaleurs et les pluies torrentielles dont le ciel de Cuba a le secret.

Oui, je sais, Monsieur, je sais. Les anciens propriétaires de ces maisons somptueuses ont quitté l'île après l'indépendance. Et le gouvernement a permis à des entrepreneurs sans scrupule d'abattre les murs et de transformer les anciens salons en de petites chambres qui sont louées à des familles pauvres. On s'entasse à huit, neuf ou dix dans une chambre et on partage le patio de la propriété. C'est là qu'on lave, qu'on repasse et que, parfois, on cuisine. Vous dites qu'on appelle cela un *solar* à cause du soleil qui tombe toute la journée sur le patio ? C'est poétique, mais la réalité est sans doute plus cauchemardesque. Je plains votre pays. À peine libre et déjà soumis aux lois du profit. Enfin, passons...

J'ai donc passé la matinée à déambuler dans Regla en prenant l'air d'un innocent étranger à la recherche d'un coin pittoresque. J'étais poursuivi par des dizaines de négrillons. *Mea culpa !* J'avais distribué des pièces, des bonbons, l'erreur à ne pas commettre quand on est entouré d'enfants très pauvres. Un policier est venu à ma rescousse, il m'a accompagné un bout de chemin, m'a indiqué le café où devait avoir lieu le rendez-vous. C'était sans doute irresponsable, mais je trouvais cela cocasse. Mes débuts d'agent secret étaient placés sous les meilleurs auspices : je me faisais accompagner par un représentant de l'autorité à une rencontre destinée à remettre des fonds à des gens dont le but était de renverser cette même autorité qui m'escortait !

Le café-restaurant où je devais me rendre se trouvait au bout de la jetée. Malgré les solides pilotis qui soutenaient le ponton, les vagues faisaient tanguer l'endroit comme un bateau ivre. L'heure choisie était parfaite : le petit déjeuner avait déjà été servi, le déjeuner ne commencerait à l'être qu'une heure plus tard. Il y avait peu de monde et je pourrais difficilement rater la présence d'une femme toute de bleu vêtue. Une table vide à côté de celle de la dame, c'est là que je devrais m'arrêter. Un homme distingué s'assoit à côté d'une dame distinguée. Ils ne se connaissent pas car ils ne se disent pas bonjour. L'homme se contente de faire un geste de la tête avant de s'asseoir. La dame incline légèrement sa tête coiffée d'un chapeau bleu aux larges bords. Elle ne sourit pas. L'homme dépose le journal qu'il portait à la main gauche sur le rebord de sa table. Sur le rebord de la table de la dame se trouve un exemplaire du même journal. L'homme, après avoir commandé un café, sourit à l'inconnue, essaie de lier conversation. La dame s'y refuse; pour bien montrer qu'il l'importune, elle se lève et, d'un geste rapide, prend non pas son journal mais celui de l'homme. Celui-ci rafle, à son tour, le journal déposé sur la table de la dame.

C'était tout. Rien ne pouvait être plus simple et pourtant... j'étais en nage ! De toute évidence, je n'étais pas fait pour le métier d'agent secret.

La dame en bleu emporta, cachée dans le journal, une enveloppe contenant la contribution de Brindis et de votre humble serviteur à la lutte pour l'indépendance. Entre les pages du journal laissé par la dame, j'ai senti un objet plat et dur. Ma curiosité fut plus forte que mon sens de la discrétion : il s'agissait d'un portrait sous verre avec une dédicace qui en disait long :

À Claudio José Brindis de Salas, magicien de l'archet, homme de cœur, prince de l'élégance physique et morale. À jamais. Aurora Rosalia.

Outre une belle chevelure blonde et bouclée, Aurora Rosalia possédait le regard turquoise de ma cousine.

Ma mission accomplie, j'ai pu préparer mon voyage de retour en Europe. Claudio José resterait encore quelques semaines à La Havane avant de s'embarquer pour Veracruz, première étape d'une tournée qui le conduirait dans les principales villes du Mexique.

Veracruz serait aussi pour Brindis le lieu d'une autre revanche : l'ancien manœuvre recevrait les honneurs de toute la ville, et il pourrait, à son tour, rendre hommage à ceux qui l'avaient aidé au temps de sa jeunesse.

Avant de quitter La Havane, les Casa Bayona m'offrirent un banquet d'adieu auquel ont assisté tous les grands d'Espagne présents à Cuba. À la fin du repas, je fus nommé hôte d'honneur de la Casa Bayona : dorénavant, une place me serait toujours réservée à leur table.

Brindis m'accompagna jusqu'au bateau avec sa cour personnelle, ses domestiques et la dizaine de calèches nécessaire pour transporter tout ce monde.

Notre accolade se prolongea un bon moment, Claudio José m'embrassa à la française, sur les deux joues. Sous le coup de l'émotion, mon cœur s'emballa ; nous avions, tous les deux, les larmes aux yeux.

« Ne laissons pas le temps dévorer notre amitié, André-Marie. Essayons de nous retrouver au moins une fois par an.

– C'est juré, Claudio José. »

Je croyais dire vrai. Je ne pouvais imaginer que cet *abrazo* serait le dernier que j'échangerais avec lui. Le temps, comme il le disait, a dévoré, malgré nous, cette belle, cette inoubliable amitié.

Je suis ensuite tombé, à mon tour, dans le piège des concerts à répétition et des tournées. Notre quatuor était très demandé, allez savoir pourquoi, dans les pays nordiques et anglo-saxons. Nous passions notre temps entre Oslo et Stockholm, Londres et Amsterdam. Bientôt, on nous invita aux États-Unis. Or j'avoue que j'avais certains préjugés contre cette nation et son peuple. La Nouvelle-Angleterre protestante et puritaine, la ruée vers l'or, le matérialisme et l'argent élevés au rang de dieux tout-puissants, tout cela me répugnait et m'effrayait à la fois.

Ce n'était pas le cas de mes musiciens : ils ne rêvaient que d'aller en Amérique. Ils étaient trois contre un. J'ai dû accepter.

Et je ne l'ai pas regretté. Ce voyage m'a permis de vérifier une nouvelle fois combien les préjugés sont synonymes d'ignorance et de bêtise. Bien entendu, nous avons rencontré des religieux fanatiques dans le Maryland; nous avons entendu des histoires terrifiantes sur la manière dont l'Ouest avait été conquis... Tout cela correspondait à la partie sombre d'un pays assoiffé d'argent et de pouvoir. Mais nous avons aussi découvert des élites souvent plus avisées qu'en Europe; nous avons été les témoins d'un amour désintéressé et généreux pour l'art et la musique. Nous avons fini par tomber d'accord : l'Amérique valait bien le détour.

Au départ nous devions donner quelques concerts à Boston, New York et Philadelphie, mais nous avons fini par visiter Detroit, Chicago, la Caroline du Nord et, bien sûr, La Nouvelle-Orléans où j'ai été surpris par la vigueur de la présence française. C'est à Baton Rouge, ville belle et étrange, que j'ai entendu parler du parcours triomphal de Brindis à travers tout le Mexique. Ses concerts avaient déclenché selon la presse, « une vague d'euphorie indescriptible ». Le journal *Siglo XIX* chantait les louanges du « nouveau Paganini » et faisait un parallèle entre les deux célèbres violonistes noirs de Cuba : Brindis de Salas et José Silvestre White, opposant « l'artiste volcanique »

(Brindis) à « l'artiste rigoureux » (White) voué au culte de compositeurs exigeants. J'imaginais le désarroi que cet article avait dû occasionner à mon ami, qui admirait son collègue et frère de race. Peut-être est-ce pour cela que, par la suite, il s'est tourné vers d'autres pays où le nom de White était moins célèbre que le sien ? Vous savez que la Russie l'a comblé d'honneurs : il fut fêté à Saint-Pétersbourg, Kiev, Yalta, Moscou... Des compositeurs aussi estimés que Gounod, Rossini, Auber, ont écrit des articles élogieux pour l'honorer.

Mais Claudio José continua à s'éloigner de moi dans le temps et la distance.

Les années ont passé. Lorsque Claudio José a été décoré de la Légion d'honneur, j'étais à Berlin. Lorsqu'il était à Madrid, j'étais à Paris. Lorsqu'il était de nouveau à Paris, j'étais à Stockholm. Nos chemins se croisaient sans jamais se rencontrer. Comme à son habitude, il n'écrivait guère – et toutes les nouvelles que j'avais de lui étaient indirectes.

Après des années de tournées et de succès, notre quatuor entra en crise. Nous avions un souci commun : ne pas sombrer dans la routine des tournées où l'on répétait le même répertoire de pays en pays, de ville en ville. C'est au début de 1884 que j'ai lancé un défi.

« Retirons-nous pendant une année entière dans un lieu isolé où nous pourrons réfléchir, étudier, discuter de l'avenir, retrouver une inspiration qui va bientôt nous faire défaut si nous continuons ce train-train paresseux. »

J'avais, pour une fois, décidé d'être intransigeant : ou bien les autres acceptaient cette proposition ou bien nous dissolvions le quatuor.

Tout le monde fut d'accord pour prendre cette « année sabbatique ».

Parmi les possessions léguées par ma mère il y avait une ancienne demeure seigneuriale, en Bretagne, sur la côte du Finistère.

Un premier voyage nous a permis de nous rendre compte de l'état des lieux.

C'était désastreux. Une partie du bâtiment, qui datait du XVIe siècle, était en ruine ; l'autre partie exigeait de sérieux travaux de reconstruction. En y mettant les moyens, la partie habitable pourrait être prête assez rapidement. En fin de compte, avant l'arrivée de l'hiver, nous avons pu disposer de chambres individuelles, d'une cuisine convenable, de petites salles de travail pour chacun et d'une grande salle de répétition. Quant aux domestiques, ils logeaient dans un ancien corps de ferme que j'avais fait rénover. C'était une véritable petite armée de cuisiniers, de valets, de femmes de chambre et de jardiniers... Nous devions être dégagés du moindre souci matériel ; seul le travail devait occuper notre esprit.

L'hiver fut rude – et c'était parfait : il éloigna la tentation de dissiper notre énergie en nous promenant dans cette région envoûtante.

Nous avons fini par trouver ce que nous souhaitions *vraiment* faire. Le projet n'aurait pu être plus ambitieux et risqué. Nous allions nous consacrer à l'interprétation d'une œuvre capitale dans l'histoire de la musique : les seize quatuors pour cordes de Ludwig van Beethoven.

Vous connaissez, sans doute, ces chefs-d'œuvre qui obligent musiciens et auditeurs à une totale communion. Avec ces quatuors magiques, il n'y a pas de détour possible, pas de faux-semblants, pas de faux-fuyants : ou bien l'attention du public est totale, ou bien elle n'est tout simplement pas.

Nous nous sommes lancés à corps perdu dans cette entreprise titanesque. Nous travaillions sans cesse, répétant souvent mille fois – j'exagère à peine – le même mouvement. L'*allegro* du Septième Quatuor en fa majeur, par exemple, qui est une sorte d'initiation à la *Symphonie héroïque*, nous a posé d'immenses problèmes. Et aussi *l'adagio quasi un poco andante* du Quatorzième Quatuor en *ut* dièse mineur, merveilleux casse-tête dont personne, sauf peut-être Beethoven lui-même, n'est jamais parvenu à saisir les mille facettes. Nous y revenions jour après jour, sans jamais approcher pleinement sa véritable signification.

À l'arrivée des beaux jours, j'ai décidé de combattre la fatigue et la dépression qui menaçaient de s'abattre sur nous en organisant des sorties en mer, des promenades à cheval ou de longues journées d'inactivité, tout entières consacrées à la détente : boire, manger et dormir en essayant d'oublier, pour quelques heures, l'obsédante présence de l'immense Ludwig. Et, ma foi, après une année de réclusion, non seulement on pouvait dire que nous avions *appris* les seize quatuors, mais que nous retrouvions une certaine fraîcheur dans notre jeu qui nous semblait la meilleure récompense de douze mois de labeur acharné.

Nous préparions notre retour à Paris lorsque j'ai reçu une lettre de Brindis m'invitant à son mariage imminent. Claudio José épousait une baronne allemande ! Et quelle baronne ! La famille d'Ulrike von Knäbel était apparentée aux Hohenzollern. Hélas, en raison de notre réclusion, la lettre avait mis du temps à me trouver, et il était trop tard pour que je puisse être le témoin du prodigieux moment qu'allait vivre mon ami. Je lui ai envoyé une longue lettre ; et j'ai aussi écrit à sa jeune épouse. Un cadeau digne de l'occasion accompagnait ces deux missives : un jeu de vaisselle en porcelaine de Sèvres ayant appartenu à l'impératrice Eugénie. J'aurais aimé voir le sourire de Claudio José, qui apprécierait ce clin d'œil ironique à mes emportements passés contre la danseuse de castagnettes et son mari.

Deux mois s'écoulèrent, puis je reçus une lettre de remerciements de la Baronne. Elle me transmettait « les bons souvenirs de son époux » et me remerciait avec effusion du « présent somptueux » que je leur avais fait. La dame s'exprimait dans un français parfait mais légèrement vieillot, allant jusqu'à me donner du « mon bon monsieur ». Elle avait dû trop lire Mme de Sévigné. Je retrouvais, ici et là, certaines formules propres à la mère de Mme de Grignan. À la fin de la lettre, elle écrivait : « Je m'en vais vous conter la chose la plus étonnante », pour m'annoncer que Brindis venait d'être nommé « musicien de cour de Sa Majesté Guillaume II ».

Le Maestro.

Le Paganini noir.

Le Chevalier.

Et, à présent, le baron Brindis de Salas.

Nous étions en 1885. Claudio José venait d'avoir trente-trois ans, l'âge de Mozart au moment de sa mort. Long avait été le chemin parcouru par l'enfant noir de San Cristobal de La Havane. Pour lui, cet âge marquait un aboutissement et un commencement. Tous ses rêves s'étaient matérialisés.

From here to the stars, disait un poète anglais.

D'ici aux étoiles. Le monde appartenait au baron-chevalier Brindis de Salas. Et il le méritait.

Six mois plus tard, la Baronne m'annonçait la naissance de jumeaux : Claudio Ludwig et José Franz.

Elle m'assurait à nouveau « des meilleurs sentiments de la part de mon époux ».

« Il m'a promis de vous écrire, mais vous connaissez Claudio José, mon bon Monsieur : le prince de l'archet prend peur à la vue d'une plume. Le monde entier exige la visite du violoniste légendaire. Et vous savez qu'avant tout un artiste se doit à son public. »

J'admirais, et je plaignais, la Baronne : elle prenait avec courage et dignité les absences de son mari. Connaissait-elle le goût immodéré de Brindis pour le sexe féminin ? Était-elle naïve ou trop amoureuse ? Je croisais les doigts pour lui porter chance.

Au fil des années, ma correspondance avec Ulrike von Knäbel est devenue de plus en plus suivie. Et, de cette étrange façon, Brindis et moi-même avons renoué nos anciens liens d'amitié. La Baronne transmettait mes messages à Claudio José ; et elle transcrivait avec exactitude les réponses qu'il lui faisait.

Brindis me félicita du succès remporté par notre travail sur les quatuors de Beethoven, « ce dieu vénéré dans le pays dont je suis, à présent, citoyen à part entière ».

En 1888, la Baronne m'annonça la naissance de son troisième enfant, une fille, cette fois : Maria Nemesia Ulrike.

« Claudio José est fou de joie ! Il me mande vous dire combien cette petite fille le comble. »

Brindis avait acheté une « magnifique demeure » à Berlin, au 56, Kantstrasse. Il avait aussi fait l'acquisition d'une fabrique d'instruments de musique qui, toujours selon la Baronne, « est ce que mon mari aime le plus, après moi et ses enfants, bien entendu ».

De mon côté, le quatuor avait fini par prendre résidence à Londres. Notre interprétation de Beethoven nous avait valu toutes sortes d'hommages, et nous étions devenus l'ensemble musical préféré de la reine Victoria : les portes de ses palais nous étaient toujours ouvertes.

À partir d'un certain moment, mes lettres à la Baronne sont restées sans réponse. J'envisageai même de me rendre à Berlin lorsqu'elle m'écrivit enfin pour me confier une bien triste nouvelle, Monsieur : elle avait demandé le divorce.

« Je me savais mal-aimée ou pas aimée du tout. Je prenais mon mal en patience par respect pour l'artiste que j'admirais et par amour de mes enfants. Mais il m'a outragée : une autre femme est entrée dans sa vie. Et il se donne tout entier à cette maîtresse : il ne reste plus rien ni pour moi ni pour nos enfants. Ma vie est bien triste, mon bon Monsieur ! »

Il m'a fallu deux semaines pour trouver les mots convenables et répondre à la Baronne. Je savais que Brindis lui avait tout laissé : la maison de la Kantstrasse, la fabrique d'instruments, la deuxième résidence près de Weimar, ses avoirs financiers... Claudio José semblait revenir à son point de départ. J'ai fait tout mon possible pour le joindre. Personne n'a pu me communiquer une adresse permanente. Où était-il ? Nulle part et partout en même temps. Quelques mois plus tard, j'ai enfin reçu une lettre signée « Leo Mireau, secrétaire particulier du Chevalier Brindis de Salas ». Je savais qu'à la mort de Serafino Di Vitti, Claudio José avait lui-même pris en charge la gestion de ses affaires. Voici qu'à présent il s'était doté d'un secrétaire. Ce Mireau utilisait, pour m'écrire, un ton qui se voulait cordial et qui restait, néanmoins, glacé et impersonnel.

« Le Chevalier a joué, avec un succès stupéfiant, dans plusieurs villes des États-Unis.

« Le Chevalier doit se rendre ensuite à Buenos Aires, pour des raisons tant personnelles qu'artistiques.

« Le Chevalier me prie de vous transmettre ses amitiés et vous assure qu'il vous écrira dès son arrivée en Argentine. »

Des raisons personnelles... Connaissant Claudio José, je me doutais de quoi il devait s'agir. La Baronne ne m'avait-elle pas dit : « une autre femme est entrée dans sa vie » ?

Les mois passèrent et la lettre promise par Brindis ne m'est jamais parvenue.

Cette fois-ci je dus me rendre à l'évidence : le temps avait fini par dévorer notre amitié.

Il est temps pour moi de vous remercier de votre visite, Monsieur. J'ai quelque chose pour vous. Si, si !

J'insiste ! C'est si aimable de votre part d'être venu jusqu'à cette île merveilleuse de Mykonos où j'ai trouvé mon coin de paradis.

Selon certaines informations qui me parviennent, il semblerait que Brindis court de pays en pays, de concert en concert. Comment fait-il ? Et puis, une autre question me travaille : pourquoi est-il retourné dans le Nouveau Monde ? Que cherche-t-il donc en parcourant d'un bout à l'autre l'Amérique du Sud ? La Jamaïque, Cuba, Saint-Domingue, l'Argentine... Le retour aux sources, le culte de son père, la nostalgie d'une enfance vécue sous le soleil, un rêve toujours inassouvi ?

Peut-être trouverez-vous les réponses, Monsieur.

Vous n'avez, jusqu'à présent, que mon portrait du chevalier Brindis de Salas, ma version personnelle et forcément subjective de situations dont j'ai été le témoin privilégié. Voulez-vous savoir pourquoi je n'ai pas cherché à renouer avec mon ami ? C'est bien simple : j'ai suivi les débuts artistiques de Claudio José avec une ferveur religieuse. J'ose utiliser ce terme parce qu'il correspond à la réalité : comme je vous l'ai dit, l'éclosion d'un grand artiste est un miracle. Et le violoniste cubain réunissait les conditions nécessaires pour briller au firmament des violonistes et s'y maintenir pendant longtemps : du talent, un physique avenant et le don le plus rare, celui de l'inspiration. Claudio José était capable de partir d'un morceau pour en inventer un autre. C'est ainsi qu'il a réussi à donner de la valeur à des œuvres souvent médiocres. Hélas, le côté sombre du personnage, ses démons intérieurs étaient ses pires ennemis. Il jetait souvent par-dessus bord ses meilleurs atouts. Trop généreux ou trop dispendieux ? Allez savoir ! J'ai toujours soupçonné que le caractère complexe de mon cher ami le conduirait, tôt ou tard, dans une impasse. Son orgueil pourrait-il supporter une amère descente aux enfers ? Encore des questions qui m'assaillent et me réveillent au milieu de la nuit.

Comme je vous l'ai dit, je dois vous remercier de votre visite, Monsieur.

Avez-vous entendu parler d'un dénommé Ondricek ? Fritz Ondricek, qui fut à une époque le valet de chambre de Claudio José. Non ?

Ma mère m'a appris à maintenir de saines relations avec la domesticité. Cela tient en quatre phrases, qu'elle m'a énoncées un jour : « Paye-les équitablement et avec ponctualité. Traite-les avec respect. Maintiens-les tout de même à distance. Et, surtout, ne leur confie jamais le moindre secret. » Elle se méfiait par-dessus tout des femmes de chambre et des valets, et n'en gardait aucun plus de deux ans : « Un valet, André-Marie, est une sorte d'ombre collée à tes pas ; un deuxième toi qui te surveille du matin au soir. Cette personne peut devenir un chien fidèle, ce qui est rare, ou ton pire ennemi. »

J'ai toujours suivi ces sages conseils ; mon caractère, d'ailleurs, m'y prédisposait. Brindis, par contre... payait trop ses domestiques. Pis, il établissait des liens amicaux avec son cocher, son cuisinier, son valet... Son erreur la plus grave ? Il se servait de ces personnes pour ses affaires de cœur. Claudio José trompait sa femme, sa maîtresse ? Ses domestiques étaient les premiers à entrer dans le secret.

La dernière fois que je me trouvais à Londres, cela devrait être en 1907, j'eus la surprise de recevoir la visite de cet Ondricek, un être sournois et détestable en tous points. Il se présenta à moi comme l'ancien valet de mon ami ; il disait avoir des informations importantes à me confier ; il avait surtout besoin d'argent.

Après la séparation, pour des raisons qui m'échappent et que lui-même n'a su m'expliquer, Ondricek était resté au service de la Baronne. Le gredin me laissa entendre qu'il avait été le témoin de nombreuses scènes intimes : les pleurs et l'angoisse de l'épouse outragée ; les confidences de l'homme à femmes qu'était son maître ; les scènes violentes du couple avant le divorce et, plus tard, les disputes entre la mère et sa fille. Il m'expliqua que cette dernière s'était mise à haïr son père, allant même jusqu'à refuser de porter son nom, qu'elle maudissait. La jeune personne avait fini par quitter la maison de la Kantstrasse et trouvé refuge chez son oncle, qui était devenu son tuteur.

Ondricek se plaignait d'avoir été maltraité : selon lui, Brindis était parti sans payer ses gages, et la Baronne, après avoir réduit son salaire de moitié, l'avait rétrogradé au rang de vulgaire palefrenier.

Après de longs préambules et détours, Ondricek en est venu au fait. J'ai compris enfin le sens de ses ronds de jambe, de toutes les insinuations dont il émaillait ses propos. Il me jaugeait ; il redoutait une réaction violente de ma part lorsque j'aurais saisi le motif de sa visite.

Un jour, alors que les relations entre la Baronne et sa fille, qui vivait chez son oncle, étaient au pire, elle lui avait ordonné de lui porter un pli volumineux. Ondricek avait été éconduit sans avoir pu faire sa commission : la jeune femme avait pris la ferme résolution de rompre tous les liens qui l'unissaient à sa mère.

Ici, Ondricek s'interrompit un instant et me lança un regard en biais. J'ai saisi que le scélérat, flairant la bonne occasion et assuré d'une totale impunité, avait décidé de conserver ce pli, qu'il pourrait, un jour, monnayer auprès d'un tiers. Cela aurait dû être Claudio José, mais il était injoignable. Ce fut donc moi.

J'eus, sur le moment, une furieuse envie de chasser cet ignoble individu à coups de canne, de le dénoncer à la police, de le faire jeter en prison. Je n'en ai rien fait. J'étais déchiré par des sentiments contradictoires ; je craignais, par-dessus tout, que le pli qui semblait être en sa possession ne tombe dans de mauvaises mains. Ondricek se méprit sur le sens de mes hésitations, et me confia alors qu'il avait menti à la Baronne :

« Je lui ai dit que le pli avait été remis. J'ai ajouté qu'on m'avait chargé de lui préciser qu'elle ne recevrait pas de réponse. Vous n'êtes pas sans savoir, monsieur le Vicomte, qu'elle ne parle plus à son frère depuis des lustres... »

La Baronne avait-elle fini par se douter de quelque chose ? En avait-elle eu assez de voir le visage cynique du Tchèque ? Le fait est qu'elle l'avait congédié, et que celui-ci se trouvait à présent devant moi. Il me jura ses grands dieux qu'il n'avait pas pris connaissance du contenu de l'enveloppe et me supplia de le dédommager pour son dérangement.

Je lui ai demandé de me montrer le pli. Ni l'enveloppe ni le cachet n'étaient ceux de la Baronne.

L'homme reçut le dédommagement qu'il méritait. Je conservai ce qui semblait être une longue supplique de la Baronne adressée à sa fille.

Ma première intention avait été de brûler ce qui ne m'appartenait pas. Je craignais, en retournant le pli à la Baronne, son légitime propriétaire, de lui causer plus de chagrin que de bien. C'est ainsi que j'ai fini par ranger l'épaisse enveloppe dans un tiroir, en me disant que la personne qui avait sans doute le plus besoin d'en connaître le contenu était Claudio José, à qui je la remettrais si, d'aventure, je le revoyais un jour...

Vous devez me croire sur parole, Monsieur, car telle est la vérité. C'est en rangeant mes papiers avant de quitter Londres que j'ai retrouvé, par hasard, deux ans plus tard, le pli en question, qui était entièrement sorti de mon esprit. Je quittais définitivement l'Angleterre pour la Grèce. C'est à Athènes, dans un recoin ombragé du Parthénon, que j'ai commis l'indiscrétion de lire ces pages qui ont fait revivre dans mon esprit l'ami absent, solaire et obscur à la fois.

Je ne crois pas au hasard, Monsieur : vous avez insisté pendant des mois pour me rencontrer. Vous avez fait le voyage en Grèce comme je l'avais exigé ; vous avez été patient ; vous y avez attendu que j'aie l'envie et le temps de vous recevoir... Vous me semblez un honnête homme. Que ferais-je de ce pli à présent ? Le retourner à la Baronne ? À quoi bon... Vous avez, il me semble, gagné le droit de lire une lettre indispensable à une meilleure connaissance du personnage dont vous désirez raconter la vie. Tenez ! Si un jour vous voyez Brindis, vous le lui remettrez.

Vous me dites que vous allez d'abord rencontrer l'ex-secrétaire de Brindis, Leo Mireau ? Où se trouve-t-il ? À Saint-Domingue ? Oui, je connais l'endroit. Comme Brindis, comme vous, je suis un homme des îles. Vous me dites qu'ensuite vous partirez à la recherche du Roi des octaves ?...

Seigneur ! J'espère que le temps aura été plus clément avec mon ami qu'avec moi. Claudio José est mon cadet d'une année... Regardez-moi ! J'ai eu cinquante-huit ans la semaine dernière. J'ai l'air d'un pachyderme ! J'ai de la goutte et mon cœur me fait souffrir. Je paye des années de gloutonnerie et de refus du moindre effort physique. Savez-vous ce que j'ai dit à mes compagnons quand nous avons dissous, en pleine gloire, notre quatuor ? Que j'allais enfin pouvoir rendre hommage aux plaisirs de la table sans me préoccuper des chairs obscènes qui débordent de ma chaise lorsque nous interprétons les chefs-d'œuvre de notre maître adoré Ludwig van Beethoven !

Regardez ce splendide coucher de soleil, Monsieur ! On affirme que le soleil est le même partout. C'est faux ! L'astre roi est multiple et il aime nous jouer mille et un tours. Je me souviens encore de cette boule écarlate, violente et meurtrière, que j'ai observée à Cuba. Le soleil grec, par contre, nous réserve chaque jour des surprises : il est devenu ma fête quotidienne.

Votre décision est inchangée ? Vous prendrez le bateau pour Le Pirée tout à l'heure ? Dommage, j'aurais voulu vous présenter mes jeunes pâtres. Chaque jour, à la tombée du jour, avant le dîner, je joue pour eux, mon seul auditoire à présent. En réponse, ces charmants bergers chantent, jouent du pipeau, dansent pour moi. Nous rendons, d'une certaine manière, hommage au plus agréable de tous les dieux : Pan, le dieu des artistes, des poètes et des bergers à l'âme pure.

Et n'oubliez pas de remettre le pli de la Baronne à son ex-époux lorsque vous l'aurez retrouvé.

Et lorsque vous le verrez, dites-lui de ma part que...

Non. Ne dites rien. Peut-être, qui sait, m'a-t-il déjà oublié. Je ne suis qu'une ombre lointaine de son passé le plus lointain.

Adieu, cher Monsieur. Ou, comme on dit chez vous...

Adiós !

II

La baronne Ulrike von Knäbel

Erfurt, le 15 décembre 1907.

Ma fille adorée,

Que te dire, et, surtout, *comment* te le dire ? J'ai, sous les yeux, ta « lettre d'adieu ».

Je lis, je relis ta missive, j'essaie de comprendre. Ma vue se trouble, des larmes envahissent à nouveau mes yeux. Tes mots, tes phrases, vont et viennent dans ma tête. À force de reprendre, depuis trois jours, ta *lettre d'adieu*, j'ai fini par la connaître par cœur.

Ces reproches ! Ces accusations ! Et cette phrase terrible que *jamais* aucun enfant ne devrait avoir l'audace d'écrire à *sa mère* : « Tu es morte pour moi, fais comme si j'étais morte pour toi. »

Morte !

Toi, l'enfant que j'ai portée neuf mois dans mon ventre !

D'où te vient cette violence ? D'où te vient ce *don* que je découvre à la veille de tes dix-neuf ans ? Le *don* de tuer avec des mots. De qui tiens-tu ce pouvoir meurtrier ? Pas de ton grand-père, ni de moi, et encore moins de ton père, cet homme que tu dis haïr, oubliant – comment est-ce possible ? – qu'il s'agit de l'être le plus doux au monde. Non ! Je reconnais dans ton instinct destructeur mon frère Friedrich, cet homme cruel, ce chasseur, ce guerrier, ce buveur que tu adores. Ce frère qui a été, pour moi, le pire des ennemis. Cet être implacable transformé, par le destin, en inquisiteur, et qui ne rêve, depuis mon mariage avec ton père, que de briser mon existence. Ce Torquemada ...

Pardon ! Mille pardons, trésor de ma vie ! Je commence bien mal cette lettre qui sera – je le sais ! – capitale pour nous deux. Je ne me résigne pas à mourir dans ton cœur. Je veux vivre, vivre, rien que vivre, en toi et pour toi ! Cela, ma toute chérie, ne doit pas se transformer en une litanie de récriminations. Je reprends donc tes questions, j'analyse tes reproches, je ferai de mon mieux pour te répondre avec cette sincérité (au moins me concéderas-tu cela) qui a *toujours* été la mienne.

Dialoguons, ma chérie. Et je te prie de m'excuser si j'abuse de mots soulignés, de termes un peu trop véhéments. Si tu étais là, devant moi... Oh, mon Dieu ! Si je t'avais en face de moi, je pourrais te regarder au fond des yeux, comme nous le faisions en guise de jeu lorsque tu étais enfant. Tes yeux ! Ces yeux bleus de faïence et d'azur, comme avait dit ton père le jour où il a osé me faire la cour.

Ton père et sa voix dans laquelle vibrait la chaleur profonde de son pays. Ces yeux que tu tiens, comme les miens, de ton grand-père. Dans notre famille prussienne on se transmettait de père en fils, de mère en fille, une peau rose et sensible aux changements de climat ou aux émotions trop fortes ; de même pour la blondeur de nos cheveux et « les yeux couleur de ciel ». Une autre phrase de ton père. Mais le moment n'est pas encore venu de parler de *mon Claudio* ou, comme tu écris dans ta lettre, *ton Claudio*, comme s'il n'appartenait qu'à moi, comme s'il n'avait rien à voir avec toi, sa propre fille.

Pourquoi ne m'appelles-tu plus « maman » ou « mère » mais « Ulrike » ? Quitte à chercher l'offense, pourquoi ne me donnes-tu pas du « Madame la Baronne », pourquoi ne me vouvoies-tu pas, moi qui m'y suis toujours refusée ? Dieu, que j'ai du mal, ma fille, à retenir ma colère ! Et pourtant il le faut. Oui, il le faut.

Je relis ta lettre et je tombe sur ceci : « Ulrike, tu ne m'as jamais parlé de toi, de ton enfance, de ce père, mon grand-père, que tu as tant aimé. Tout ce que je sais de notre famille, je le tiens d'oncle Friedrich. Sans lui, j'aurais pu me croire tombée d'un arbre comme une noix de coco. Je sais, mes frères ne t'ont jamais posé ce genre de questions. Ils continuent, comme toi, à vénérer cet homme, " ce père ", qui nous a tous abandonnés. Tous ! »

Ce père...

Non ! Je refuse de me laisser envahir par la peine profonde que tu me fais.

La femme sincère et *honnête* que je suis te dit ceci : tu as raison ! Et je t'en demande pardon, ma toute chérie. À genoux devant toi, je te prie de me pardonner ! Tu es née de l'amour et la femme amoureuse que j'étais n'avait d'autre univers que vous, mes trois trésors, mes jumeaux, toi et... mon époux !

Par amour pour vous, par amour pour lui, je vous ai élevés, c'est vrai, dans le culte de ce père qui nous a quittés. Je préfère dire *quittés* plutôt qu'*abandonnés*, mot terrible, poignard que je sens encore au fond de mon cœur. Je peux dire : « il nous a quittés », comme s'il était parti en voyage. Dire : « il nous a abandonnés » me laisse un goût de cendre dans la bouche. J'aimerais que tu comprennes cette nuance : elle nous aiderait à mieux nous entendre. Comme je le souhaite de tout mon cœur.

Maria Nemesia, *avant son départ*, cet homme-là était notre seul horizon, notre unique soleil ! Tu étais trop petite pour t'en souvenir. Tes frères, de deux ans tes aînés, eux, s'en souviennent. Tu n'avais que deux ans et...

Tout en t'écrivant ces mots je revois des scènes de notre vie passée, des moments magnifiques que j'avais cru pouvoir oublier un jour. Eh bien non ! Chaque instant me revient en mémoire à mesure que je te parle. À deux ans, tu réclamais la présence de ton père près de toi. Jour et nuit !

Et il te prenait dans ses bras et te répétait ces mots en espagnol que tu aimais tant : *Tu eres mi angel de guardia. Tu eres la razón de mi vida. Sin ti, la luz de mis ojos se apaga. Y la musica, la musica, Mariita, deja de existir. Tu eres mi inspiración ! Eso es ! Mi hija, mi inspiración.*

Il te répétait les mêmes phrases en allemand, en italien, en anglais, en russe et en français : « Tu es mon ange gardien. Tu es la raison de ma vie. Sans toi, la lumière de mes yeux s'éteint. Et la musique, la musique elle-même, Mariita, n'existe plus. Tu es... Mon inspiration ! C'est cela ! Ma fille, mon inspiration ! »

Il te serrait contre lui et tu collais ton visage au sien comme si tu avais voulu ne plus faire qu'un avec ce père auquel tu tenais de tout ton cœur.

Tu a-do-rais ton père à cette époque, Maria Nemesia ! Je sais : ce n'est plus que du passé. C'était... avant l'abandon. Avant que la lumière ne s'éteigne et que la musique disparaisse pour ne laisser, entre vous, qu'un terrible silence.

Comment te parler de moi, de ma famille quand il y avait *tellement* d'amour entre vous deux ? À cinq ans, à six ans... Tu ne me questionnais que sur lui. Je devais lire et relire pour toi les programmes de ses concerts. Et plus tard, quand il a cessé de m'écrire, j'inventais les lettres – oui, je les inventais ! – que je ne recevais pas. Ou si rarement... Ensuite, tu le sais, l'image de ce père absent s'est effacée et la présence lourde, impérieuse, de ton oncle s'est insinuée entre nous. Mon frère savait que rien de ce qu'il dirait ne pourrait me faire haïr celui qui avait été mon époux. La meilleure proie, la plus fragile, c'était toi : la fille qui parlait encore d'un rêve doré, d'un paradis perdu. Ton oncle t'a prise sous son aile de faucon vengeur. Et ce père tant aimé s'est mué en peu de temps en un étranger sans permis de résidence, un homme à abattre.

Que reste-t-il à présent, hormis les accusations, les reproches ? La haine, un sentiment très difficile à vaincre.

Nous en sommes là, toi et moi, ma fille. Tu m'accuses de ne t'avoir jamais rien dit. Que veux-tu savoir ? Je te dirai tout.

Nous venions du « Nord », comme ton grand-père aimait dire. Notre famille plongeait ses racines dans cette région austère qui s'étend entre le Schleswig et le Holstein, cette péninsule située entre la mer du Nord et la mer Baltique, voisine du Danemark et faisant face à la Norvège, la Suède et la Finlande.

Du sang viking coule dans nos veines ; c'est ce qui explique notre physique si particulier qui fascine tant les gens du Sud comme ton père. Ah, son sourire éblouissant quand il m'appelait « sa chère Viking »...

La tradition, une bien triste tradition, veut aussi que les gens du Nord cherchent la chaleur et le soleil du Sud, tout en méprisant les habitants de ces lieux de lumière. C'est le cas de ton oncle Friedrich, le Junker.

Ton oncle, mon frère, mon aîné de dix ans. C'est curieux ! En t'écrivant cette lettre, je trouve le courage de dire : je n'ai jamais aimé mon frère. Une exception à la règle. D'habitude les petites filles sont dévouées à leur grand frère. Moi, je ne l'aimais pas : je le respectais. Je le craignais. Je l'admirais à l'occasion. Il savait tout faire, Friedrich : nager, chasser, grimper à la corde, lutter « comme un Romain »... Il était capable de tout, mon frère : du meilleur comme du pire. Il adorait tuer les animaux pour le seul plaisir de les voir mourir ; il provoquait les garçons plus grands que lui pour le seul plaisir de les terrasser, car il aimait et savait se battre ; il humiliait les humbles et les faibles pour le seul plaisir de les voir pleurer.

Friedrich ne perdait jamais une occasion de m'abaisser moi aussi, sa sœur cadette. J'étais pour lui la Peureuse, la Couarde, la Petite Femelle incapable de surmonter ses faiblesses par le pouvoir de la volonté.

Dire que j'ai eu une enfance malheureuse serait mentir. Deux circonstances me sauvaient, la plupart du temps, de ce mépris affiché par mon frère. La première était que Friedrich était pensionnaire dans un collège militaire et, quand les vacances arrivaient, sa vigueur, son intrépidité légendaire, sa recherche maniaque de l'exploit, l'éloignaient de la maison. La deuxième circonstance qui me protégeait des moqueries blessantes de mon aîné, c'étaient les liens très forts qui m'unissaient à mon père.

Papa avait reçu la même éducation militaire que ses ancêtres. Il disait : « Un homme de notre race se doit d'être un guerrier au service de la nation. »

Il semblerait, c'est du moins ce qu'il m'a dit, que ma naissance ait changé le cours de sa vie.

Mystère de l'âme humaine : mon père adorait sa femme. D'une nature délicate, ma mère, après la naissance de Friedrich, avait cru qu'elle ne pourrait avoir d'autres enfants. L'aîné avait déjà dix ans quand la force de l'amour m'a fait venir au monde. Hélas, et cela tu le sais, maman est morte en couches. Mon père *aurait dû*, en fait, détester celle qui avait causé la mort de son épouse adorée. C'est le contraire qui s'est produit : mon père a vu en moi le reflet exact de sa chère disparue. Il venait d'avoir cinquante-deux ans et décida de se démettre de toutes ses fonctions officielles pour se consacrer entièrement à moi. Il voua toute son énergie à m'élever, me protéger, me façonner, m'offrir tout ce qu'il considérait que je devais avoir. Son unique objectif était de faire de ma vie un conte de fées.

Nous avons quitté le Nord rude et austère pour nous établir à Weimar, la ville de l'art et de la culture.

Parmi nos ancêtres figurait (et cela tu le sais aussi) la duchesse Anne-Amélie, fille du duc Karl Ier et nièce de Frédéric le Grand. De là le prénom hérité par mon frère aîné qui s'est toujours cru prédestiné et protégé par l'ombre de cet ancêtre illustre.

La duchesse avait tout fait pour que Weimar devienne le *centre* de la culture allemande. Elle voulait que l'on considère sa ville comme une nouvelle Athènes. Karl-August, le fils de la duchesse, continua cette tradition : il fit de Goethe un prince de la culture aux pouvoirs illimités. Goethe prit, à son tour, Schiller sous sa protection. D'autres noms illustres font partie de la légende de Weimar : le grand Bach, qui fut à une époque *Kappellmeister* et organiste de la ville, l'illustre Herder, philosophe et théologien... Ai-je besoin de te rappeler la bibliothèque d'Anne-Amélie avec ses 840 000 volumes, que nous avons tant de fois visitée, ou les maisons de Goethe et de Schiller que tu appelais tes « maisons de poupée ».

Quant à la musique...

Bach était vénéré à Weimar et mon père lui vouait un culte tout particulier. Papa m'a offert un clavecin à l'âge de cinq ans et m'a fait bénéficier des leçons du meilleur professeur de la ville.

Ce fut le début d'une nouvelle complicité : pour lui faire plaisir, j'ai appris les pages les plus faciles de l'immense compositeur. Et, à mesure que j'étudiais, une passion pour *tout* Bach est née en moi. Après des années d'études, le *Clavecin bien tempéré* est devenu mon unique obsession : je me suis lancé le défi d'apprendre tous les préludes et fugues du compositeur.

Mon père et moi vivions dans un monde particulier qui tenait plus du XVIIIe que du XIXe siècle, empli de bruit et de fureur. Nous nous sommes construit une existence à part où seuls la beauté et l'art avaient droit de cité. Cette façon de vivre n'était pas du goût de Friedrich, qui ne détestait rien tant que le calme et la solitude. Nous ne le voyions que très rarement, et quand un anniversaire, une réunion de famille ou quelque autre affaire le forçait à faire une apparition parmi nous, nous constations, père et moi, combien il avait changé. L'adolescent athlétique devenait un homme massif et arrogant, un être intolérant assoiffé de pouvoir. Dépourvu de tout sens de l'humour, mon frère avait le culte de Frédéric le Grand et croyait ferme que ce prénom lui réservait un avenir aussi glorieux que celui de notre aïeul. Pendant la guerre de 1870 contre les Français, il fut décoré et obtint le respect de ses pairs et les félicitations de ses supérieurs.

Ambitieux, les deux pieds ancrés sur terre, Friedrich ne dédaignait pas non plus les avantages que l'argent procure : je dois reconnaître que c'était un excellent administrateur et il gérait de main de maître les affaires et le très riche patrimoine de la famille. Ton grand-père s'était déchargé sur son unique fils de toutes les questions matérielles pour mieux s'occuper de mon éducation. Hélas, affaibli par les ans et se sachant condamné par un cœur qui menaçait de s'éteindre, il commit l'erreur de sa vie et signa, sans le savoir, mon calvaire à venir : il fit de Friedrich mon tuteur légal, la personne qui devait me protéger mais aussi celle à qui je devais obéissance et soumission. Je n'avais que treize ans quand il a apposé son paraphe au bas de ce funeste document : j'ai eu beau le supplier ensuite de l'annuler, pour une fois, il n'a rien voulu entendre. Il connaissait les défauts de mon frère mais le savait intègre. Il se disait que lorsque je me marierais nous nous entendrions mieux...

Que pouvais-je faire ? Croiser les doigts, prier que les vœux de mon père deviennent réalité, aimer mon frère comme la sœur cadette qui attend affection, aide et conseils ?

Le document établi par le notaire de la famille comportait de nombreuses clauses : Friedrich gérerait les affaires et nous allouerait une rente plus que confortable ; je recevrais un héritage de princesse au moment de mon mariage, des propriétés, des terres... Mon père m'expliqua chaque article de ce long et complexe document qui décidait de ma vie pour les années à venir. Je finis par oublier mes appréhensions, et la douceur de vivre sous l'ombre protectrice de mon papa continua son cours. Et, un jour, j'ai atteint l'âge de dix-huit ans.

J'avais vécu jusque-là dans une sorte de rêve magique, entourée de beaux objets, de domestiques dévoués, d'un père adorable... Mon naturel romantique ne se refusait pas le plaisir des amours imaginaires. À quinze ans, j'étais éprise du jeune Werther, et j'écrivis une nouvelle version du livre, avec une fin heureuse. À dix-sept ans, je m'identifiais à Marguerite : je réussissais à vaincre Satan et toutes ses créatures maléfiques pour venir en aide à un Faust d'une jeunesse éternelle. Pourtant, mon cœur, depuis toute petite, ne connaissait qu'un seul maître imaginaire à côté de son seul maître réel, qui était mon père. J'aimais, je vénérais Bach, avec qui je m'entretenais chaque jour en jouant ce chef-d'œuvre absolu qu'est le *Clavecin bien tempéré*.

L'autre lien qui m'unissait à mon père était la musique : nous ne rations jamais un concert important à Weimar et, très souvent, nous nous rendions dans des villes éloignées où l'on annonçait un événement musical de qualité : Vienne, Salzbourg, Dresde, Leipzig et Berlin, bien sûr.

C'est par cette porte, ma fille, qu'est entré dans ma vie le chevalier Brindis de Salas.

Le Paganini noir.

Le Roi des octaves.

Le Maestro.

Ton père.

Certes, il était connu de par le monde sous le nom de chevalier Brindis de Salas. Sa réputation de virtuose de l'archet le précédait d'un bout à l'autre de l'Europe, de Lisbonne à Moscou, d'Helsinki à Palerme. Il était aussi vénéré, c'est le mot, en Allemagne et, pourtant, nous n'avions jamais eu, mon père et moi, l'opportunité de l'entendre. Ainsi, lorsque nous avons appris que le Chevalier donnerait un concert exceptionnel – devant le Kaiser ! – à Berlin, mon père m'offrit le voyage pour mes dix-huit ans.

Que savions-nous de l'artiste ? Bien peu de chose en vérité. Il était célèbre. Il venait d'une île lointaine, oui. Et, surtout... il était noir !

Or ni ton grand-père ni moi n'avions jamais *vu* un Noir ! Je connaissais bien sûr l'existence du continent africain, j'admirais la civilisation égyptienne et j'adorais les histoires d'amour de Cléopâtre. J'avais aussi lu la traduction d'un roman célèbre aux États-Unis : *La Case de l'oncle Tom.* Le livre comportait plusieurs gravures où l'on voyait la case et, aussi, l'oncle : il avait une noble figure de vieillard, à la peau striée de rides, aux yeux d'une tristesse insoutenable et avec des cheveux crépus blancs comme la neige.

Je m'étais mis en tête que le Chevalier ressemblait à l'oncle Tom. Je partis donc pour Berlin heureuse de faire ce voyage en compagnie de papa, ravie d'entendre ce grand artiste que le monde entier admirait. J'étais aussi fière de me présenter, pour la première fois, habillée en dame et non en jeune fille réservée.

Père n'avait pas regardé à la dépense : ma robe était inspirée de celles que portait la duchesse Anne-Amélie lors de ses grandes soirées. Des couturières avaient juste modernisé certains détails comme ce décolleté qui dénudait mes épaules. Une idée de mon père : il trouvait que mes épaules étaient un de mes atouts. Je me suis moquée de lui : était-il si pressé de se débarrasser de moi ? En fait, il voulait que je sois à la hauteur de l'occasion, car Sa Majesté nous inviterait certainement à la rejoindre dans son salon privé de l'Opéra, comme elle le faisait toujours. La crème de la cour serait là, et papa tenait à ce que je fasse bonne impression sur les jeunes nobles de qualité, princes, barons et ducs. Il ne me cacha pas, d'ailleurs, qu'il était temps que je songe à faire un beau mariage..

Je portais les bijoux légués par ma mère : un collier de perles pêchées dans l'océan Indien ; un bracelet en pointes de diamants avec des motifs en rubis... Et, ce soir-là, mon père m'avait permis de mettre au doigt la bague dont le diamant était, paraît-il, aussi beau que celui qu'on appelle le *Régent*.

Nous occupions, mon père, mon frère – qui nous avait rejoints, car il ne pouvait rater une occasion de se chauffer aux rayons du seul soleil qu'il vénérait, le Kaiser – et moi, une loge d'honneur. Toute la salle se retournait pour apercevoir Guillaume Ier et sa famille, ce qui était normal. Mais je m'aperçus soudain que les têtes se tournaient aussi vers notre loge. Était-ce moi qui suscitais un tel intérêt ?

« On me regarde comme si j'étais un phénomène de foire, papa !

– Non, ma fille. La curiosité que tu suscites n'a rien de méchant. L'élite de Berlin se demande qui est l'inconnue assise à côté de la loge royale : une princesse suédoise, peut-être ?

– Les gens sont attirés par ta jeune beauté, ma sœur. Regarde le parterre, les loges, les balcons... Quelle jeune fille pourrait rivaliser avec toi ? »

Jour béni ! C'était la première fois que j'entendais un compliment dans la bouche mon frère et j'ai senti la chaleur me monter aux joues.

Distraite par toutes ces expériences nouvelles pour moi, j'avais oublié le motif de notre présence à l'Opéra. À cette époque, la tradition voulait que le soliste se produise à l'entracte pendant un spectacle d'opéra ou en première partie de la représentation, comme ce fut le cas ce soir-là. Nous avons dû assister, en première partie, à une sorte de divertissement frivole, un spectacle qui tenait plus de l'opérette que de l'opéra. Un hors-d'œuvre dont tout le monde se serait bien passé. Après un intermède occupé à boire des rafraîchissements et à grignoter quelques *zakouski*, nous sommes retournés à notre loge pour entendre – enfin ! – le violoniste admiré de l'Europe entière.

Les lumières se sont éteintes ; le lourd rideau cramoisi aux incrustations dorées s'est fendu ; le décor d'opérette avait disparu. La scène, vide, était éclairée *a giorno*. Une toile bleu ciel couvrait le fond du plateau. Image paisible qui m'a fait penser à un lieu paradisiaque, une île flottant entre ciel et terre que la main de Dieu aurait posée là.

J'ai fini par percevoir une étrange tension dans la salle : des murmures, des rires nerveux. La rumeur des voix assourdies rappelant le vol des abeilles ; une nervosité toute frémissante... L'attitude du public avait changé. Je ne comprenais pas ce qui se passait. Pourquoi une telle excitation ?

« L'artiste tarde à entrer en scène, ma fille. Ce Chevalier cubain a la réputation de ne jouer que s'il se sent inspiré pour donner le meilleur de lui-même.

– Comment donc ? – Mon frère retenait à peine sa fureur. – Ce Nègre oserait ne pas jouer en présence de Sa Majesté ?

– Eh oui, mon fils. À Saint-Pétersbourg, le tsar de toutes les Russies lui-même a dû se plier aux caprices du Maestro ».

– Ma parole ! S'il ne commence pas dans deux secondes, je cours à sa loge pour lui botter le train ! Génie ou pas, on n'offense pas le Kaiser en ma présence ! »

La panique me fit trembler de la tête aux pieds. Friedrich était capable de mettre sa menace en action.

Grâce au ciel, des applaudissements indiquèrent que le Chevalier entrait en scène. Je n'en croyais pas mes yeux : mon oncle Tom imaginaire était, en réalité, un Apollon d'ébène, un dieu africain aux pouvoirs ensorcelants.

Le Chevalier, violon et archet en main, salua le Kaiser à la russe.

Celui-ci applaudit de ses mains gantées. Ce fut le signal d'une longue ovation.

La salle finit par se calmer, un silence religieux s'installa tandis que le chevalier de Salas posait l'instrument sur son épaule et y appuyait le menton.

Il se lança dans l'interprétation de sa première page musicale.

Et je perdis la notion du temps.

Mes souvenirs de cette soirée sont si confus que, même aujourd'hui, j'ai du mal à les évoquer, mon enfant.

Au dire de tout le monde, le Chevalier avait été plus inspiré que jamais. L'honneur de se produire devant Sa Majesté lui avait-il donné des ailes ? Sans doute le fait de jouer dans ce temple qu'est le Deutsche Staatsoper y était aussi pour quelque chose. Les plus éminents chefs d'orchestre, les artistes les plus célèbres avaient été les hôtes de l'Opéra de Berlin : il devait prouver que lui aussi comptait parmi les meilleurs. Très vite, l'ovation que le public réservait à chaque morceau avait montré que nous assistions à un concert exceptionnel. Le violoniste s'était surpassé : il avait même surpris ceux qui avaient déjà eu la chance de l'entendre.

Le programme était inhabituel : le Maestro ne jouait, la plupart du temps, que des arrangements inspirés par des compositions pour d'autres instruments. Un lied de Schumann, la *Rhapsodie numéro deux* de Liszt, la *Valse opus 64* de Chopin, et d'autres compositeurs encore, inconnus de moi... À la fin, le public en délire réclamait d'autres morceaux. Brindis s'avança sur la scène pour dédier la *Sonate à Kreutzer* à Sa Sérénissime Majesté, ensuite, pour la salle, il interpréta ce qui m'est apparu comme une sorte de berceuse d'une douceur telle que des larmes montèrent aux yeux de toutes les dames. L'artiste jouait en sourdine, délaissant ses prouesses techniques habituelles. Il interpréta deux fois *Grand-Mère*, cette *Grosser Mütterchen* de Gustav Langer, à la demande du public.

Plus tard, alors que nous approchions des salons privés du Kaiser, je fus surprise d'entendre mon père me murmurer à l'oreille :

« Quel cabot, ce Cubain ! Il aurait pu nous épargner cette *Grand-Mère* sirupeuse. Notre Kaiser a bâillé deux fois !

– Peut-être. L'Impératrice, par contre, retenait ses larmes. »

Le ton acerbe de ma réplique laissa mon père sans voix. Il n'eut pas le temps de répondre à mon indignation car l'huissier nous annonçait déjà.

J'agissais comme une poupée mécanique, souriant, faisant la révérence aux uns, offrant mes joues aux dames pour recevoir leurs baisers. Papa et Friedrich se tenaient à mes côtés, très fiers de me voir rayonner au milieu des dames de la cour.

À un moment, nous avons cru qu'une révolution venait d'éclater ou qu'un tremblement de terre menaçait le théâtre. Nous avons compris ce qui se passait lorsque des voix se sont élevées :

« Brindis ! Maestro ! »

« Maestro ! »

La présence de l'artiste, sa rencontre avec le Kaiser, avaient déclenché une sorte de folie collective chez des personnes habituées à davantage de retenue. Peu à peu, la fièvre se calma et chacun retrouva un comportement plus convenable.

La chaleur était étouffante et j'ai cherché refuge dans un angle du salon, tout près des portes fenêtres donnant sur une terrasse. J'aimais beaucoup la vue plongeante que l'on y avait sur la place construite par Frédéric le Grand, autour de laquelle se trouvent l'Opéra, la vieille bibliothèque et la cathédrale Sainte-Edwige. Par chance, j'y ai été rejointe par ma tante préférée, la comtesse d'Achternbusch, que tu n'as pas eu le bonheur de connaître, pendant que mon père et mon frère se pressaient autour du Kaiser avec d'autres personnages de la cour. Ma vieille tante me faisait toujours rire avec ses potins et l'interminable description, toujours faite avec humour et détachement, de ses maux : estomac délicat, foie fragile, rhumatismes...

Nous tournions toutes les deux le dos au salon quand une voix au son profond de grand orgue nous fit sursauter.

« Je vous prie de pardonner mon impertinence, Mesdames, il fait si chaud que je me suis permis de vous apporter des rafraîchissements. »

Claudio José Domingo Brindis de Salas y Garrido se tenait devant nous, une coupe de champagne dans chaque main.

En fait, nos regards s'étaient déjà croisés plusieurs fois depuis son entrée triomphale dans le salon. Un empereur et sa cour, des dizaines de femmes élégantes, les plus grands noms de l'aristocratie prussienne et... je me retrouvais presque en tête à tête avec lui ! Nous subissions cette force d'attraction qui pousse deux êtres, quelle que soit leur volonté, l'un vers l'autre.

Le Chevalier montra qu'il connaissait parfaitement le protocole : il avait demandé à mon père la permission de nous apporter à boire. Et c'est l'Empereur lui-même qui les avait présentés. Le pouvoir impérial veillait sur notre rencontre.

Le destin.

Tout semblait écrit d'avance – ainsi l'ai-je cru du fond de mon cœur – par la main de mon ange gardien.

Rougissante et timide, je n'osais regarder le Chevalier en face. Ma tante prit les choses en main : elle fit part au violoniste de mon admiration, s'assura qu'il restait quelques jours à Berlin...

« Puis-je, à mon tour, vous demander une faveur, monsieur le Chevalier ? Cette jeune personne qui vient d'avoir dix-huit ans doit rester avec moi une semaine pendant que son père et son frère règlent des affaires importantes à Potsdam. Vous feriez-nous le plaisir de dîner un soir avec nous ou de nous accompagner lors de quelque promenade en ville ? »

Ma vieille tante avait tout compris. Elle avait saisi ce que j'avais moi-même du mal à croire : j'étais sous l'emprise d'un coup de foudre. N'ayant jamais expérimenté un tel sentiment, je ne savais quoi faire ni, surtout, quoi dire.

Je ne comprenais pas, non plus, d'où lui venait ce don d'entremetteuse que je venais de découvrir. J'ai eu ses explications plus tard.

« Ulrike, tu viens d'avoir dix-huit ans et tu ne sais rien de la vie. Moi, à ton âge... Que dis-je ? À seize ans, j'ai connu la passion de ma vie. Un grand écrivain dont j'ai juré de taire à jamais le nom. Il était bien plus âgé que moi, et il m'a fait connaître le paradis sur terre. Et l'enfer aussi. Nous avons vécu, pendant deux ans, une histoire de folie et de passion, et nous avons aussi goûté tous les fruits défendus du Jardin des délices. Tout s'opposait à notre union : l'âge bien sûr, et son origine : c'était un roturier, en outre, il avait une femme et des enfants. Pour ma part, j'étais destinée à épouser, à dix-huit ans, mon cousin germain. Un mariage arrangé. Un jour, mon amant et moi nous nous sommes quittés et je ne l'ai plus jamais revu. Ce n'est qu'une façon de parler, bien sûr, car je le vois chaque jour : il est toujours dans mon cœur et, même s'il est mort depuis longtemps, je lui parle, je lui demande conseil, je lui dis ces mots d'amour que je n'ai jamais prononcés pour un autre. Tu es mon portrait, ma nièce chérie : j'ai été le témoin de ta première rencontre avec le Chevalier, à l'Opéra. Comment ne pas voir dans vos regards l'ouragan naissant ? Amour fou, passion à l'état pur, sentiment unique entre deux êtres marqués par le destin. Si l'on m'accuse un jour de t'avoir jetée dans les bras du Chevalier, je dirai : oui ! J'ai tout fait pour qu'Ulrike connaisse cette chose unique et si rare ! L'amour fou peut être passager, mais il donne à l'existence de ceux qui l'ont vécu un sens plus profond et plus généreux que la morne platitude d'une vie à deux. »

Et c'est ainsi que ma vieille tante, la duchesse, s'est transformée en chaperonne discrète et pleine de ressources. J'ai fini par vaincre ma timidité et j'ai commencé à regarder le Chevalier droit dans les yeux.

Te souviens-tu encore du regard de ton père, Maria Nemesia ? Te souviens-tu de ce que tu m'as dit un jour : « Papa a des yeux et un regard qui n'appartiennent qu'à lui. Personne au monde n'a des pupilles si noires, de l'onyx pur. Son regard m'hypnotise. C'est pour cela que je lui demande sans cesse : regarde-moi au fond des yeux, papa ! Son regard me fait voyager. Je passe, grâce à lui, de l'autre côté du miroir. »

Chaque soir de cette bienheureuse semaine que j'ai vécue seule chez ma tante, Claudio s'est présenté à dîner. Et le jour, nous nous promenions sans cesse dans cette ville que j'apprenais à aimer. Je pensais que le Chevalier connaissait Berlin mieux que moi : c'était tout le contraire.

« La vie d'un artiste en tournée, chère Baronne, se confond toujours avec le trajet qu'empruntent ses bagages. Tout n'est que jour d'arrivée et jour de départ; pays et villes où ont lieu les concerts. Je connais tous les théâtres d'Europe : je connais mal les villes, hormis Paris. Saviez-vous que je répète souvent entre douze et quatorze heures *par jour* avant chaque tournée ? À la fin d'un de ces interminables voyages, je ne rêve que d'une seule chose : dormir ! »

To sleep : perchance to dream..., dit Hamlet.

Et cette phrase revenait sans cesse dans ma tête : je vis un rêve !

En compagnie du Chevalier, j'ai arpenté en long et en large Unter den Linden; nous avons visité ensemble le Schillerdenkmal et j'ai prié, en compagnie de mon idole, ma patronne vénérée : sainte Edwige.

Le Chevalier m'avoua – en bégayant de honte ! – « qu'il n'avait jamais mis les pieds, par manque de temps, dans un musée ». Même pas le Louvre ! Je me suis fait un devoir de lui montrer *tous* les musées de Berlin, dont une journée entière au Museumsinsel, cette « île » de l'autre côté d'Unter den Linden où se trouvent le Vieux Musée, la vieille Galerie nationale, le musée Bude avec ses merveilles byzantines et égyptiennes... C'est le musée Pergamon qui a fasciné le plus le Chevalier. Il est resté cloué sur place, le regard rivé sur la porte du temple d'Ishtar qui semblait éveiller des souvenirs enfouis au plus profond de lui-même.

Les jours passaient et je tremblais à l'idée de voir s'effondrer mon bonheur : bientôt, mon père et mon frère seraient de retour. Le rêve exploserait comme une bulle de savon. La chance voulut que Friedrich soit retenu à Potsdam. C'est donc seul que mon père revint à Berlin et ma tante, se faisant entremetteuse, obtint que le Chevalier soit invité à Weimar.

Savoir Claudio chez nous ! Attendre son réveil pour lui servir, moi-même, son petit déjeuner ! Le voir en grande discussion avec mon père, parler d'art et de musique...

La grande sensibilité du Chevalier lui fit comprendre le goût de papa pour une musique « moins racoleuse » que celle de ses programmes habituels. Un soir, après le dîner, il nous pria de l'accompagner dans le salon de musique. Ton père, ma chérie, détestait jouer en dehors de la scène. Il disait toujours : « Le violon se travaille seul et se joue devant une salle pleine de spectateurs. Parfois, je suis obligé de jouer chez quelqu'un à qui je dois une faveur ou qui me paye généreusement. Le reste du temps, je me repose ! »

Ce soir-là, il ne se reposa pas : il enchaîna chaconnes, fugues et partitas de Bach, pages de Brahms et de Mozart, lieder de Schubert. Ton père avait un don particulier pour l'improvisation. Pour faire plaisir à ma tante, il joua même du Verdi adapté pour le violon !

Oui, l'objet de mon amour habitait sous le même toit que moi, et, pourtant, je ne suis pas « tombée dans ses bras » comme ma tante semblait tant le souhaiter. Un jour, elle m'a expliqué sa philosophie de la chose, et j'avoue que j'ai été passablement choquée : « L'amour ressemble à la gourmandise, Ulrike. Si tu rencontres quelqu'un qui te plaît et dont tu sais déjà que tu seras obligée de le quitter un jour, je n'ai qu'un conseil à te donner, celui que je donne aux enfants gloutons : mangez des gâteaux, goinfrez-vous, mes petits. Mangez à en être malades, et vous n'aurez plus jamais envie de ces gâteaux-là. Il en va de même en amour : aime jusqu'à l'écœurement ; ainsi, quand viendra le temps de la séparation, tu n'auras pas de regrets. »

Mais mon amour pour Claudio, et son amour pour moi, n'avaient rien d'une passade. Nous nous aimions, nous étions tombés follement amoureux l'un de l'autre, d'un amour parfait. Un amour adolescent. Il me respectait car j'étais devenue « la pupille de ses yeux ».

L'idée de mariage s'est imposée à nous.

Un après-midi, je m'en suis ouverte à ma tante. La pauvre femme s'est évanouie. J'ai même cru, un instant, qu'elle avait eu une attaque. Elle a eu du mal à retrouver ses sens, malgré le flacon de sels passé sous son nez.

« Te marier avec lui ! Es-tu folle, ma nièce ? Un amant dans l'ombre, oui ! Un époux noir : jamais ! Ton père ne le permettra pas !

– Papa admire le Chevalier. Et Claudio... je veux dire, Brindis de Salas, le Kaiser en personne vient de lui remettre un passeport diplomatique allemand !

– Mon Dieu, Ulrike ! Pense à ton frère ! »

La vieille comtesse frappait là où cela faisait mal. Ce même jour, mon père m'annonça qu'un haut personnage de la cour, très proche de l'Empereur, avait demandé ma main « au nom du chevalier Brindis de Salas ».

« Père, le Kaiser approuve-t-il ce mariage ?

– Le Kaiser adore faire des farces à ses sujets, ma fille. Et puis, il a décidé, allez savoir pourquoi, que le

Chevalier n'est pas un Noir cubain mais un prince éthiopien. Ainsi, la fille du baron von Knäbel peut bien épouser un prince du sang, doublé d'un artiste de génie.

– Et toi, papa... Qu'en penses-tu ? »

Mon père baissa les yeux, honteux de m'avouer sa faiblesse.

« J'attends le retour de ton frère. Nous verrons après. »

Le soir même, j'ai enfin pu parler avec le Chevalier ; je lui reprochai de ne m'avoir rien dit de sa démarche.

« Vous demandez ma main, sans me consulter, Chevalier ?

– Je voulais vous en épargner le souci, chère Baronne. »

Nous nous amusions à nous vouvoyer et à utiliser, lui, le titre de Baronne, et moi, celui de Chevalier.

« Je commence à bien connaître votre noble et illustre famille, chère Baronne : nous aurons besoin de deux assentiments : celui de votre père, que j'ai presque obtenu, et celui de votre frère qui sera, je le crains, bien plus difficile à convaincre ».

L'évocation de mon frère me fit frissonner. Quelle serait, en effet, sa réaction ?

Ah, la fureur de Friedrich ! Ses yeux gris de loup assoiffé de sang ! Son langage de valet de ferme !

« Si ce Nègre remet les pieds dans cette maison, je le tue ! »

Une horrible période commença pour nous tous. Mon père tomba malade : son cœur le lâchait. Mon frère se fit un devoir de m'espionner, de m'interdire tout rapport avec le *Nègre.*

Par fortune, l'amour que ma tante avait pour moi, son admiration pour le Chevalier étaient tels qu'elle finit par se mettre à notre service. Son expérience de femme du monde connaissant toutes les intrigues de la cour, son énergie prodigieuse malgré son âge avancé lui permirent d'élever un barrage entre mon frère et moi.

Face à tant de difficultés, Claudio ne rêvait que de rapt au milieu de la nuit, de chevauchées sauvages nous conduisant loin de Berlin.

« Rien de plus facile que de quitter l'Allemagne, mon adorée. Nous irons ailleurs.

– Où, Claudio ? Où ? »

Nous nous tutoyions déjà à ce moment-là, le jeu mondain était fini : nous n'étions que deux amoureux malheureux.

« En Russie ! Ou pourquoi pas à Cuba ?

– Je ne supporterai pas la chaleur moite dont tu me parles.

– Alors, en Sibérie ! Il n'y fait jamais chaud ! Mieux encore : Paris ! J'ai un ami, un frère, le vicomte de Brinvilliers. Il saura nous aider, nous protéger mieux que personne ! »

Deux circonstances devaient changer ces plans d'évasion : la maladie de mon père et la visite de celui qui était l'impresario et l'ami du Chevalier : un vieux monsieur qui se trouvait, comme mon père, au seuil de la mort.

Claudio m'avait beaucoup parlé de cet homme dont l'état de santé l'avait empêché d'être présent au moment du concert de Berlin devant le Kaiser et sa cour. Le Chevalier chantait ses louanges, « un homme cultivé, subtil, un véritable Florentin de la Renaissance ».

La personne qui se trouvait assise en face de moi ressemblait à un enfant difforme, tant le corps malingre contrastait avec une tête volumineuse barrée de quelques rares cheveux et un visage fripé de momie maltraitée par le temps. Il devait reprendre son souffle après chaque phrase et, parfois, entre deux mots ; sa voix était sourde et les efforts qu'il devait faire pour tirer un son de sa gorge martyrisée me faisaient souffrir pour lui.

« Il se meurt d'une tumeur à la gorge, m'avait prévenu Claudio. Si un jour tu le rencontres, comme je l'espère, ne te laisse pas impressionner. »

Ce n'était pas son combat pour articuler des sons qui me faisait le plus pitié, mais les efforts du Florentin pour ne pas renverser sa tasse de thé : sa main ne cessait de trembler.

Le message que l'impresario voulait me transmettre était le suivant :

« Brindis – c'est ainsi qu'il appelait Claudio – ne vit que de son art, madame la Baronne. (Une pause pour respirer.) Toutes ses ressources proviennent de ses concerts. (Une pause.) Brindis a signé ou, plutôt, j'ai signé des contrats en son nom. (Une pause.) Il faut tenir parole ou payer un dédit. (Pause.) J'ai réussi à placer Brindis dans une catégorie à part, je l'ai fait entrer dans ce cercle très restreint des solistes dont on paye une fortune la moindre représentation. (Longue pause car la phrase avait été longue.) Chaque fois que

Brindis ne joue pas à cause de la fatigue... (pause) ou de ses caprices qui deviennent de plus en plus fréquents... (pause) nous sommes obligés de rembourser le théâtre ou le producteur qui nous... (pause) a avancé l'argent. Son séjour prolongé en Allemagne est un désastre... (pause), madame la Baronne. Ne m'en veuillez pas... (pause) de m'exprimer si... (pause) rudement. J'ai dû rompre et rembourser déjà deux contrats. En fait, je serai sincère... (Pause.) L'expérience m'a appris à être prudent... (Pause.) À présent, j'ajoute une clause nouvelle spécifiant que... (pause) si l'artiste ne peut pas jouer pour n'importe... (pause) quelle que soit la raison... (pause) nous ne remboursons qu'un tiers de la somme. (Longue pause pour boire une gorgée de thé.) L'engouement pour Brindis, sa célébrité sont tels que... (pause) cette clause est acceptée en général. Cela dit, le tiers d'une somme importante n'est jamais négligeable, surtout... (pause) quand il s'agit d'un métier aussi fragile que celui... (pause) d'artiste. Vous êtes à la mode aujourd'hui et... (pause) oublié demain. Ce qui me préoccupe, c'est que Brindis ne pense jamais... (pause) au lendemain. Si j'ai pris la liberté de vous demander cet entretien... (pause), madame la Baronne, c'est parce que... (pause) la situation est critique. Brindis est attendu à Cuba au début de l'année... (pause). Son concert au grand théâtre Chacón sera... (pause) l'événement de la saison. Est-ce que Brindis vous a confié ce que... (pause) un nouveau triomphe dans son pays natal signifie pour lui ? » Alors l'impresario posa la soucoupe et la tasse sur la petite table devant lui et, tirant un mouchoir de la poche intérieure de sa veste, s'épongea le front couvert de sueur.

Oui, je le savais. Et je savais aussi que j'avais le pouvoir de décider ce que Claudio ferait. Le pouvoir absolu dont je disposais, à cet instant-là, sur la vie de cet homme, sur sa carrière d'artiste choyé par le monde entier, me donnait le vertige. L'idée *d'utiliser* ce pouvoir me fascinait et me tentait. Pouvais-je retenir Claudio dès lors que, tôt ou tard, il me haïrait de l'avoir fait ? Pendant que le Florentin continuait à me décrire la situation en faisant des pauses de plus en plus longues, j'ai récapitulé mentalement ce que je savais des rapports de Claudio avec son pays.

Il n'avait pas remis les pieds à Cuba depuis huit ans. Je connaissais aussi son « talon d'Achille », comme il l'appelait lui-même : il admirait et respectait José White, un autre violoniste noir dont la popularité dans l'île était immense.

« Huit ans, c'est un temps très long dans la vie d'un artiste. White, je le sais, est le nouveau roi du public cubain. De Roi des octaves que j'étais à mon premier retour, je suis devenu, à présent, un simple prince oublié, un artiste dont plus personne ne parle. »

Le Florentin avait fini par se taire, épuisé par les efforts pour me convaincre de la sagesse de son point de vue : Brindis *devait* réaliser la tournée prévue, sinon...

J'accomplis alors ma première bonne action de la journée.

« Rassurez-vous, cher Monsieur : je ferai tout mon possible pour que Claudio tienne parole. »

Quel plaisir intense de l'appeler ainsi, avec une telle simplicité, « Claudio » et de montrer que, oui, j'étais consciente de mon pouvoir sur lui.

« Oh, merci, madame la Baronne ! Merci ! »

À ma grande stupeur, le Florentin mit un genou à terre et me baisa les mains !

Le soir même, je me suis rendue au chevet de mon père, qui ne quittait plus son lit depuis plusieurs semaines.

« Papa... Le Chevalier doit réaliser une longue tournée à Cuba. Oublions jusqu'à son retour le projet de mariage. »

C'était ma deuxième bonne action et j'ai eu droit, à nouveau, à un instant d'émotion : mon père me prit les mains, comme l'avait fait le Florentin, et les embrassa à son tour.

« Je te suis reconnaissant de cette décision, Ulrike. D'ici là, j'aurai retrouvé la santé et je pourrai mieux imposer ma volonté à ton frère. »

Il ne me restait qu'à convaincre Claudio de partir pour Cuba.

« Considérons ce voyage comme une sorte d'épreuve. Nous serons séparés par l'espace et le temps. À ton retour, si tu tiens encore à m'épouser, je ferai ce que tu voudras : et si mon frère n'accepte pas notre décision, nous nous enfuirons en Sibérie ou dans l'Himalaya ! »

Nous savions tous les deux que la séparation serait douloureuse et que l'attente, pour moi, ne serait pas facile à vivre. Cela fit monter en nous le désir ardent que nous ressentions l'un pour l'autre et que nous avions jusque-là si bien réussi à maîtriser.

C'est moi – je n'ai pas de honte à l'avouer, ma fille, c'est moi, oui ! – qui ai fait le premier pas. L'idée que Claudio s'éloigne sans disposer d'une preuve de mon amour m'était insupportable, et, pour employer l'expression de ma tante, « je suis tombée dans ses bras ».

C'est d'ailleurs vers elle que je me suis tournée pour demander de l'aide. Claudio logeait dans une auberge de Gotha, cette petite ville que tu aimes autant que moi, Maria Nemesia, tout près de Weimar, à la lisière de cette forêt de Thuringe qui m'est si chère. C'est à Gotha que devaient avoir lieu nos rencontres clandestines, or Friedrich avait chargé ses sbires de me surveiller. Avec son savoir-faire habituel, ma tante se chargea de régler la question.

« Ne t'inquiète pas, ma chérie : l'argent fait des miracles ».

Et les hommes de main de Friedrich devinrent mes serviteurs les plus fidèles : ils se chargeaient de me conduire jusqu'à Gotha et de me ramener à Weimar.

Une semaine de passion folle, jour après jour, où nous ne pensions qu'à nous, où nous ne vivions que pour nous. Le ciel veille sur nous, me disais-je en allant à la rencontre de Claudio, le ciel saura nous défendre.

Le Chevalier tant admiré, Claudio, l'amoureux tellement aimé, était devenu mon amant. Quel mot doux et enivrant ! Quelle source de merveilles ! Mon amant !

Claudio me quitta au bout d'une semaine. Un mois et demi plus tard, j'ai dû me rendre à l'évidence : j'étais enceinte !

L'impresario florentin était retourné dans sa ville natale : une semaine après le départ de « son artiste », j'ai appris la nouvelle de sa mort. Un mois plus tard, c'est ma tante qui s'éteignait dans son sommeil. La santé de mon père tardait à revenir. Quant à Friedrich, il était revenu à Weimar. Débordant d'énergie, il partait toute la journée à la chasse et rentrait tard le soir, fourbu, ses sacoches pleines de pauvres bêtes sanglantes...

Pendant ce temps, mon ventre grossissait. Grâce à la complicité de mes couturières, je faisais tout mon possible pour dissimuler cette taille qui s'élargissait, ces seins qui devenaient des fruits mûrs, gorgés de sève. Une sage-femme, belle-sœur d'une de mes couturières, vint aussi à mon secours ; elle me donna des remèdes de grand-mère contre les nausées, les évanouissements passagers et les malaises propres à mon état.

Claudio m'écrivait tous les jours, de petits mots passionnés, drôles, adorables. Il en faisait un paquet, y ajoutait programmes de concerts, critiques et articles sur sa tournée à Cuba, et, chaque semaine, ces paquets partaient de La Havane ; je les recevais avec deux ou trois semaines de retard, selon la vitesse du bateau, la route qu'il empruntait. Peu m'importait ! J'avais la joie de constater que pas une fois Claudio ne se couchait sans m'écrire une lettre – lui qui détestait prendre sa plume ! – dans laquelle il me faisait la description détaillée de sa journée !

Tu connais, Maria Nemesia, ces articles consacrés à ton père : plus tard, nous les lisions ensemble quand il était en voyage. C'est-à-dire je les relisais et te les traduisais, car tu exigeais, chaque soir : « Lis ce qu'on dit de mon papa ! »

Tu prenais ces articles pour un « conte de fées ».

Un conte de fées !

Moi aussi, je lisais...

« Le concert au grand théâtre Tacón a été un triomphe. Rafael Montoro, un critique renommé a dit de moi : *Brindis de Salas a fait d'énormes progrès depuis sa dernière visite : huit ans déjà ! La chrysalide a ouvert ses ailes.* »

Le style baroque de cet article me faisait rire et, toi, sans savoir pourquoi, tu riais avec moi. En lisant les titres des œuvres que Claudio avait interprétées, je le sentais tout près de moi, je l'entendais presque passer au *crescendo*, comme il aimait dire ; je le voyais... Oui, je le voyais ! Je découvrais ce pouvoir qu'ont les amants passionnés pour vivre à deux, même quand une distance infranchissable les sépare. Magie mystérieuse de ceux dont l'âme et le corps ont été liés pour le meilleur et pour le pire.

Rhapsodie numéro deux de Liszt, *Barcarolle* du baron Freederichisz, *Romance de la Saule*, et, bien sûr, l'inévitable *Grand-Mère*, cette *Grosser Mütterchen* qui faisait pleurer les auditrices-adoratrices du chevalier Brindis de Salas – et grincer des dents mon pauvre papa.

Je vivais par procuration, jour après jour, en attendant de recevoir un nouveau paquet chargé de nouvelles lettres.

Habitué à vivre en Europe depuis longtemps, se sentant « plus Européen que Cubain », Claudio avait un peu oublié le caractère fougueux de ses compatriotes. Une anecdote me le fit comprendre.

« Un ami et admirateur qui avait assisté, huit ans auparavant, à tous mes concerts, m'a supplié de le laisser assister à mes répétitions au Tacón. Tu sais combien je déteste la moindre présence, hors celle du régisseur et de ses aides, lorsque je répète dans un théâtre. Cet ami avocat a si bien su plaider sa cause que j'ai accepté à la seule condition qu'il se fasse *tout petit*, qu'il s'installe au fond d'une loge et que je ne puisse même pas voir *le bout de son nez*. Le bonhomme a obéi et moi-même je n'ai plus pensé à lui. Mais ensuite, tout bouleversé par cette expérience, mon ami a réuni au Cercle des avocats de La Havane un auditoire composé de ses confrères, de journalistes, de mélomanes distingués. Parmi ces personnes, quelques-unes seulement avaient assisté à mes concerts lors de mon premier passage dans la ville. Les autres se sont trouvées face à un fou halluciné qui a entrepris de chanter mes louanges, affirmant que, à trente-quatre ans à peine, j'étais considéré, de par le monde, comme le plus grand violoniste de tous les temps. Tout y est passé : Roi des octaves, Paganini noir, Maestro illustrissime, gloire de Cuba...

« Cet ami, cet homme intelligent, cet avocat célèbre pour ses plaidoiries ne se rendait pas compte du mal qu'il me faisait : rien n'agace davantage un critique que d'entendre quelqu'un chanter sur la place publique les louanges d'un artiste qui ne s'est pas encore produit sur scène. Parmi les personnes qui ne m'avaient jamais entendu, on commençait à trouver suspicieuse cette gerbe d'étoiles dont on m'ornait le front. Cela ne cachait-il pas quelque sombre machination ? À la fin de la prestation de mon ami, ils étaient unanimes : “ Brindis doit être un bien piètre interprète s'il est obligé de louer les services d'un avocat célèbre pour défendre sa réputation. ”

« Or, en montant sur scène, je n'avais aucune idée de ce qui s'était passé : mon instinct me disait que quelque chose de bizarre se produisait dans la salle : des murmures un peu trop appuyés, des rires à peine maîtrisés, ces *vibrations* qui disent à l'interprète si une salle est bonne ou mauvaise. En fait, une partie de l'auditoire était braquée contre moi. On guettait la moindre défaillance ; on s'apprêtait à crier « au voleur ! » et à réclamer le remboursement des billets. C'est vrai que la moindre place assise coûtait bien plus cher que d'habitude : mon ami et complice Florentin m'a appris à demander toujours plus pour me faire respecter. Plus tu coûtes à un producteur, à un directeur de salle, mieux il sait te défendre et mieux il fait ta publicité : c'est son intérêt. Sentant cette atmosphère pesante, cette animosité qui ne se dissimulait plus – les applaudissements avaient été à peine polis –, j'ai compris que je n'avais que deux options : ou bien quitter la scène et prendre le premier bateau pour l'Europe, ou bien... bouleverser mon programme. J'avais bâti une structure harmonieuse : des numéros tout en douceur ; des œuvres plus vives ; à nouveau une plage calme avant de grimper vers des sommets de technique et de virtuosité, de « tape-à-l'œil », comme dirait ton père. J'ai finalement décidé de rester, de faire face et de vaincre toute cette hostilité. Au lieu d'interpréter, comme prévu, le noble *Nocturne opus 48* de Chopin, j'ai attaqué un *pasillo* colombien à un tempo si vertigineux qu'au lieu de durer trois minutes, je l'ai expédié en deux minutes et demie. Ce *pasillo* a brisé la glace : des applaudissements frénétiques qui ont duré autant que la pièce. Résultat : renversement de la situation, et, pour preuve, les critiques qui accompagnent cette lettre. »

Il y avait, en effet, un article d'un dénommé Serafin Ramirez, musicologue et critique, qui disait : *La force de son archet est extraordinaire ; le style de Brindis passionné, son exécution brillante et diabolique. On dirait que sa main gauche s'identifie au violon : l'instrument, le bras, la main et les doigts ne font qu'un.*

La lettre finissait ainsi :

« Cela suffit. Assez parlé de moi. Comment allez-vous, chère Baronne ? Je t'imagine en train de marcher pendant des heures dans cette forêt de Thuringe que tu aimes tellement... Oh, mon Dieu ! Un mois encore sans te voir ! Ah, si je pouvais te serrer dans mes bras ce soir même ! »

Qu'il était loin de savoir, Claudio, l'angoisse dans laquelle je vivais ! Mon tour de hanches avait triplé, j'arrivais à mon sixième mois de gestation, et je ne pouvais plus rien dissimuler. Pis : la sage-femme commençait à soupçonner que je portais *deux* enfants ! Après beaucoup d'atermoiements, je me suis finalement décidée à consulter, sous un nom d'emprunt, un vieux médecin de campagne, ami de la sage-femme : il confirma mes craintes.

« Tout porte à croire que vous aurez des jumeaux, madame. Toutes mes félicitations ! »

Je passais de la panique à la joie la plus exaltante. La force de l'amour : Claudio avait semé en moi des jumeaux !

La dernière lettre de La Havane, avant le retour en Europe, avait un ton différent. Claudio me racontait des histoires chargées d'amertume.

« Je ne t'ai jamais parlé, mon Ulrike, ni de mon enfance ni de ma famille. Je vénère la mémoire de mon père. Le reste, comme le dit Shakespeare dans *Hamlet*, " le reste n'est que silence ". J'ai envie pourtant de te parler de ce que je viens d'apprendre. Un de mes frères, José Rosario, a écrit il y a quelques années une lettre au capitaine général de l'île, Martinez Campos, pour solliciter une bourse d'études à Madrid. Par des moyens que je ne connais pas, mon ami avocat s'est procuré une copie de cette lettre dans les archives du gouvernement. J'ai ce torchon honteux devant mes yeux. Voici ce qu'écrivait ce Caïn : *Je demande cette aide, Votre Excellence, pour pouvoir briller, plus tard, dans notre société havanaise comme l'ont fait mon père et mon frère, remarquable artiste, célèbre dans le monde entier.*

« La bourse lui a été refusée et ce frère indigne n'a, jusqu'à présent, guère réussi à sortir de l'anonymat que le destin lui a réservé. »

L'autre anecdote était plus amère et se rapportait à la situation des Noirs à Cuba : « Je me promenais sur le Prado avec un groupe d'amis, tous Blancs. L'envie nous a pris de nous asseoir à une de ces terrasses à l'air libre dont La Havane a le secret. Un serveur est venu, a pris les commandes, est reparti, puis est revenu avec les commandes de tout le monde – sauf la mienne.

« " Vous semblez avoir oublié ma commande, l'ami ", ai-je dit avec toute la douceur dont je suis capable.

« Le Catalan – j'avais reconnu son accent – m'a dédié le regard le plus méprisant qu'un homme puisse envoyer à un autre.

« “ Ici nous ne servons pas les Noirs ! ”

« Je me suis levé d'un bond comme si un taon venait de me piquer. J'ai maîtrisé mon envie de le gifler mais, par contre, je lui ai montré l'insigne de la Légion d'honneur que je porte toujours à la boutonnière.

« “ Je suis le chevalier Brindis de Salas, honoré et respecté dans le monde entier, sauf, apparemment, dans son propre pays ! ”

« Le Catalan pâlit et commença à trembler.

« “ Je ne savais pas que vous étiez... Je vous prie de m'excuser, *maestro* ! ”

« Il ne savait plus où se mettre. Mes amis se sont levés pour protester à leur tour. Le propriétaire du café, un Catalan lui aussi, est venu nous présenter ses excuses.

« “ Vous êtes mes invités ! Du champagne pour le *Caballero* Brindis de Salas ! ”

« Nous avons refusé l'invitation et nous sommes tous partis.

« Triste victoire ! Pendant dix ans, les Noirs cubains ont lutté sur les champs de bataille avec leurs camarades blancs pour obtenir, pour tous, liberté et dignité. Cette guerre a été perdue. Antonio Maceo, le Titan d'airain, a dû s'exiler ; on vient à peine de signer le décret d'abolition de l'esclavage – te rends-tu compte ! nous sommes en 1886 ! – mais un Noir sera quand même traité comme un *Nègre* par un serveur sauf s'il a la chance d'être un artiste célèbre.

« Je prends le bateau dans trois jours, mon amour. Cette lettre arrivera, peut-être, en même temps que moi. Ces mauvais moments seront oubliés et nous rirons ensemble pour le restant de nos jours.

« Ton Claudio. »

Comme tu le sais, ma fille, mon père est mort une semaine avant le retour du Chevalier. Après l'enterrement, Friedrich m'a convoquée pour « m'informer des mesures qu'il comptait prendre concernant mon avenir ».

Il se tenait devant moi, en uniforme, botté, sa cravache à la main.

« Tu rêves toujours d'épouser ton... Cubain, Ulrike ?

– Je suis enceinte de lui ! »

Je portais, ce jour-là, un manteau d'été léger, j'en ai écarté les pans pour exhiber la rondeur de mon ventre, mes seins pleins de lait maternel.

Un instant, à peine l'espace d'un instant, j'ai lu la fureur dans le regard d'acier de ton oncle. J'ai posé mes bras sur mon ventre pour le protéger car j'ai craint que Friedrich ne m'assène un coup de cravache. Faisant un effort titanesque pour se maîtriser, il me tourna le dos. La volonté d'un Junker peut, parfois, servir à quelque chose. Nous sommes restés silencieux un temps qui m'a paru infini. Sans me jeter un regard, Friedrich m'a annoncé d'une voix chargée de mépris :

« J'ai une proposition à te faire. »

Sa proposition était simple, claire et abjecte : il consentait à mon mariage puisque j'étais « grosse des œuvres de cet individu ». La cérémonie devrait avoir lieu aussi loin que possible de Weimar et dans la plus stricte intimité. Il ne serait pas présent, bien entendu. En échange de son acquiescement, je devais renoncer à tout : l'héritage de ma mère, celui de mon père ; mes propriétés, mes terres, mes bijoux... J'ai le souvenir de m'être exclamée : « Mais de quoi vais-je vivre ? – Ton fameux artiste et si riche époux pourra bien subvenir à tes besoins, non ? » Friedrich exultait ! Il se délectait par avance de la réaction de Claudio lorsqu'il apprendrait que la femme enceinte qu'il devait épouser ne lui apporterait pas la moindre dot.

Pour preuve de son « affection fraternelle », le Junker m'assura que si j'acceptais d'accoucher dans une campagne éloignée, sous un nom d'emprunt, et, surtout, si je consentais à abandonner l'enfant « comme l'avait fait ce voyou qui se prenait pour un philosophe, Jean-Jacques Rousseau », il me permettrait de conserver mon héritage, dont ce palais de Weimar que j'aimais tant.

Éperdue d'anxiété, je me suis réfugiée dans ma chambre. Je ne savais pas quoi faire. J'avais envie de me suicider. J'avais envie de tuer mon frère. J'avais envie de disparaître à jamais... J'avais peur de revoir Claudio pour m'entendre lui dire... Quoi ? « Oublie-moi, repars, je suis indigne de toi. » L'amour pour l'enfant ou les enfants à naître, la passion qui brûlait en moi, m'ont en fin de compte donné le courage de me rendre à l'auberge de Gotha où Claudio m'attendait.

Assise sur le rebord du lit, je lui ai tout raconté. Le Chevalier, debout, les bras croisés sur la poitrine, les yeux mi-clos, comme lorsqu'il écoutait une musique qu'il aimait ou un discours important, restait immobile. Lorsque j'ai eu fini de tout dire, le silence s'est fait épais, insupportable. À mon tour, j'ai fermé les yeux. J'ai senti le poids du Chevalier sur le lit, ses bras qui entouraient mes épaules, sa voix apaisante qui me susurrait à oreille :

« Enceinte de six mois ? Des jumeaux ? Et tu doutes de moi, mon amour ? Tu doutes de toi ? Ton frère donne son approbation si tu lui laisses jusqu'au dernier sou ? Grand bien lui fasse ! Qu'il les garde, tes palais, tes terres, tes bijoux, ma Baronne adorée ! Quitte la maison sans rien emporter. Tu m'entends, chérie ? Rien ! Pas même une épingle ! RIEN ! Tu viens de conquérir ta liberté et, moi, l'honneur de t'épouser ! »

Habitué depuis son adolescence à changer de pays, à déménager sans cesse d'un endroit à l'autre, Claudio avait développé un talent pour s'adapter à toutes les situations. J'allais vers mon septième mois de gestation et mon ventre était si gros que je marchais comme une aveugle en surveillant chacun de mes pas. Claudio est devenu mon guide, mon appui, ma torche à la lumière généreuse : je fermais les yeux pour mieux me laisser conduire.

Le Chevalier déployait l'énergie d'un torrent aux eaux vertigineuses ; un torrent prêt à inonder la terre entière pour mieux venir à mon secours. Il acheta, sans me consulter, une belle et vaste maison dans la Kantstrasse, à Berlin. Il engagea des architectes et des décorateurs qu'il chargea d'aménager les deux étages et de refaire toutes les fenêtres « afin que le soleil puisse entrer lorsqu'il aura envie de nous rendre visite ». Il acheta aussi le magasin de pianos qui se trouvait au rez-de-chaussée ainsi que l'usine qui les fabriquait. Un antiquaire de ses amis s'occupa de meubler la maison « avec des meubles et des objets tels que la duchesse Anne-Amélie de Weimar aurait aimé en avoir dans son palais ». Et mes couturières habituelles durent tout quitter pour se mettre à mon service : on me reconstitua ainsi une garde-robe entière « pour que je retrouve tout ce que j'avais laissé à Weimar. »

À la naissance des jumeaux, ton père décréta : « Les enfants doivent disposer d'un deuxième foyer, plus proche de la nature. » Les architectes, les décorateurs et l'antiquaire furent à nouveau convoqués. Cette fois, je tentai de tempérer ses ardeurs.

« C'est très généreux de ta part de vouloir nous offrir une résidence de campagne, Claudio. J'accepte, mais à deux conditions : un, je t'accompagnerai dans tes recherches, et, deux, nous achèterons une maison confortable, mais sans plus. Pas un palais de duchesse, cher époux.

– Pourtant... C'est bien cela que vous méritez, chère Baronne : un palais.

Nous voulions tous les deux trouver une demeure près de cette forêt de Thuringe qui avait bercé mon enfance. Ce fut la maison d'Erfurt.

« Nous sommes bénis des dieux, Ulrike !

– De Dieu, Claudio : il n'y a qu'un Dieu !

– Pour toi, ma douce épouse. Pour moi, Noir cubain descendant d'esclaves, Dieu partage son royaume céleste avec les petits dieux nègres de la *santería* cubaine et du vaudou haïtien. Ochún, Changó,

Obatalá... Si aux dieux africains nous ajoutons les dieux grecs de l'Olympe, les dieux-blonds-aux-yeux-bleus du Nord, le borgne Odin en tête... Eh bien, cela fait beaucoup de monde dans le ciel, ne crois-tu pas ? Voilà qui explique ces milliards d'étoiles que nous voyons quand la lune ne brille pas : chaque étoile représente un dieu. Blancs, noirs, rouges et métis : tout le monde assis à la droite du Seigneur, partageant le pouvoir céleste en parfaite harmonie. »

Claudio était d'humeur joyeuse, au cours de cette promenade dans les rues d'Erfurt. Nous marchions bras dessus, bras dessous, et les passants, les commerçants que nous croisions sur notre chemin nous saluaient respectueusement. Ils étaient fiers de côtoyer la baronne von Knäbel et son mari le chevalier baron Brindis de Salas, violoniste de renom. Notre résidence se trouvait dans la vieille ville, tout près du Krone, du Fruchtbazar, de l'Andreasviertel et du Goldene Rad. Claudio était tombé amoureux de cet endroit où la présence de siècles passés était perceptible jusque dans le moindre recoin. L'imagination tropicale de ton père lui jouait des tours : il m'assurait que le bâtiment situé derrière la statue de Roland, sur la place du Marché-aux-Poissons, lui rappelait les maisons de la vieille Havane et d'une petite ville coloniale appelée Trinidad.

« Les murs ont cette même couleur, ocre et or mêlés, pour mieux recevoir les caresses du soleil. »

Connaissant bien la mentalité de nos voisins, je savais qu'il fallait faire quelques concessions pour être pleinement admis dans la communauté. Claudio « ressentait de l'affection » pour la petite église de

Saint-Séverin, construite au XIIe siècle, ce qui me facilita la tâche.

« Un couple avec enfants se doit d'assister à la messe.

– Soit. J'obéirai, pour toi et les enfants. Mais, un jour, quand nous visiterons ensemble Cuba, vous viendrez avec moi à une cérémonie de *santería* où l'on boit, où l'on mange, où l'on danse au son des tambours, et où un saint peut entrer dans ton corps au cours d'une transe. Vos églises protestantes sont tristes à fendre le cœur. »

Les maisons de Berlin et d'Erfurt sont venues, bien entendu, après notre mariage dans le petit village de Sonderbog, situé face à la côte danoise, où mon grand-père, mon père et moi-même avions été baptisés. Un mariage « en toute intimité » comme l'avait exigé mon tuteur et frère.

La veille du mariage, nous avions visité et passé la nuit à Potsdam, que mon futur époux ne connaissait pas. C'est en apprenant l'histoire de la ville et de Frédéric-Guillaume Ier, le « Roi-Soldat », qui avait été le premier monarque prussien à endosser l'habit militaire, que Claudio m'a dit :

« Ton frère rêve de devenir Frédéric le Grand... À mon humble avis, il n'est qu'une pâle caricature de ce roi-soldat qui a dit : *l'âme appartient à Dieu, le reste est à moi !* C'est ainsi que ton frère s'est conduit avec toi : tu gardes ton âme et il te vole le reste. »

Ce souvenir amer n'empêcha pas notre mariage d'être d'une grande gaieté. Nous avons pris comme témoins ma couturière, la sage-femme qui s'était occupée de moi à Gotha, l'ami antiquaire de Claudio, et des gens du village... Claudio loua une auberge pour inviter « ces pêcheurs sympathiques, leurs femmes et leurs enfants ». Une chorale fut improvisée, des musiciens du pays jouèrent pour nous et le Chevalier surprit tout le monde en saisissant son violon pour interpréter les morceaux les plus enlevés de son répertoire.

Le seul regret, ou plutôt la grande tristesse de Claudio, ce fut l'absence de son meilleur ami, le vicomte de Brinvilliers.

« Je ne comprends pas. Je lui ai envoyé une invitation. Il sait combien je tiens à lui !

– Le courrier est incertain en Europe, Claudio.

– Jamais entre la France et l'Allemagne ! Ce sont des pays civilisés, tout de même ! Et n'oublie pas que mes lettres de La Havane sont bien parvenues à Weimar ! La poste n'est pas une excuse ! »

Cet éclat de colère m'a permis de constater pour la première fois combien Claudio tenait à ce Français que je ne connaissais pas. Près de deux mois après notre mariage, plusieurs caisses sont arrivées à notre maison de Berlin : elles contenaient, soigneusement emballé, un jeu de vaisselle de Sèvres ayant appartenu à l'impératrice Eugénie de Montijo, épouse de Napoléon III.

« Cette vaisselle est une véritable merveille, Claudio ! Elle a dû coûter une fortune à ton ami !

– Le Vicomte est richissime. Il peut se permettre des extravagances. Ce cadeau n'efface pas l'affront de son absence.

– Mais il a écrit pour s'excuser ! Il s'était retiré du monde pour se consacrer à l'étude des quatuors de Beethoven et n'a pas reçu de courrier pendant un an. Lis au moins sa lettre ! »

Claudio fit semblant de ne pas voir la lettre que je lui tendais. C'est grâce à cet incident douloureux que je découvris un autre aspect du très complexe caractère de ton père : il était capable d'aimer profondément quelqu'un et incapable de pardonner ce qu'il appelait un manque de loyauté.

« Si le vicomte de Brinvilliers avait été loyal envers moi, il aurait tout quitté pour venir à notre mariage. Je sais ! Il ne recevait pas de courrier ! Encore une lubie ! S'enfermer une année entière pour ne jouer que du Beethoven. C'est l'exemple type de l'excentricité de millionnaire ! S'il devait gagner sa vie avec son violon, le Vicomte oublierait son élitisme ou, plutôt, son snobisme. André-Marie a quitté Paris pour s'établir à Londres ? Cela lui va comme un gant ! C'est une ville où tout le monde est fou ! »

Claudio refusa de répondre à son ami et cela me permit d'entamer ce qui allait devenir une longue relation épistolaire avec cet homme exquis qu'est le Vicomte.

La phrase « s'il devait gagner sa vie avec son violon » me laissa songeuse. Toute à mon bonheur de mère et d'épouse, j'oubliais le métier exigeant de mon mari et les sommes dépensées depuis le mariage. À plusieurs reprises, j'avais surpris Claudio, très tôt le matin, assis devant le bureau de mon père, le seul meuble que Friedrich m'avait permis d'emporter. Depuis la mort de Serafino Di Vitti, le Chevalier avait refusé de signer avec un autre impresario et s'occupait lui-même de ses affaires. Les papiers qu'il étudiait, visiblement depuis l'aube, n'étaient pas des contrats mais des papiers de sa banque : des traites à payer, des dettes à rembourser... Je me suis sentie autorisée à m'immiscer dans les affaires de mon mari.

« Je sais tenir une maison, Claudio. À partir de l'âge de quinze ans, j'ai pris sur moi de m'occuper de notre résidence de Weimar, avec ses dépendances et ses serviteurs. »

Ma patience a fini par vaincre le barrage de pudeur et d'orgueil derrière lequel il se protégeait. Claudio m'a autorisée, enfin ! à regarder ses comptes. La situation, sans être catastrophique, était assez sérieuse : il avait dépensé des sommes folles pour acheter, aménager et meubler nos deux maisons, mais aussi pour mes bijoux, mes fourrures... En outre, il rétribuait deux petites armées de domestiques, à Berlin et Erfurt.

Retroussant mes manches, j'ai décidé de prendre la situation en main.

« Faisons un pacte, Claudio : occupe-toi de tes contrats et laisse-moi le reste : maisons, domestiques, qui payer, qui renvoyer...

– Tu es comme ton frère le Roi-Soldat, Baronne. Qu'il en soit ainsi. Je garde mon âme. Prends le reste ! »

Il fallait agir vite et régler les questions les plus urgentes. Nous devions réduire notre train de vie. Pour Berlin et Erfurt, quelques domestiques compétents et loyaux suffiraient. Ils tiendraient les deux maisons et lorsque le besoin s'en ferait sentir, par exemple lors de réceptions, de dîners importants, ou si nous devions accueillir des hôtes de qualité, nous engagerions des serviteurs supplémentaires. J'ai vendu, sans en dire un mot à Claudio, quelques bijoux et manteaux coûteux que je ne portais pour ainsi dire jamais. J'eus toutes les peines du monde à convaincre le Chevalier de ne pas acheter le haras et les poneys qu'il destinait aux jumeaux.

« Ils viennent à peine de naître, Claudio !

– Et alors ? Un enfant, ça grandit vite ! Ils seront heureux, mes petits princes, d'avoir leur propre manège et des poneys pur-sang !

– Attendons leur septième année : ils les auront alors, leurs chevaux !

– Promis ?

– Juré ! »

Je faisais de mon mieux et Claudio me laissait agir à ma guise mais l'arithmétique ne ment pas : une addition est une addition et une soustraction de même : mes efforts de ménagère modèle ne suffisant pas, au début de 1887, j'ai pris moi-même la décision de laisser ton père signer pour une longue tournée aux États-Unis. La séparation, je le savais, serait pénible, mais j'avais deux bonnes raisons de me sentir en paix : notre *maestro* allait gagner beaucoup de dollars « en Amérique », sans compter qu'il me laissait en partant un cadeau inespéré : j'étais enceinte de toi, ma chérie.

La tournée nord-américaine s'est transformée en parcours triomphal. Sur les affiches, Claudio était présenté comme le baron Brindis de Salas. Il garda la délicieuse habitude acquise au cours de sa tournée à Cuba l'année précédente : une lettre chaque soir, et un paquet de lettres, de programmes et de critiques une fois par semaine...

« *On the road again*... À nouveau sur la route, madame la Baronne : de théâtre en théâtre, de ville en ville ; sous le soleil, sous la pluie ; d'un train à l'autre, car le chemin de fer est assurément le moyen de locomotion préféré des gens d'ici. L'Ouest n'a pas été conquis par les cow-boys ni par les caravanes transportant des familles entières : c'est le train qui a conquis cet immense pays. »

Claudio se donnait le plus grand mal pour m'écrire, mais dans certaines de ses lettres la fatigue perçait.

« Des citoyens richissimes et très honorables de ce pays m'invitent dans leurs somptueuses demeures. Des concerts *privés* payés en conséquence. On m'ovationne, je croule sous les présents. On m'est aussi très reconnaissant car je respecte la règle du jeu dans ce pays : le Nord a vaillamment combattu le Sud pour mettre un terme à l'esclavage. Mais que ce soit à Boston ou à Washington, un Noir reste un *nigger*. J'arrive toujours avant les invités et j'entre par un porte " dérobée " : pas la porte de service, non ! Une porte discrète mais pas la grande porte, bien sûr. Et sachez-le, ma Baronne-aux-joues-roses-aux-yeux-bleus-et-à-la-blonde-chevelure : dans chaque ville, votre époux est contraint de loger dans des hôtels destinés aux " gens de couleur ". Ainsi l'impatience de vous revoir, toi, les jumeaux, et notre bébé à venir, s'aggrave-t-elle des problèmes raciaux que connaît ce pays. Je commence à comprendre pourquoi ton frère, le Junker, admire à ce point ses " braves Américains ". Je ne devrais sans doute pas me plaindre : je reviendrai les valises remplies de dollars ; j'aurai été applaudi et admiré. Mais n'ai-je pas le droit de constater que cette merveilleuse nation si démocratique et libérale... l'est seulement jusqu'à un certain point ? »

Avant de quitter New York, le Chevalier évoquait un succès qui l'emplissait de fierté :

« Le vicomte de Brinvilliers et son très élégant quatuor m'ont précédé aux États-Unis. Tout le monde garde un souvenir attendri de cet ensemble musical. Eh bien, j'ai eu la joie de recevoir ce qu'on appelle ici une *standing ovation,* toute une salle debout en train de crier " bravo " ! On a dit que le baron Brindis de Salas a interprété la *Sonate à Kreutzer* comme jamais personne avant lui. Envoie donc la coupure au Vicomte de ma part, puisque tu es devenue, si je ne me trompe, sa correspondante préférée. »

Claudio arriva juste à temps pour ta naissance, Maria Nemesia. Sa fierté à la vue des jumeaux m'avait émue. Quelque chose de *différent* s'est produit lorsque tu es venue au monde : ton père pouvait passer des heures à te regarder, assis à côté de ton berceau. Je ne t'ai jamais dit cela pour une raison très simple : depuis toute petite tu as été en guerre contre les jumeaux. Toujours ! Si je t'avais dit que ton père était *tombé en extase* – c'étaient ses mots – devant toi, cela n'aurait pas arrangé les choses avec tes frères.

« Maria Nemesia a la peau cannelle claire de ma mère, tes yeux d'azur, Ulrike, et la chevelure blonde d'une déesse du Nord. Lorsqu'elle aura quinze ans, ma fille sera un danger public. Les Junkers se jetteront à ses pieds. Et à Cuba... Seigneur, tous les hommes de l'île s'entre-tueront pour son amour ! » Tu étais sa petite merveille, Maria Nemesia, la pupille de ses yeux, l'amour de sa vie, sa fille unique.

Sa fille... Unique !

C'est lui le premier homme à être tombé à tes pieds. Lui, ton père ! Et, à deux ou trois ans déjà, tu savais comment obtenir de lui tout ce que tu voulais : un sourire, une larme aurait suffi pour qu'il t'apporte la lune, si d'aventure tu la lui avais demandée.

Nous avons vécu des années d'un bonheur absolu, tes frères, ton père, toi et moi.

Claudio n'acceptait plus que des tournées et des concerts sur le continent, et le moins loin possible de nous.

C'est ainsi que j'ai mieux appris à connaître l'homme que j'avais épousé : il ne craignait plus, à présent, de dévoiler ses peurs, ses doutes, sa fragilité, et cela n'a fait que renforcer le respect et l'amour que je lui portais.

Il est temps que tu saches qui est, en bien et en mal, l'homme qui t'a engendrée.

Car Claudio Brindis de Salas, l'artiste émérite, l'homme dont l'élégance servait d'exemple aux dandys aristocratiques de toute l'Europe, le Chevalier polyglotte admiré pour sa voix et sa manière de s'exprimer, se lamentait en secret de ce qu'il appelait son manque d'éducation.

« Tu ne peux pas me comprendre, Ulrike : je travaille depuis l'âge de sept ans ! J'ai appris à lire, écrire, compter. C'est tout. Les langues ? Je suis musicien : ma bonne oreille, ma mémoire me permettent de faire semblant de maîtriser ces phrases toutes faites que j'utilise avec beaucoup d'assurance en anglais, en allemand, en français... Tu as eu l'éducation que j'aurais rêvé avoir : du latin et du grec ; de la géographie et de l'histoire ; de la philosophie... Tu lisais et tu comprenais Kant à douze ans. Moi, je me débats des heures durant avec une page, puis le livre me tombe des mains.

– C'est faux ! C'est toi qui as tout compris, Claudio ! C'est toi qui m'as dit : trop de raison rend l'homme déraisonnable. Tu as mieux compris Kant que moi-même !

– Ulrike ! Laissons Kant de côté. Je t'observe quand tu regardes une peinture, une sculpture... Ton regard illumine l'œuvre d'art. Cela s'appelle *être cultivé*. Moi, je n'ai que... des miettes !

– Tu es vif, intelligent, curieux, Claudio ! Et encore jeune !

– Je viens d'avoir trente-cinq ans !

– L'âge idéal pour commencer une nouvelle éducation. »

Quel bonheur, ma fille, ces courtes années qui sont parties, hélas, trop vite ! Je garde ces images dans mon cœur, et je les chéris. Je nous revois encore : tu t'es assoupie sur mes genoux pendant que je lis et commente pour ton père mes poètes et écrivains préférés : Goethe et Schiller, bien sûr, nos dieux tutélaires, mais aussi Heine, Hölderlin, Kleist, sans oublier Shakespeare et Molière. Le Chevalier aimait le théâtre et il trouvait que j'étais – j'en rougis encore ! – « une excellente lectrice ». Ensemble, nous avons découvert Nietzsche, dont Claudio appréciait tant le style exalté et surtout les charges contre Wagner, compositeur que ton père a toujours détesté et qu'il trouvait bien inférieur à son idole italienne, Giuseppe Verdi.

Aux lectures, il fallait ajouter nos visites aux musées. Ici, j'aimerais t'indiquer une autre caractéristique de ton père : il a fini par m'avouer que ces immenses musées que nous avions visités ensemble à Berlin lui plaisaient moins que les édifices culturels « à taille humaine ».

« Devant la porte d'Ishtar au musée Pergamon j'ai été saisi d'admiration et, en même temps, le poids de cette porte gigantesque m'écrasait. Ces monuments réduits en poussière dans leur propre pays ou transportés en terre étrangère me terrifient. Des civilisations légendaires, des pouvoirs absolus destinés à durer mille siècles et qui, pourtant, tombent en ruine et disparaissent de la face de la Terre. Non. Je préfère nos promenades dans la forêt thuringienne, je préfère mille fois visiter ces maisons qui conservent le souvenir de nos poètes bien-aimés. »

C'est ainsi que toute notre petite famille parcourait ensemble ces lieux que Claudio découvrait avec une naïveté qui m'enchantait : toi dans ses bras, les jumeaux accrochés à son pantalon, ton père adorait parcourir le *Puppenstadt*, cette « ville de Poupées » qui porte le nom charmant de *Mon plaisir*.

« Regarde, ma fille, il y a là plus de quatre cents poupées et aucune, je dis bien *aucune*, n'est aussi belle que toi !

– Claudio, tu la gâtes trop ! »

Je protestais pour la forme et pour calmer la jalousie de tes frères. Car moi aussi, je trouvais que la plus belle « poupée », c'était bien toi.

Notre promenade préférée consistait à suivre le chemin de Goethe après avoir rendu hommage au poète dans la maison où il cherchait refuge pour échapper aux obligations de la cour.

Quand il faisait beau, nous osions entrer dans le « cœur de la forêt » pour admirer ses merveilles naturelles : la gorge du Dragon et son ravin vertigineux, le sentier de Rennesteig, ou bien nous allions à Marienglashöble, cette grotte de cristal, véritable joyau de la région.

Les merveilles de la nature !

Né au cœur de la capitale de son île natale, ton père adorait les grandes métropoles : Paris, Rome, Berlin... Il s'ennuyait à mourir dans la campagne ou dans les villes modestes où la vie artistique était plus que médiocre. J'avais conscience qu'il avait acheté la maison d'Erfurt pour nous, *sa* famille et que s'il nous accompagnait dans ces longues promenades, c'était, bien entendu, pour *nous* faire plaisir.

Un jour, ton père finit par m'avouer :

« Jamais je ne pourrais habiter, pour longtemps et sans bouger, dans une de ces petites villes charmantes qui nous entourent mais dans lesquelles mon âme ne se retrouve pas. »

Car son âme n'était pas moins complexe que le reste de sa personne. Où pouvait-elle donc bien se trouver à l'aise, cette *âme* qu'invoquait le Chevalier ?

Et c'est ici que se place, ma fille, le premier signe de ce qui allait devenir notre impasse à nous tous, enfants, femme et mari. Aveuglée par mon amour, persuadée que notre noyau familial était solide comme le fer, je n'ai pas perçu les signes avant-coureurs du désastre.

Née dans une région voisine de la Scandinavie, habituée au froid, dès que le printemps frappait à la porte, je rangeais dans un placard les vêtements d'hiver, épais et pesants. Lorsque nous sortions en forêt, j'emportais des chandails légers, des écharpes peu encombrantes, des lainages de mi-saison. Claudio vivait en Europe depuis l'âge de dix-sept ans, il connaissait les États-Unis, la Russie et n'ignorait rien de la rudesse de ces hivers où le soleil lui-même devient glacial. Je pensais que, comme moi, mon mari préférait se promener en forêt, à la fin du printemps, sans manteaux encombrants ni bottes lourdes.

C'est ainsi qu'un après-midi nous avons décidé de visiter le château de Wartburg, datant du XIe siècle et dont il ne restait plus que de très belles ruines lorsque Goethe – encore lui ! – entreprit de le reconstruire. J'avais expliqué à Claudio l'importance de ce château dans la littérature allemande. Considéré comme un pur exemple du « style germanique », sobre et solide, plus proche d'un château de légende destiné à abriter les amours d'une princesse romantique que d'une forteresse appartenant à quelque prince belliqueux, le château de la Wartburg figurait dans *Die Serapionsbrüder* de E.T.A. Hoffmann, dans le *Phantasus* de Ludwig Tieck et, surtout, dans le livret dont s'était inspiré Wagner pour son *Tannhäuser*. Le pèlerinage s'imposait.

Hélas, la visite fut longue et très lassante. À un moment, les jumeaux refusèrent de monter une marche de plus de ces escaliers qui se présentaient au détour du moindre couloir. Je me suis toujours dit que c'est ce jour-là que tes frères ont commencé à parler simultanément, ce style de communication qu'ils allaient ensuite pousser à l'extrême. Je reconnais combien ce *duo* dont ils abusaient était agaçant, et je sais combien de fois ils t'ont poussée aux larmes de cette manière.

L'après-midi dont j'évoque le souvenir était chargé de présages. Nous avons quitté la maison d'Erfurt sous un soleil et une température presque caniculaires. Je ne connaissais que trop bien les caprices climatiques de notre région mais je me demandais si nous devions quand même emporter le grand sac rempli de lainages pour toute la famille. Nous avions déjà un lourd sac à porter, rempli de provisions : lait, vin, pain de seigle, fromages variés, et de ces grosses saucisses qui sont la spécialité de Thuringe... De toute évidence, un choix s'imposait.

« Nous aurons du soleil jusqu'au soir. »

Cette phrase décida du sort des lainages, qui restèrent à la maison. Nous sommes donc partis, pleins d'entrain, ravis de cette journée de promenade qui nous attendait. Une calèche nous a d'abord conduits jusqu'à Thal, petit village à quelques verstes du château : nous voulions faire le reste du trajet à pied. Nous n'avons pas tardé à réaliser notre erreur : trois enfants et un sac très lourd, ce n'était pas la meilleure des idées pour une promenade de détente. Ton père portait le sac à dos et toi, grassouillette enfant, dans ses bras. Je devais aussi porter, en alternance, un des garçons, car ils ne cessaient de demander :

« Pourquoi papa ne nous porte-t-il pas dans ses bras ? »

Le pique-nique en haut de la tour unique du château calma un peu les choses. Vous avez même fait la sieste tous les trois.

C'est sur le chemin du retour que c'est devenu infernal. Nous regrettions amèrement d'avoir laissé la calèche si loin. J'ai fini par vider le sac de tout ce qui restait : fromage, lait, saucisses, tout a fini dans le fossé… En bon homme des villes, Claudio avait toujours mal aux pieds quand il chaussait des bottes. Le poids qu'il devait porter n'arrangeait rien : pour aller plus vite, ton père a pris l'un des jumeaux dans chaque bras pendant que je te portais assise sur mes épaules. Nous avancions à petits pas et faisions de fréquentes pauses pour reprendre notre souffle. Un de ces arrêts se prolongea plus que les autres : nous n'étions plus loin de la calèche. Assise dans l'herbe, je vous regardais jouer. Pour une fois, tes frères étaient heureux et fiers de s'occuper de toi. Ils te montraient une « armée de fourmis en train de retourner à la maison » ; une famille d'écureuils grimpant en haut d'un arbre…

Toute à ma joie de vous voir vous amuser ensemble, je n'ai pas remarqué l'absence de Claudio. J'ai pensé qu'il devait se trouver tout près de nous, et je l'ai donc appelé à plusieurs reprises, sans succès.

« Restez où vous êtes, les enfants. Je vais chercher papa ! Je compte sur vous, les garçons, pour veiller sur votre petite sœur ! »

C'était le bon moyen de se faire obéir : invoquer le respect de l'ordre et de la discipline qui bat dans le cœur de tout bon Prussien depuis sa naissance. Ce principe, l'un des préférés du Roi-Soldat, était toujours valable.

J'ai enfin trouvé Claudio : mon cœur se serra en le voyant. Cette image me hante encore aujourd'hui. La température avait chuté : je frissonnais sous mon chandail léger. Ton père, quant à lui, ne portait qu'une chemise et un de ces gilets que les paysans de la région enfilent lorsqu'ils se rendent au marché le dimanche. Claudio avait rejoint une clairière et massait son dos contre l'écorce d'un arbre. Il avait fermé les yeux et offrait son visage à la caresse d'un rayon de soleil anémique. Et ton père tremblait de tout son corps ! Lui, l'homme des tropiques, mourait de froid !

J'ai fait semblant de le « retrouver » et je lui ai suggéré de nous presser pour rentrer le plus vite possible à la maison.

« Les enfants doivent prendre leur bain, manger, se coucher. »

Je t'ai hissée à nouveau sur mes épaules et j'ai fait semblant d'avoir chaud.

« Tu peux prendre mon chandail, chéri ? J'étouffe ! »

Ah, le sourire de ton père ! Le *macho* cubain a fait semblant de se sacrifier et mis sur ses épaules ce vêtement qui lui tombait du ciel.

En arrivant à la maison, fourbus, affamés, assoiffés, un autre signe nous attendait : un courrier spécial pour le baron Brindis de Salas avec une proposition de tournée en Catalogne et au Pays basque. Claudio jeta le pli dans la corbeille où il rangeait les lettres en attente, une manie qui m'avait beaucoup agacée au début de notre mariage.

« Tu les déposes dans cette corbeille et, quand elles s'accumulent, tu n'y réponds pas car tu as peur de perdre ton temps à écrire.

– Au moins je sais où elles sont. J'ai essayé de les ranger dans mes tiroirs par ordre d'importance, mais je ne retrouve jamais celles qui le sont vraiment. »

Ce pli de Barcelone me fascinait sans que je sache bien pourquoi. Ce soir-là, ton père se coucha en même temps que vous. À peine la tête posée sur l'oreiller, ce grand gaillard à la carrure d'athlète s'endormit, un poing fermé contre sa bouche. Je me souviens de m'être fait cette remarque :

« Voilà mon quatrième enfant qui dort. »

Cette pensée idiote m'a fait monter les larmes aux yeux. La tension nerveuse m'empêchait de me reposer. Le moindre effort intellectuel, lire un livre ou jouer du clavecin, me semblait au-dessus de mes forces. Que faire d'autre, sinon me rendre dans le bureau pour étudier ce contrat qui obligerait peut-être le Chevalier à reprendre la route ? J'eus du mal à comprendre de quoi il s'agissait. Une tournée, certes, une offre qui semblait alléchante, trois concerts « au bénéfice de l'artiste », formule élégante pour indiquer une règle commerciale courante à l'époque : tout le « bénéfice » irait à l'interprète. S'agissant d'un artiste aussi réputé que le chevalier de Salas, les sommes collectées pouvaient représenter une petite fortune.

Mais l'impresario reprenait d'une main ce qu'il donnait de l'autre : j'eus un choc en voyant la liste de villes à parcourir. Non seulement Claudio serait obligé de changer de ville presque quotidiennement, mais en outre il devrait souvent jouer en matinée à 15 heures, en *tanda especial* à 17 heures et en soirée à 21 heures. La liste des villes occupait toute une page. Je lisais, relisais ces noms qui finissaient par danser devant mes yeux.

Saint-Sébastien...

Bilbao...

Vitoria...

Pampelune...

Andorre...

Tarragone...

Barcelone.

J'ai ressenti une étrange émotion en épelant le nom de cette ville : Bar-ce-lo-ne. Une ville portuaire où les marins traînent de bar en bar avec des filles. C'est tout ce que j'imaginais ou savais de Barcelone. Mes connaissances en géographie étant moins étendues qu'en littérature et musique, je me suis dirigée vers le globe terrestre qui occupait un angle de la pièce, près de la bibliothèque, pour voir où exactement se trouvait cette cité dont le nom me semblait de si mauvais augure. J'ai tracé du doigt le parcours que Claudio allait réaliser en presque deux mois.

Les heures passaient. L'aube approchait. Recroquevillé au fond d'un fauteuil, je continuais à fixer le globe terrestre, les yeux rivés sur un point : celui qui marquait la présence de cette ville où, comme le disait l'impresario dans sa prose hyperbolique, on attendait mon mari « comme la Terre promise attendait son Messie ».

Barcelone.

« Puis-je te faire une proposition, Claudio ? »

Nous prenions le petit déjeuner ensemble ; ton père était reposé et son visage serein me faisait un peu oublier les inquiétudes d'une nuit sans sommeil.

« Propose. Vos désirs sont des ordres, Maîtresse adorée !

– Comme je n'arrivais pas à dormir, j'ai étudié cette proposition de concerts en Espagne. C'est un parcours long et fatigant. La tournée s'achèvera à Barcelone... Et si je te rejoignais là-bas avec les enfants ? Nous pourrions ensuite nous rendre dans les îles Baléares. Je rêve depuis longtemps de visiter la maison de Palma de Majorque où George Sand écrivait pendant que Chopin composait. »

Claudio a fait le tour de la table pour venir m'embrasser. L'éclat étincelant de ses yeux a presque dissipé mes mauvais pressentiments de la veille : mon mari m'aimait ! Ton père *nous aimait* !

« C'est une idée magnifique, Ulrike ! Nous irons à Majorque, comme tu le souhaites, mais avant je vous montrerai Barcelone. »

Il passa le reste de la journée à me décrire la ville, ses musées, ses monuments, sa « vie secrète ».

« Nous visiterons le château de Montjuich mais... pas de sacs lourds cette fois-ci ! Sais-tu que l'Exposition universelle de l'année dernière a fait de Barcelone la capitale du modernisme ? Le XXe siècle approche et les Catalans sont les premiers à le saluer. J'étais dans cette ville singulière lorsqu'un architecte qu'on dit fou et que je trouve génial, Antoni Gaudí, a commencé à construire cette cathédrale insensée, la Sainte-Famille, un temple dédié à la gloire de Dieu. Je ne sais pas si la construction a beaucoup progressé. Nous irons, par contre, nous recueillir à la cathédrale qui date, elle, du Moyen Âge. Même une protestante comme toi et un mécréant comme moi ne peuvent rester indifférents au mystère qui émane de ce bâtiment.

– Mystère ?

– Oui. Une sorte de force mystique à laquelle personne ne peut échapper. D'autres cathédrales, Notre-Dame de Paris, par exemple, sont plus belles. Leurs nefs, leurs vitraux, que sais-je ? plus impressionnants. Mais j'ai la certitude que les ouvriers, les artisans qui ont construit cette cathédrale y ont placé toute leur foi. Je me trompe peut-être. Peu m'importe, au fond. Chaque fois que j'y mets les pieds, j'ai envie d'avoir la foi. J'attends que la grâce me tombe sur la tête. J'ai passé des heures à contempler l'autel en attendant le miracle. Si nous allons ensemble, peut-être ta foi m'aidera-t-elle à mieux recevoir le message ? »

Claudio enchaîna ce voyage imaginaire en décrivant pour moi la beauté de ces *Ramblas* qui, selon lui, ressemblaient « comme deux gouttes d'eau » au Paseo del Prado de La Havane, lieu prédestiné des promenades de son enfance.

Tu étais trop petite pour garder le souvenir de cette journée, Maria Nemesia ; tes frères, par contre, enchantés de l'enthousiasme de leur père, me harcelaient encore, bien des années plus tard :

« Tu te souviens de la promesse de papa ? Quand irons-nous avec lui à Barcelone, maman ? »

Comment pouvaient-ils deviner, les pauvres petits, que chaque fois qu'ils me posaient cette question mon cœur *saignait* ? Et ce n'est pas une métaphore. Lorsque j'entendais leur question posée en chœur, le sang quittait mon visage, mes mains devenaient des glaçons et, selon mon état, ou bien je faisais semblant de ne pas entendre ou bien je répondais d'un ton tranchant :

« Jamais ! Vous le savez bien : jamais ! »

Un matin, Claudio est parti en me jurant d'écrire chaque jour, selon son habitude. Il a tenu promesse. Les noms de villes que j'avais pointées sur le globe terrestre apparaissaient en haut de chaque lettre.

Saint-Sébastien, ce 15 juin 1889...

Bilbao, ce 19 juin...

Vitoria, ce 23 juin...

Et ainsi de suite.

« Barcelone, ce 4 juillet 1889.

« Ma chère Ulrike,

« Ma Baronne bien-aimée,

« Mon épouse adorée... »

Ainsi commençait cette longue lettre dans laquelle Claudio me faisait part de la joie qu'il ressentait de retrouver cette ville « si chère à son cœur ». Il s'ennuyait de nous. Il nous attendait. Il s'inquiétait surtout de savoir si le *trésor de sa vie*, sa fille, ne l'avait pas déjà oublié.

La lettre du 6 juillet se voulait drôle mais devenait confuse vers la fin. Le Chevalier imitait le style des potins mondains pour me parler d'une richissime dame argentine que l'on voyait partout, accompagnée d'une cour de domestiques bien tenue en main par une jeune gouvernante d'origine bolivienne : une métisse d'Indien et d'Espagnol. Une *chola*, comme l'appelait ton père. J'eus le sentiment que la domestique l'intéressait bien plus que la « vieille folle ». Je me suis dit que la prochaine lettre apporterait des éclaircissements.

Le 7 et le 8 juillet, Claudio se contenta de griffonner quelques lignes dans lesquelles il se plaignait de la fatigue, de « l'abus de confiance » dont s'était rendu coupable l'impresario.

« Il me prend pour une bête de somme : laboure, bœuf, et remplis bien mes poches ! »

Puis une semaine passa et, pour la première fois depuis notre mariage, je n'ai pas reçu une seule lettre. Celle qui m'est enfin parvenue, encore une semaine plus tard, n'était qu'un exemple de ce que l'on écrit lorsqu'on n'a rien à dire.

« Ma chère Ulrike,

« Juste un mot car je cours au théâtre dans quelques instants. Triomphe sans surprise. La presse me couvre d'éloges. Le public m'ovationne. Je mérite bien l'argent que je gagne. L'impresario m'exploite. J'ai mal au dos depuis hier. Je tousse. Oui, je connais tes reproches : j'aime trop les cigares cubains. Il pleut. J'ai le vague à l'âme. Vous me manquez tous les quatre. Ton époux. Claudio. »

Mon époux.

Quelques jours plus tard, j'ai eu la surprise de recevoir un pli, non pas de Claudio mais d'un monsieur que je ne connaissais pas : un certain Leonardo

Mireau, qui se présentait comme le *secrétaire* du chevalier et baron Brindis de Salas. Ce monsieur se disait allemand de naissance, et je devinais à son nom qu'il devait descendre de quelque famille de huguenots français réfugiés de ce côté-ci du Rhin pendant les guerres de Religion. Mireau s'exprimait dans un style « à la Goethe » et s'efforçait de m'expliquer l'inexplicable.

Malgré son immense succès et les sommes considérables gagnées au cours de concerts organisés *à son propre bénéfice*, le Chevalier avait dépensé *beaucoup* d'argent au cours de sa tournée.

Le Chevalier s'était donc vu obligé – en pensant à sa famille – d'accepter une proposition de tournée en Argentine.

Le Chevalier priait son épouse, Madame la Baronne, de comprendre la situation et de lui envoyer, par retour de courrier, quelques mots d'encouragement.

Le Chevalier promettait aussi à son épouse de lui écrire une longue lettre avant de quitter Barcelone.

Je suis restée toute la journée cette lettre à la main. Effondrée.

Par bonheur, votre tante Élisabeth, la noble, l'adorable et la ô combien malheureuse jeune femme que mon frère venait d'épouser, vous avait pris tous les trois chez elle « pour mieux apprendre à vous connaître ».

À votre retour, j'avais repris mes esprits et m'étais fait une raison. Que s'était-il passé à Barcelone ? Les organisateurs de la tournée avaient-ils berné Claudio, comme cela pouvait se produire ? Mon mari avait-il été volé et avait-il honte de me l'avouer ? S'était-il laissé entraîner par des malandrins dans un de ces casinos maudits de Saint-Sébastien ou Biarritz où des hommes perdent des fortunes en l'espace de quelques heures ? La vieille dame argentine était-elle, en réalité, une belle *señora* dont les attraits avaient rendu fou, de manière passagère, un bon époux et père de famille ?

En bien ou en mal, je devais prendre une décision : une lettre de reproches ou un message d'amour. J'ai passé toute la matinée à essayer de calmer mes nerfs en jouant du Bach.

C'était le bon remède. J'ai réussi à écrire, « à la Goethe », le message d'encouragement que réclamait mon époux. Puis j'ai aussi envoyé une lettre, cette fois « à la Schiller », à Monsieur-Herr Mireau, lui manifestant ma sympathie et l'espoir de faire un jour sa connaissance, à Erfurt ou à Berlin.

Il ne me restait qu'à attendre la *très longue lettre* promise par Claudio. La date de son départ pour Buenos Aires approchait.

Ton père est rentré d'Argentine à la fin novembre. L'automne, ma saison préférée, s'achevait déjà. Claudio aimait cette partie de l'année qu'il avait baptisée « la saison des feuilles mortes ». Il m'avait longuement parlé, au début de notre mariage, de son île où les saisons n'existent pas.

« C'est simple : il y a la saison des pluies et la saison sèche. Une chaleur humide nous enveloppe toute l'année sauf quand les vents froids venus du Nord nous obligent à porter ces vêtements légers en laine que vous utilisez en Europe au printemps ou au début de l'automne. Voilà pourquoi le changement du climat me surprend toujours ici. »

Et voici que le Chevalier nous revenait de Buenos Aires pour voir le jardin de Berlin tapissé de feuilles.

« Il y a une malle pleine de cadeaux pour vous ! »

Votre père était toujours généreux, mais cette fois il avait exagéré : nous avons passé une soirée à distribuer des présents à nos domestiques, à nos voisins, à des gens qu'il connaissait à peine. Apprenant que Friedrich avait épousé Élisabeth – qu'il n'avait jamais rencontrée – et n'ayant plus de cadeau « exotique » pour elle, Claudio courut dans tout Berlin pour dénicher un perroquet.

« Tu as dû le payer une fortune ! Ces bestioles coûtent horriblement cher !

– Élisabeth a été gentille avec toi et les enfants... Que puis-je faire de moins ? »

Élisabeth, qui, comme elle le disait, ne connaissait du monde que les principales villes prussiennes, confondait La Havane avec Buenos Aires.

« Alors, en Argentine, il fait toujours très chaud et il y a plein d'oiseaux rares et des Noirs... »

La peau de son visage, blanche comme de l'ivoire, devint écarlate ; son regard, terrorisé, m'implorait de l'aider. Le rire, ce rire de ton père qui me rappelait mon enfance quand je riais autant et aussi fort que lui, a transformé le malaise d'Élisabeth en une fête.

« Non. À Cuba, d'où je viens, on trouve de tout : Noirs descendant d'Africains, Chinois de Canton, beaucoup d'Espagnols venus de toute l'Espagne, et cela donne un métissage très fruité. Je suis un Noir, comme on dit chez nous, *pasado por agua*, c'est-à-dire délavé comme le café qui contient plus d'eau que de café. Tout peut arriver quand on mélange les sangs. Chez nous, il y a des métis avec des yeux verts, d'autres à la peau couleur de cannelle fraîche et aux yeux d'azur comme notre fille Maria Nemesia. »

Tu t'étais endormie sur ses genoux et il te berçait avec une douceur toute nouvelle chez lui. Il te retrouvait, il te redécouvrait, tu étais, plus que jamais, la prunelle de ses yeux.

Claudio sympathisa avec Élisabeth, la fit encore rire en racontant des histoires qui lui étaient arrivées au cours de son dernier voyage.

« Quelqu'un m'avait invité à visiter les rives de l'Amazone, un fleuve qui ressemble parfois à un océan. Dans un village tout près de l'eau, des Indiens vendaient ou échangeaient des fruits et des animaux. J'ai acheté des poupées qui me semblaient très drôles, de petites têtes de poupées très différentes de celles qu'on trouve par ici. En fait de poupées, il s'agissait de têtes d'ennemis coupées au cours d'une bataille et réduites à la taille d'une pomme. Je les ai toutes jetées dans le fleuve, bien sûr. »

Quand ma belle-sœur rentra chez elle, Claudio resta un long moment à suivre des yeux le carrosse qui s'éloignait : il leva plusieurs fois la main pour lui dire adieu

« Pauvre femme ! Si exquise ! Sait-elle le genre d'homme qu'elle a épousé ? Ton frère, un jour ou l'autre, la fera souffrir. Et, en plus, elle est déjà enceinte ! »

J'ai eu du mal à retenir les mots qui me venaient à la bouche.

« Aucune femme ne sait jamais quel homme elle épouse. Sans compter qu'Élisabeth s'est mariée par amour. Comme moi. »

Une période étrange commença. Je n'obéissais plus à une pensée rationnelle : j'étais sous l'emprise de mon instinct de femme. Ou plutôt de l'instinct d'une épouse qui sent la terre trembler sous ses pieds. J'observais, malgré moi, ton père. Pis : je le surveillais ; j'étudiais chacune de ses réactions. Je passais en revue son comportement ; j'essayais de surprendre un regard, un geste, une manière de s'exprimer qui aurait trahi ses véritables sentiments à mon égard. Je m'interrogeais : m'aimait-il encore ?

Quelque chose me disait que Claudio m'avait trompée au cours de sa dernière tournée.

Si j'écris cette lettre, Maria Nemesia, c'est pour *tout* te dire. Je veux que tu saches ce qui s'est *vraiment* passé entre tes parents. Tu détestes – tu me l'as assez reproché – mes « secrets », mon manque de confiance en toi. Et tu as raison. En voulant te protéger, en essayant de ne jamais blesser ta sensibilité et, surtout, en m'efforçant jusqu'à l'obsession de défendre Claudio contre tout ce qui pouvait le rabaisser à tes yeux, j'ai scellé mes lèvres. Nous n'en sommes plus là : tu exiges de tout savoir. J'essaie de tout te dire.

Avant mon mariage, je voulais, comme toi, tout savoir. Un jour, j'ai enfin posé à Claudio la question que j'avais le plus de mal à formuler.

« As-tu eu beaucoup des femmes dans ta vie ? »

Il a mis un certain temps à me répondre. Nous étions à Weimar, mon père vivait encore et nous prenions le thé dans le salon de musique. Claudio a bu une longue gorgée avant de se tourner vers moi pour bien me regarder au fond des yeux.

« Oui. Beaucoup de femmes ont traversé ma vie. Elles sont passées comme des ombres, des papillons qui virevoltent, se posent un instant, puis s'envolent. Aucune, sauf toi, n'a su trouver le chemin de mon cœur. Tu seras, si tu le veux bien, mon épouse, la mère de mes futurs enfants. Ma femme unique. Que puis-je te dire de plus ? »

Ce jour-là, j'ai lu dans ses yeux qu'il disait la vérité : j'étais *unique* pour lui.

Cette certitude dura les premières années de notre mariage, peut-être jusqu'à ta naissance. Parfois, au retour d'un de ses innombrables voyages, j'avais la sensation qu'un papillon s'était posé, un quart de seconde, sur son épaule. Des ombres, des passantes, des feuilles mortes balayées par le vent. Il revenait toujours vers moi, vers nous : sa famille ou, comme il aimait le dire parfois, sa patrie retrouvée.

À Barcelone, en Argentine, l'ombre s'était-elle incarnée sous une forme plus persistante ? L'aventure avait-elle duré plus que d'autres fois ? Si ce fut le cas, ton père s'est bien gardé de le laisser sentir. Claudio se mit à refuser les concerts qui l'éloignaient trop de l'Allemagne. Il n'allait pas plus loin que Milan,

Prague, Vienne. Pour mon anniversaire, en janvier, il m'a offert le plus beau des cadeaux : une semaine à Paris.

« On me propose deux concerts à la salle Pasdeloup : je vais enfin pouvoir te montrer le Paris que j'aime. »

Nous avons parcouru les ruelles autour de la place Saint-Michel, avec leurs noms insolites, comme la rue du Chat-qui-pêche. Nous sommes montés en haut de la butte Montmartre pour avoir la ville à nos pieds. Claudio a réussi à se libérer pour passer une journée entière avec moi. Son seul regret : le vicomte de Brinvilliers n'avait pas manifesté, comme l'avait espéré le Chevalier, son désir d'assister aux concerts de celui qui avait été son plus fidèle ami.

« Londres semble se trouver de l'autre côté de l'Atlantique, peut-être même plus loin. Tant pis : en son honneur, je jouerai la *Sonate à Kreutzer* de son cher Ludwig. »

Mon seul regret ? Ne pas avoir réussi à tomber enceinte pendant cette deuxième lune de miel.

Le printemps 1890 approchait et la nature entrait en effervescence. Je ne t'infligerai pas la description de ce tableau idyllique que tu connais aussi bien que moi : les convulsions de la flore et la faune, les oiseaux qui volettent autour de leurs nids. Un long et sévère hiver cédait la place aux excès d'un climat bien plus doux.

Ton père aussi manifesta un changement soudain d'humeur : son énergie semblait décuplée, il répétait de longues heures durant puis partait se promener, tout seul, jusqu'à la tombée de la nuit. Il dormait mal et très peu ; il mangeait sur le pouce ou pas du tout, remplaçant des repas sains par des litres de ce « café à la cubaine » qu'il préparait lui-même, provoquant l'indignation sinon le dégoût de notre cuisinière dont j'avais surpris, un jour, la conversation avec une des femmes de chambre :

« Cet homme si raffiné, si propre, met de la poudre de café dans une chaussette, verse de l'eau bouillante pour obtenir ce liquide noir, épais, dont une cuillerée suffirait à réveiller un mort. Et il en boit cinq, dix tasses dans la journée ! Je comprends pourquoi il se promène le soir dans la maison comme un zombi ! Il me dit : " Je ne peux pas dormir, Gertrude, je ne peux pas dormir. " Et je n'ose pas lui lancer : " C'est ce maudit café de votre pays que vous buvez, monsieur le Baron : il vous transforme en zombi. " »

La veille femme confondait Cuba avec Haïti, dont elle avait entendu parler comme « le pays des morts vivants qu'on appelle les *zombis* ». Elle avait néanmoins raison : les nombreuses tasses de café et les interminables cigares menaçaient de détruire la santé de Claudio, qui était parfois secoué par des quintes de toux à faire pitié. Ses nerfs commençaient à me donner du souci. Notre vie quotidienne devenait souvent orageuse pour un rien, pour des broutilles dont il ne faisait pas cas jusqu'alors. À l'age de quatre ans, tes frères ont décidé de devenir « violonistes comme papa ». C'est Claudio lui-même qui leur a fait fabriquer deux violons miniatures par un luthier de Darmstadt. Ton père dessina l'instrument pour que volute et cheville, table d'harmonie et chevalet, tout soit comme sur un violon authentique. C'est lui qui leur a donné les premières leçons, et juste au moment où les jumeaux commençaient à y prendre goût, le Chevalier, à l'arrivée du printemps, a interrompu les leçons. J'ai résolu le problème avec l'aide d'Élisabeth : elle a pris les petits en « pension » et a trouvé un excellent professeur, moins brillant mais bien plus patient que ton père.

La maison était plus calme et j'ai eu envie de reprendre la pratique de Bach. Je retrouvai ainsi avec émotion ce *Clavecin bien tempéré* que j'avais quelque peu délaissé depuis ta naissance. Je sais que je n'ai pas le talent fulgurant d'une grande artiste ; je ne suis qu'un amateur éclairé qui connaît bien cette musique. Je suis capable de très bien jouer certaines pages, et même mon mari louait mon interprétation, qu'il trouvait « de premier ordre ». Ce matin-là, après une demi-heure d'échauffement, je me suis concentrée sur le *Prélude et fugue numéro quinze*, dont tu connais bien les difficultés. On peut lire dans ces pages toute la perfection atteinte par Bach pendant la période de Köthen. Je me suis acharnée, pour mon malheur, sur cette œuvre qui demande un doigté d'une grande précision et une vitesse d'exécution diabolique. J'ai commencé, j'ai recommencé, j'ai remis mille fois sur le métier certaines phrases de la partition. Or, comme tu le sais, à Erfurt le salon de travail de ton père se trouvait au deuxième étage, du côté de l'aile donnant sur la cour, et mon petit salon d'étude était situé juste dans l'autre aile de la maison, au rez-de-chaussée, face au jardin.

Ce printemps-là, d'une douceur inattendue, toutes les fenêtres restaient ouvertes pour laisser circuler dans la maison l'air chargé d'effluves délicieux dont nous régalait le jardin. L'air circulait, mais le son aussi. Et l'oreille très fine de mon mari entendait cet éternel retour sur lequel je m'acharnais pour mieux réussir cet infernal prélude. En bonne Prussienne têtue, je me concentrais sur mon travail à l'exclusion de tout le reste. Soudain, j'ai sursauté en apercevant Claudio à mes côtés : il était en pantalon, son torse nu trempé de sueur, car il travaillait son instrument depuis l'aube. Sans mot dire, il joua plusieurs fois le prélude, de plus en plus vite et transforma la partition en un monument technique éblouissant où la sérénité de maître Bach cédait la place à la virtuosité diabolique du *maestro* Brindis de Salas. La colère était pour beaucoup dans cette manière étourdissante d'interpréter une fugue comme le taureau s'élance pour encorner le toréador. En nage, le cœur battant sous sa peau d'ébène, Claudio finit par s'arrêter, le regard troublé encore par la rage. J'étais pétrifiée; je contemplais mon mari, incapable de dire un mot. Il dut lire un tel désarroi dans mes yeux, une honte si intense, qu'il finit par sourire, se pencha pour déposer un baiser sur mon front et s'éloigna avec cette démarche féline qu'il prenait dans ses moments de grande colère. Je suis restée ainsi une éternité, puis j'ai fermé le clavecin à clé. Depuis ce jour-là, je n'en ai plus joué. Je t'ai fait cadeau de l'instrument pour tes cinq ans.

Quant à toi... Tu étais la seule personne qui pouvait déranger ton père à toute heure du jour ou de la nuit. Je restais en dehors de cette relation qui me rappelait ma propre enfance. Je surprenais parfois un voile de tristesse dans les yeux de Claudio lorsque tu t'éloignais de lui pour aller jouer dans le jardin ; il te serrait quelquefois si fort contre lui que tu criais :

« Tu m'étouffes, papa ! »

Un soir, j'ai surpris ton père agenouillé au pied de ton lit : tu dormais et il caressait les boucles de tes cheveux aussi délicatement que s'il manipulait un objet précieux. Il murmura :

« Ma fille ! Ma toute petite ! »

Les larmes coulaient sur son visage. Claudio pleurait : l'orgueil en acier trempé de cet homme venait de se fissurer.

Brindis de Salas pleurait !

C'était encore un signe : l'homme que j'aimais se sentait à l'étroit chez lui. Ce soir-là j'ai su que Claudio ne tarderait pas à reprendre la route. Je ne me trompais pas. En mai, ton père m'annonça qu'il retournait à Cuba.

« Les concerts en Europe ne suffisent plus à remplir nos caisses. Leo Mireau a réussi à organiser une tournée spectaculaire : un tapis rouge recouvert d'or. Comment refuser ?

– Herr Mireau ne vient-il donc jamais à Berlin ?

– Il adore les îles et l'Amérique latine. Leo ne se sent plus ni allemand ni français. “Je suis un Néo-Indien ”, aime-t-il dire pour mieux expliquer son cas. C'est quelqu'un de compétent et, surtout, d'une loyauté totale.

– Tu oublies d'autres pour qui la loyauté envers toi est une sorte de religion.

– C'est différent, Ulrike ! Tu vois bien ce que je veux dire.

– Pas du tout ! C'est précisément le problème : je ne vois rien du tout ! »

Ce furent des journées difficiles. Nous discutions des heures durant ; nous nous fâchions ; nous nous réconcilions... Et ces moments de réconciliation étaient si merveilleux que je finissais par reprendre espoir : notre mariage avait des hauts et des bas, comme tous les mariages.

J'ai fini par accepter la tournée, et j'ai fait de mon mieux pour que nos dialogues redeviennent comme avant, sans amertume ni soupçons.

« Combien de temps resteras-tu à Cuba cette fois-ci ?

– Pas longtemps. Deux mois. Tout au plus trois. Il paraît que le pays est à nouveau au bord de la guerre. Les patriotes en exil se démènent pour lever des fonds. De mon côté, je serai plus utile à la cause de l'indépendance cubaine avec mon violon qu'avec un fusil : je ne tarderais pas à me faire tuer. Je reviendrai en pleine forme et le plus vite possible. Ne vous inquiétez pas, Baronne. »

Et parce qu'il avait fait preuve à mon égard de la même tendresse qu'aux premiers temps de notre mariage, je l'ai cru.

Il est, en effet, revenu de sa tournée – pour repartir à peine quelques mois plus tard. C'est ainsi qu'a commencé ce cycle infernal que tu as vécu à mes côtés. Claudio partait, revenait chargé de cadeaux, jurait ses grands dieux que la prochaine fois il allait rester « longtemps, longtemps ». Il voyageait à présent avec une petite armée de domestiques, car ces tournées étaient de plus en plus épuisantes, de plus en plus longues. Claudio se tuait à la tâche et je ne pouvais rien lui dire.

« Nous avons tout ce dont nous avons besoin.

– Je fais un métier très cruel, Ulrike. Je prends de l'âge. Les jeunes solistes se pressent pour ravir les places de ceux qui sont déjà consacrés. Jouer sans cesse devant le public est une manière de ne pas se faire oublier. »

Pendant huit ans, le mode d'emploi de notre vie a été le même, tu le sais. Claudio alternait, au début de cette période, ses concerts en Europe et en Amérique latine puis, à partir de 1895, lorsque la guerre a de nouveau éclaté à Cuba, il s'est mis à parcourir les terres du Nouveau Monde. Nous ne le voyions plus qu'en coup de vent.

J'ai fini par accepter cette réalité : le chevalier Brindis était devenu, à son tour, une ombre, un passant, un papillon qui venait, de temps en temps, se poser sur mon épaule.

Comment et pourquoi me suis-je résignée à cette situation ? Telle est la question que tu me poses dans ta lettre. L'espoir : tel est le secret de ma patience. Espoir de voir Claudio rentrer pour de bon à la maison. Espoir qu'il comprenne que nous étions sa plus grande richesse : des enfants qui l'adoraient, une femme qui le comprenait et le laissait libre d'agir à sa guise. Espoir qu'il serait fier de ses trois enfants : tes deux frères se passionnaient pour le violon ; de petits soldats disciplinés qui rêvaient de suivre le chemin tracé par leur père, le chevalier Baron Brindis de Salas. Et toi, *sa petite merveille*, comme il t'appelait, tu montrais un talent exceptionnel au clavecin alors que tu travaillais avec bien moins d'acharnement que tes frères. Je savais, et je n'étais pas seule à m'en apercevoir, qu'il y avait en toi « de la graine de grande soliste ». Pour tout arranger, le bébé aux rondeurs adorables se transformait en une petite fille élancée, à la grâce naturelle et au mélange racial tout à fait réussi : il y avait en toi le meilleur de Claudio, le meilleur de moi.

« Maria Nemesia a la beauté de ces princesses légendaires qui poussaient les rois d'antan à offrir leur royaume et leur pouvoir pour une nuit d'amour. »

C'est ce que disait ta tante Élisabeth, qui t'aimait autant sinon davantage que ses propres fils.

Claudio voyageait et j'essayais de m'occuper pour mieux oublier son absence. J'avais de quoi remplir mes journées : les maisons de Berlin et d'Erfurt, tes frères, toi, les enfants d'Élisabeth... Mon frère était lui aussi constamment parti ; Friedrich menait de front deux carrières, l'une militaire, l'autre politique ; sa soif de pouvoir n'avait pas de limites. Il se rapprochait de plus en plus de son nouveau soleil, le Kaiser Guillaume II. Il n'y avait plus de place pour une vie privée dans son emploi du temps. Pourquoi donc cette obsession d'avoir une grande famille ? Tous les ans, il faisait un enfant à son épouse avec la régularité d'un métronome et sans le moindre élan passionnel qu'un mari épris de sa femme aurait manifesté. J'ai fini par soupçonner que Friedrich faisait des enfants pour la seule raison que le Kaiser aimait les familles nombreuses avec beaucoup de descendants mâles : autant de futurs soldats prêts à combattre pour la plus grande gloire de l'Empire allemand.

Tu grandissais ainsi, entourée de tes deux frères, de tes cousins, d'une tante et d'une mère que tu savais manipuler au mieux pour qu'elle se plie à tes caprices. Tu aurais pu être la plus heureuse des petites filles : tu ne l'étais pas. Quelqu'un manquait à ta cour, celui qui était le centre de ton univers : ton père.

« Papa ! Où es-tu, papa ! »

Ce cri m'a réveillée un jour. Tu venais d'avoir cinq ans et, pour la première fois de ta courte vie, Claudio n'était pas là pour ton anniversaire : il se trouvait encore à Buenos Aires.

Nous attendions l'une et l'autre le retour de cette ombre qui s'éloignait chaque jour un peu plus de nous, dans l'espace et le temps.

Tu grandissais. Pour ton sixième anniversaire, ton père nous a fait la surprise d'arriver la veille de la fête et de rester chez nous – joie inespérée – pendant trois longs mois.

Pour tes sept ans, nous avons prié toutes les deux pour que le miracle se reproduise. La veille, il n'était toujours pas là. Le soir de ta fête, tu as insisté pour prolonger la veillée en compagnie de toute la famille. Même Friedrich, fait ô combien exceptionnel, avait délaissé Potsdam pour être là. Les heures ont défilé et ton « papa » n'est pas venu.

Cette nuit-là, toute la maison dormait quand un fracas m'a réveillée. Je me suis levée avec l'impression que la terre tremblait sous mes pas. J'ai ouvert la porte de ma chambre : la porte de ta chambre, mitoyenne de la mienne, était grande ouverte ; j'ai vu la cause du bruit : un vase de Sèvres s'était brisé en mille morceaux. En tournant la tête je t'ai enfin aperçue, au fond du couloir, tout près de l'escalier menant au premier étage : pieds nus, les bras levés devant toi, les yeux ouverts sur le vide. Somnambule, tu cherchais encore dans tes rêves ce père qui t'abandonnait à un moment crucial de ta vie : tu quittais l'enfance sans t'en rendre compte et tu ne savais que faire de ce désespoir qui minait si injustement ta jeune existence.

Le lendemain, tu ne pleurais plus. Tu gardais le silence, tu continuais à te déplacer comme une somnambule, mais éveillée à présent. Quelques semaines plus tard, j'ai fini par avoir l'impression qu'une autre personne, une étrangère, avait pris possession de toi.

Je dois te rappeler des choses que tu sembles avoir oubliées ou que tu préfères ne pas évoquer dans ta lettre de récriminations : ton changement d'attitude par rapport à Claudio.

Un jour, sans me demander la permission, tu as décidé de distribuer aux enfants de notre voisinage, à Erfurt et à Berlin, *tous* les cadeaux que t'avait faits ton père. Je me suis fâchée lorsque je me suis aperçue que même les superbes bracelets en or et en argent avaient disparu.

« Comprends-tu ce que tu viens de faire, Maria Nemesia ? Ces bijoux datent du temps des Mayas et des Aztèques. Ce sont des cadeaux dignes d'un roi, que les mères de tes amies ont eu l'amabilité de rendre. Elles étaient aussi confuses que moi. Pourquoi as-tu fait un geste si vilain, ma fille ?

– Ne m'as-tu pas dit qu'il fallait donner aux pauvres ce dont nous n'avions pas besoin ? »

Me prenais-tu pour une idiote ? Pouvait-on sérieusement considérer comme « pauvres » les enfants des riches fermiers d'Erfurt ou nos petits voisins de la haute société de Berlin ?

Puis, geste plus grave pour moi que cette sotte histoire de cadeaux distribués à tout vent, un beau jour, tu as décidé de renoncer au clavecin.

« Je fais comme toi, maman : je ne jouerai plus jamais de cet instrument. Tu peux le vendre ou le donner à tante Élisabeth. »

Ce n'était que le prélude de ta décision prise à l'âge de sept ans et demi :

« J'ai demandé à oncle Friedrich de fêter mes huit ans chez lui, à Potsdam. Y vois-tu un inconvénient, maman ? »

Que pouvais-je te dire ? Sans doute était-ce le meilleur moyen d'éviter d'autres attentes inutiles, d'autres déceptions : si ton père n'était pas là pour ta fête, ta douleur, *notre* douleur serait moins forte ; s'il venait, il pourrait nous retrouver chez ton oncle.

Pour tes huit ans, Claudio s'est borné à t'envoyer des cadeaux magnifiques et coûteux, comme pour tes neuf ans. Il avait fait de même pour l'anniversaire des jumeaux et le mien, sans oublier notre mariage. Le Chevalier devenait expert dans cette nouvelle activité : couvrir de présents ceux qui l'aimaient pour mieux racheter son absence.

Nous préparions ton dixième anniversaire lorsqu'une lettre postée à la Jamaïque et signée par Leonardo Mireau apprit à Madame la Baronne que son époux, le Baron-Chevalier, serait de retour en

Allemagne dans un mois. Le secrétaire annonçait à la Baronne que son époux lui écrirait personnellement avant de quitter la Jamaïque.

Je savais par mon frère que Claudio était toujours rétribué par l'empereur en tant que musicien de cour et qu'il devait une série de concerts depuis deux ans.

Or voici un de ces secrets dont je n'aurais pu te parler avant ta lettre.

Le lendemain de ton septième anniversaire, j'avais écrit à Claudio, lui faisant le récit de ce qui s'était passé : notre attente, ton désarroi, mon angoisse lorsque je t'avais surprise errant dans la nuit, inconsciente et dans un demi-sommeil. Je finissais cette missive dure et sèche par une sorte d'ultimatum.

Si tu n'es pas capable de rentrer à la maison pour y vivre comme pendant nos premières années de mariage, je te demande, pour le bien de nos enfants et pour ma propre tranquillité d'esprit, une séparation de corps qui correspond, d'ailleurs, à la réalité de la situation qui est la nôtre : tu n'es plus jamais ici et je suis lasse de t'attendre.

Claudio répondit par retour du courrier : il semblait ne rien comprendre et répétait des promesses, une très longue liste de promesses. Il concluait par les mots suivants :

Ma patiente Ulrike : je rentrerai à la maison, comme tu le souhaites. Donne-moi encore, je t'en supplie, un peu de temps, quelques mois pour en finir avec mes obligations en Amérique latine et réunir les sommes qui me permettront de passer une année sans travailler. Je rangerai le violon au fond d'une armoire.

Bien entendu, il n'a pas tenu parole. Trois ans plus tard, dans la lettre qu'il m'a envoyée de Kingston, il répétait, à nouveau, les mêmes promesses.

Le chevalier et baron Brindis de Salas rentra au foyer en février 1898. Les jumeaux étaient pensionnaires dans une école militaire. Tout en continuant le violon ils avaient décidé, sous l'influence de leur oncle, de suivre la tradition familiale : devenir soldats. Tu te trouvais à Potsdam, ignorante du retour imminent de ton père. Le hasard avait bien fait les choses. J'étais seule pour l'affronter.

En attendant la grande rencontre, je traînais, désœuvrée, dans la maison, ce qui ne m'était pas arrivé depuis le temps de mon adolescence. Tu te souviens que j'avais gardé la résidence d'Erfurt sans rien changer après le départ de ton père. Dans les armoires, il y avait une bonne partie de sa garde-robe et de nombreux objets personnels, dont sa boîte spéciale pour protéger les cigares de l'humidité. Dans sa salle d'étude et de répétition se trouvait aussi sa riche collection de partitions autographes de Schubert, Schumann, Chopin, Bach, Beethoven...

Quel pervers désir d'autoflagellation m'a conduite à essayer la robe que je portais lors du départ de Claudio, trois ans plus tôt ? Malgré tous mes efforts, j'ai dû me rendre à l'évidence : j'avais grossi, mes seins s'étaient alourdis, mes hanches aussi. Le grand miroir en pied du dressing me renvoyait l'image d'une Prussienne pesante au double menton ; une femme qui n'avait plus pour elle que la beauté de ses « yeux d'azur ». Et encore. Seuls mes yeux étaient tels que mon époux les aimait. Le regard, par contre... J'ai senti des larmes couler le long de mes joues en découvrant son infinie tristesse. J'avais perdu l'habitude de me détailler ainsi devant un miroir. La panique m'a étreint la gorge : je ne devais, pour rien au monde, montrer à Claudio la femme abandonnée à son sort que j'étais devenue. Il m'a fallu une journée pour comprendre que la fuite était impossible et indigne de moi. Une autre idée est venue me conforter dans la décision de rester à la maison : le temps avait *aussi* passé pour le Chevalier. Il allait sur ses quarante-six ans et la vie qu'il menait n'était pas de tout repos. Je n'avais qu'à attendre pour voir.

Et ton père est enfin arrivé.

Il était un peu plus mince qu'à son départ, ses cheveux commençaient à grisonner, ainsi que sa fine moustache ; les rides du front étaient un peu plus marquées, et d'autres rides, nouvelles celles-là, se dessinaient autour de sa bouche. C'était tout. Ou plutôt : c'était le contraire de ce que j'avais espéré : son pouvoir de séduction semblait s'accroître avec l'âge. Quoi te dire de plus ? Sa voix devenue un peu plus sourde m'a paru bien tendre lorsqu'il m'a juré : « Tout va changer entre nous, Ulrike. Tout va changer ! »

Il parlait d'une dernière tournée en Amérique latine qu'il devait effectuer avant de revenir pour toujours en Allemagne, « puisque Allemand je suis, époux d'une Prussienne, père d'enfants allemands et musicien privilégié de notre bien-aimé Kaiser ».

Nous avons dîné aux chandelles et bu de ce champagne millésimé que Claudio faisait venir de France par caisses entières. Je renaissais à la vie.

Le lendemain de cette merveilleuse soirée...

Nous avions passé un pacte, Claudio et moi : son valet de chambre et ses autres serviteurs s'occupaient de lui pendant ses voyages ; mais, à la maison, c'était moi. Habitué depuis des années à sa petite armée de domestiques, Claudio semait la pagaille derrière lui. Je n'avais jamais fait ses poches à la recherche d'une quelconque preuve d'infidélité : ce genre de comportement me semblait indigne et humiliant. Je me contentais de mettre un peu d'ordre dans ses affaires lorsqu'une trousse de voyage que je connaissais a attiré mon attention. Celle-ci était toujours fermée par un petit cadenas dont seul Claudio possédait la clé. Que contenait-elle de si précieux pour que son propriétaire prenne tant de soin à la protéger ? Je m'étais posé la question à plusieurs reprises par le passé, et j'avais fini par interroger ton père.

Sa gêne était visible, et il s'en était tiré par une boutade.

« J'y cache des secrets de famille compromettants. Des papiers qui ne peuvent intéresser personne d'autre que moi. »

Cette phrase mettait un terme à la discussion. Et j'avais fini par me désintéresser de la trousse en question.

Et voilà qu'elle était là, devant moi, ouverte comme une invitation, ou une provocation. Elle semblait me dire :

« Approche ! Regarde ! »

Mes principes de dignité et de respect de l'intimité d'autrui n'ont pas résisté longtemps à la curiosité qui me tenaillait le ventre.

À l'intérieur, il n'y avait qu'une photo, un de ces daguerréotypes qui jaunissent avec le passage du temps. Un verre épais et un cadre doré protégeaient le précieux objet.

Une femme brune, au regard de jais, aux pommettes bien dessinées, aux lèvres pulpeuses et sensuelles. Une femme d'une exotique et très étrange beauté. Une Indienne ? Tout paraissait l'indiquer. Elle portait un bébé dans les bras. La photo était dédicacée :

À notre José, pour que tu te souviennes de nous

Où que tu sois.

Pas de signature : ni noms ni prénoms. Juste une date et un lieu : 10 mai 1890, Buenos Aires.

Une autre femme.

Une autre *fille* aussi, à en juger par les dentelles qui abondaient dans la robe du bébé.

Combien de temps suis-je restée assise au bord du lit ?

Détruite. Absente. Inerte.

Je ne sais plus à quel moment je me suis aperçue que Claudio se tenait debout devant moi, et ne cessait de répéter :

Es ist nicht meine Schuld. Ich kann nicht dafür.

« Ce n'est pas ma faute. Je n'y peux rien. »

Le dos voûté, les bras ballants, des larmes glissant sur ses joues : un enfant pris la main dans le sac qui ne savait rien dire d'autre : ce n'est pas ma faute, je n'y peux rien, je n'y peux rien...

J'ai quitté la chambre. J'ai quitté la maison. Je me suis réfugiée chez nos voisins fermiers, les Furtwängler. Par chance, la neige tombait à gros flocons et personne ne m'a vue dans ce moment de pure démence : je n'avais sur moi qu'une robe d'intérieur et je glissais à chaque pas. Échevelée, baignée par les flocons de neige, tremblant de tout mon corps, le regard vide : c'est dans cet état second que j'ai fait irruption chez cette famille qui travaillait pour nous, car Claudio avait acheté la ferme pour « nos vieux jours ».

« Mon frère... Potsdam... Vite... »

C'est tout ce que j'ai réussi à articuler, la gorge nouée.

L'aimable Mme Furtwängler m'a séché les cheveux, m'a prêté des vêtements chauds et des bottes d'hiver pendant que son mari attelait les chevaux au carrosse pour me conduire chez mon frère.

« Ce soir, vous serez à Potsdam, madame la Baronne ! Ce soir, vous serez à Potsdam ! »

Il tint parole, le cher homme : le soir même, mon frère prenait les choses en main. Il avait attendu plus de dix ans pour remettre à sa place le chevalier Brindis de Salas. Il tenait enfin sa revanche.

Le reste, Maria Nemesia, tu le connais.

Ma longue maladie, mon séjour dans une clinique à Baden-Baden, les papiers que mon frère me faisait signer : demande de divorce, accusations, réclamations, des clauses juridiques sans fin pour « assurer ma protection ».

Mon beau rêve était bel et bien fini ; je vivais, à ce moment-là, un cauchemar quotidien.

C'est à mon retour de clinique que j'ai pu consulter tous ces papiers que j'avais signés sans les lire. Le choc fut à la mesure de l'abîme qui s'était ouvert entre Claudio et moi : ton père renonçait à *tout*, nous laissait *tout* ! Les deux maisons, la ferme, les terres, ses vêtements et objets personnels, ses serviteurs.

Ce geste de désistement lui avait gagné l'admiration de ton oncle.

« Je dois avouer que le Chevalier s'est conduit en grand seigneur : il a quitté Berlin en n'emportant que les vêtements qu'il avait sur lui et, bien sûr, son instrument de travail, le violon. »

Nous avons aussi hérité de sa riche collection d'objets d'art péruviens et mexicains et de ses partitions autographes qu'il avait réunies avec tant d'amour.

Claudio agissait comme tu l'avais fait à l'âge de sept ans : tu avais distribué tous les cadeaux que ton père t'avait donnés ; il abandonnait tous ses biens. Vous tranchez, tous les deux, les liens qui vous unissent au passé ; vous effacez, par des gestes symboliques, l'amour que vous portez en vous. Vous *tuez* dans vos cœurs l'image de ceux qui vous aiment encore. Vous êtes tous les deux féroces. Vous m'avez éliminée de votre vie, sinon de votre mémoire, moi qui ne cesse de vous parler chaque jour que Dieu fait, en me levant, en me couchant. Vous êtes dans mes prières, vous êtes dans mes pensées ; je vous porterai en moi jusqu'à la fin de mes jours.

J'ai envoyé lettre sur lettre à Claudio, sans succès. Le Chevalier n'habite plus nulle part ; il ne reste dans une ville, dans un pays, que le temps d'un concert. Que fait-il de sa vie, de son talent immense, de son avenir ? Quel sera ton avenir à toi aussi, ma chérie ?

Tu épouses, à dix-neuf ans, « l'homme que le destin t'a promis ». Je dirais plutôt : l'homme que ton oncle t'a désigné. Tu envisages de participer à cette aventure saugrenue que tu appelles « glorieuse » : créer un paradis aryen en pleine forêt vierge, au Paraguay ! Pauvres Indiens ! Pauvres créatures innocentes qui, après avoir subi la cruauté des Espagnols et les expériences perverses des jésuites, vont pâtir des conséquences de vos délires. Tu me dis que toi et ton futur époux comptez, comme Élisabeth Förster-Nietzsche et son mari, « protéger la race prussienne contre la décadence et la juiverie qui règnent en Europe ». Le frère de cette insensée doit se retourner dans sa tombe. On dit qu'il est mort fou ; si cela est vrai, son œuvre, que ton père et moi nous avons découverte ensemble, le sauve pour l'éternité. Votre royaume du Paraguay « où tout mélange de race sera banni », imagines-tu ce qu'il sera devenu dans un siècle ? Un cercle d'une pureté absolue, sans aucun sang mêlé ! Comment peux-tu adhérer à ces idées contraires à la Nature, toi, la métisse ! Tu connais les visages dégénérés, obtus, de ces monarques peints par Velázquez et Goya : la voilà, ta pureté du sang !

C'est ton choix, c'est ta vie, je le sais et je dois accepter tes décisions, te bénir avec l'espoir de te revoir un jour, de t'ouvrir mes bras et te dire :

« Bienvenue ! Tu es chez toi ici ! »

J'aurais voulu finir par ces mots cette lettre que tu refuseras peut-être de lire. J'aurais voulu répéter, mille et une fois, « ta mère pardonne, ta mère oublie les blessures pour mieux t'accueillir dans ses bras ».

Mais je ne peux m'en tenir là. Je ne peux laisser sans réponse ce post-scriptum odieux qui suit ta signature :

Comment as-tu pu supporter, Ulrike, pendant tant d'années, la sueur d'un Nègre sur ton corps de Prussienne ?

La sueur d'un Nègre...

La femme que je suis, l'épouse que j'étais, l'amoureuse que je reste – car, sache-le, Maria Nemesia, j'aime encore cet homme que tu dis haïr et mépriser –, cette personne que tu insultes avec une phrase indigne te répond ceci :

Ce *Nègre* m'a donné des joies et un plaisir physique si intenses que mon corps en gardera le souvenir jusqu'à la fin de mes jours.

Plaise à Dieu que ton Prussien de mari ne ressemble, à l'heure d'accomplir ses devoirs conjugaux, à cet oncle que tu vénères.

Un jour, ta tante, amère et désespérée, a eu le courage de me faire cet aveu :

« Au cours de nos premières années de mariage, Friedrich ne s'approchait de moi que pour m'engrosser. C'était une tâche presque militaire qu'il accomplissait sans passion et, surtout, en vitesse. Il lui arrivait parfois, quand il était pressé, de ne pas même déchausser ses bottes. Après sept enfants, la source étant tarie, mon époux a oublié la femme en moi. Je n'étais plus pour lui que la Mère, un objet sacré et intouchable. Quand l'instinct animal montait en lui, il convoquait dans sa chambre une de ces soubrettes grasses, blondes et dociles qu'il faisait venir de la Prusse profonde pour son plaisir et qu'il renvoyait, une fois enceintes de ses œuvres, à leurs villages lointains. Voilà ce qu'est ma vie, Ulrike. »

Ton père, quand il m'aimait, restait en moi pendant des heures, attendant le moment de ma jouissance pour pouvoir, enfin, s'offrir à moi.

Un soir, comblée et me sentant voler sur un nuage, j'ai osé manifester à Claudio ma gratitude pour cette surcharge de tendresse qu'il me donnait.

Il a souri de ce sourire lumineux et bouleversant.

« C'est dans notre nature à nous, les Cubains, les Cubaines. Nous aimons l'amour, les gestes de l'amour ; c'est un rituel auquel il faut consacrer du temps si l'on veut mieux communiquer, à deux, par l'intermédiaire de cette sève d'essence divine qui nous habite. »

Tu es née, Maria Nemesia, de cette *sueur de Nègre* qui couvrait mon corps et qui faisait de moi la femme la plus heureuse au monde. Tu portes en toi, je le sais, l'héritage de cette ardeur sensuelle qui bout dans les veines de ton père. Pauvre de toi si tu ne trouves pas d'homme à la mesure de tes appétits dans ce royaume de la « pureté prussienne » auquel tu comptes donner ta vie. Pauvre de toi, ma fille.

Signé : Baronne Ulrike von Knäbel de Brindis de Salas.

III

Simon Sánchez Mora

1

Rendez-vous à Saint-Domingue

Simon Sánchez Mora retrouve sa place habituelle au café-restaurant qu'il fréquente assidûment depuis quatre jours. Un grand parasol vert bouteille protège la table d'un soleil plutôt pâle qui persiste à faire sentir sa présence malgré les nuages qui envahissent le ciel.

« Si les nuages sont lents et d'un gris terne, il n'y a pas de danger : la journée sera sans pluie. Si, par contre, le soleil brille, si une chape de plomb pèse sur vos épaules et que, là-haut, de gros nuages noirs approchent à toute vitesse... Alors prenez garde ! En quelques instants, des trombes d'eau s'abattront sur les pauvres habitants qui auront eu le malheur de se trouver dehors. Nous appelons cela un *aguacero*. Avez-vous des *aguaceros* à Cuba, Monsieur ? »

Le portier du restaurant, un métis dont le corps décharné semble flotter dans un uniforme d'amiral trop long et trop large pour lui, refuse de croire que Cuba, île toute proche, puisse connaître le même climat et avoir les mêmes caractéristiques naturelles que Saint-Domingue et Haïti. Homme sans âge et d'une gentillesse à fleur de peau, le portier a pris en sympathie le jeune Cubain et lui fait bénéficier de sa connaissance de la région.

« Sans vouloir me vanter, je suis un puits de sagesse, Monsieur. Suivez mes conseils et vous vous porterez à merveille pendant votre séjour parmi nous. »

Simon Sánchez Mora a fini par prendre note des conseils quotidiens que le portier lui donne sans le moindre espoir de récompense. Le vieux métis suit sans le savoir les préceptes de saint François d'Assise : il fait attention à ne pas marcher sur une file de fourmis et détraque les pièges à souris installés par la cuisinière « pour ne pas martyriser ces créatures de Dieu ».

Les conseils pratiques destinés au Cubain comportent plusieurs « points capitaux » :

– Une liste de plages : des « paradis terrestres », comme celle de Boca Chica, et d'autres à éviter, de véritables « nids à requins ».

– Les quartiers de la ville que l'on peut fréquenter le soir et ceux dont il faut se méfier. « Après la tombée du jour, n'allez jamais du côté de la forteresse d'Ozama, Monsieur. Coupe-gorge assuré. »

– Le chapitre « hygiène alimentaire » n'a pas été oublié. « Lavez tous les fruits, toutes les salades avant de les manger. Et pour rien au monde ne buvez de l'eau du robinet. Même si vous mourez de soif. Mieux vaut avaler sa propre urine. Toujours et partout demandez qu'on vous donne du lait de noix de coco. Et veillez à ce qu'on ouvre le fruit devant vous et qu'on verse le liquide dans un verre propre. C'est la saleté qui tue les gens ici, Monsieur. La saleté ! »

– Le « chapitre sexuel » était inévitable. « Les maisons closes à deux sous sont la calamité de cette ville, Monsieur. Les marins de toute la planète viennent décharger ici leur semence pourrie. Vous êtes jeune, blanc et d'agréable figure : ne mettez pas votre santé en danger pour économiser quelques billets. Je connais des dames qui ne font commerce de leur chair qu'avec des gens distingués. Avec elles, propreté et discrétion garanties. »

Simon Sánchez Mora fait confiance au portier surtout en ce qui concerne le climat : invariablement, ses pronostics se révèlent exacts.

« Un ciel dans lequel s'étirent paresseusement des nuages gris est un ciel qui ne vous surprendra pas avec un *aguacero*, Monsieur. »

Le restaurant préféré du Cubain a deux atouts majeurs : son pittoresque portier et sa superbe terrasse située au bord d'une falaise surplombant l'océan.

Une brise légère s'ajoute au bruit agréable des vagues qui se précipitent contre les rochers. Ce bruissement lointain accompagne le chant d'un mystérieux oiseau dont même le portier ne connaît pas, à sa très grande honte, le nom.

« Ce sont des oiseaux clandestins, Monsieur. Ils viennent d'Haïti. On ne les voit jamais, ils se cachent dans les creux des rochers : on les entend, c'est tout. Et c'est tant mieux. Leur chant est magnifique, mais, qui sait ? Ils ont peut-être des têtes de vautour. »

Simon Sánchez Mora sait que de ce côté-ci de la terrasse, à cette heure délicieuse, entre chien et loup, il entendra d'une oreille la musique de la mer et, de l'autre, le concert des mystérieux oiseaux. Leur chant commence *pianissimo*, puis va *crescendo* et finit en un puissant point d'orgue avant de s'interrompre brutalement.

Après avoir commandé un grand verre de lait de noix de coco – le portier s'est porté garant de la fraîcheur des noix et de la propreté des verres –, le Cubain ouvre sur la table en marbre son « journal de bord » pour relire les notes qu'il a prises sur l'homme qu'il recherche, aussi mystérieux que les oiseaux invisibles : Leonardo (« Leo ») Mireau Schwartz.

10 juin 1910.

Arrivé enfin sur cette île baptisée Sainte-Isabelle par Christophe Colomb, dans la partie que l'on appelle maintenant Saint-Domingue. Tous mes efforts pour rencontrer Mireau à Buenos Aires auront donc été vains. Cet homme est insaisissable. Il glisse comme une ombre de Montevideo à Asunción, d'Asunción à Bogotá, de Bogotá à Saint-Domingue. J'ai eu la chance – enfin ! – de faire la connaissance de Mario Martucelli, un collègue journaliste qui le connaît bien. Il a servi d'intermédiaire et m'a transmis une carte de visite portant au recto l'inscription suivante :

Leonardo Mireau Schwartz
Entrepreneur

Au dos, quelques mots écrits d'une main ferme trahissaient, à première vue, un caractère décidé et autoritaire : « Soyez à Saint-Domingue, entre le 10 et le 15 juin. Je vous recommande l'hôtel Français. C'est là que Brindis de Salas avait ses habitudes. »

Mario Martucelli a ri en voyant mon air perplexe.

« Entrepreneur ? Je le croyais journaliste, comme nous.

– Il l'a été. Aujourd'hui, c'est un redoutable homme d'affaires. En fait, on pourrait dire que Leo est l'homme qui a tout été : journaliste, professeur de langues, champion d'escrime au temps de sa jeunesse, impresario et secrétaire de ce Brindis de Salas qui t'intéresse tant. Mais tout ça, c'est du passé, mon cher. Le vrai talent, l'originalité de Mireau c'est son flair inouï pour découvrir, avant tout le monde, les possibilités cachées d'une entreprise à venir. Comme Midas, il transforme la bouse de vache en or. Il possède des vignobles en Argentine, à Mendoza ; des terres à n'en plus finir dans la province de Córdoba. Son écurie est célèbre et ses pur-sang arabes lui font gagner une fortune à chaque course.

– Habite-t-il en Argentine ?

– Il a une villa à Buenos Aires, dans le barrio norte, *le quartier le plus chic de la capitale, bien entendu. Mais je dirais qu'il est partout et nulle part. Il possède un véritable palais oriental à Cartagena de Indias, en Colombie, où il m'a fait, un jour, l'honneur de m'inviter. La vraie passion de Leo Mireau, à mon avis, ce sont les îles de la Caraïbe. C'est là qu'il se trouve le mieux. Voilà pourquoi il t'attend à Saint-Domingue : il s'y rend dès qu'il le peut.*

– Entre le 10 et le 15 de juin. Drôle de rendez-vous.

– Tu as bien de la chance. Mireau est un homme très occupé. Qu'il laisse ouverte la possibilité de te voir entre ces dates montre qu'il veut bien te rencontrer. Parfois, il fait attendre des gens bien plus importants que toi durant des semaines.

– Il se prend pour le pape ? »

Mario a ri.

« Quand Leo Mireau demande une audience au Saint-Père, il l'obtient tout de suite.

– Que lui as-tu dit de moi ?

– La vérité. Que tu es un jeune journaliste et écrivain cubain fasciné par la personnalité et la carrière de Brindis de Salas. J'ai dit que tu travaillais depuis longtemps sur le sujet. Et, parce que j'ai de l'estime pour toi, j'ai ajouté que tu étais digne de confiance. À toi de jouer maintenant ! »

Carlos Martucelli vient d'entamer sa carrière de journaliste en se spécialisant dans les faits divers, sa passion : crimes crapuleux, bagarres dans les bas-fonds de Buenos Aires, attentats anarchistes… Il connaît la ville comme personne et le fait d'appartenir à une riche et influente famille composée d'avocats, de médecins et d'hommes politiques lui facilite grandement la tâche : toutes les portes s'ouvrent devant lui. Et me voici avec un rendez-vous à des milliers de kilomètres de distance sans que je sache encore ce que me dira l'ancien secrétaire du Chevalier, ni même s'il acceptera de me parler de lui.

14 juin 1910.

« Leo » Mireau, comme tout le monde l'appelle ici, a une réputation de grand seigneur. Martucelli m'a donné une lettre d'introduction pour un collègue dominicain à qui j'ai avoué mon trouble : voilà quatre jours que j'attends M. Mireau. Il me répond : « Ne vous inquiétez pas, si Mireau a dit qu'il viendra, il viendra. »

Cette phrase ne me réconforte guère. Je puise dans mes économies pour ce livre à venir dont je ne sais même pas si je parviendrai à l'écrire. J'attendrai jusqu'à demain soir. J'ai déjà réservé un billet dans un bateau en partance pour La Havane. Un jour ! Je ne donnerai pas une heure de plus à Herr Mireau.

En attendant l'hypothétique rencontre avec l'homme-anguille, j'en profite pour faire un tour au Parque Colón et à la forteresse d'Ozama, puis je pousse jusqu'à l'église de Santa Barbara de l'autre côté de la vieille ville. J'aime Saint-Domingue, ses rues à angles droits traversées par d'autres rues en ligne droite, qui forment des quadrilatères faciles à parcourir.

Je trouve des ruines ou des bâtiments qui rappellent le temps de la colonie. Le nationalisme des Dominicains est aussi sourcilleux que celui des Mexicains. Dès que l'on se rend compte que je suis cubain, on me pose sans relâche la même question : « Vous ne trouvez pas que notre ville et La Havane se ressemblent ? »

La politesse et la prudence me poussent à répondre :

« Oui. Ici, je me sens comme chez moi. »

Formule vague qui produit invariablement le même résultat : un sourire épanoui, une tape amicale sur l'épaule, une invitation à boire ce qui me plaît, rhum, whisky, vin français... Car, comme on ne cesse de me le seriner : « On trouve tout à Saint-Domingue. »

Je me limite à demander, toujours et partout, du lait de noix de coco. Dans un verre propre.

Hier, assis sur un banc de la basilique de Santa Maria Primada, la première cathédrale construite sur le continent américain (autrement plus belle que celle de La Havane), j'ai fermé les yeux en me demandant si le chevalier Brindis de Salas avait marché, comme je venais de le faire, dans ces rues étroites qui lui rappelaient peut-être aussi celles de sa ville natale. À en croire la « lettre » de son ex-épouse, le Chevalier aimait les musées et les monuments à taille humaine. J'essayais de voir avec ses yeux les ruines de Saint-Nicolas de Bari, le couvent des dominicains, le monastère de Saint-François, ces lieux qui relient Cuba et La Española, ces îles colonisées par le même conquérant impitoyable. En tout cas, une chose est sûre : Brindis aimait cette île. J'ai retrouvé des traces de son passage dans les archives de la

Bibliothèque nationale qui m'ont permis de vérifier comment le chevalier Brindis a été accueilli par les Dominicains. J'ai recopié quelques phrases qui en disent long sur la personnalité du maestro.

« La visite de Brindis de Salas est reçue, chez nous, comme un hommage que le violoniste rend à celui qui a tant lutté pour l'indépendance de Cuba : le général Máximo Gómez. »

« Comme tous les artistes de grand tempérament, Brindis de Salas mène une vie de bohème : ses excès ne connaissent pas les limites. Sa tournée en République dominicaine a été émaillée de scandales. Hier soir, une violente algarade l'a opposé à un prêtre dans le hall de l'hôtel Français. Dispute politique s'il en est : le religieux d'origine espagnole a accusé les Cubains de traîtrise envers la nation qui a tant fait pour eux. Brindis de Salas l'a giflé parce qu'il " insultait la mémoire des Cubains morts pour une indépendance méritée ". Tous deux ont fini chez le juge. Heureusement pour le Cubain, le magistrat était un de ses admirateurs et il a décidé de ne pas prendre de mesures contre le Chevalier, comme il aurait pu le faire. »

D'autres coupures de journaux soulignent la préoccupation du violoniste pour la cause de l'indépendance cubaine.

« Les villes où s'est produit le Chevalier accueillent une importante communauté de Cubains en exil. Tout s'est déroulé sans encombre dans la capitale et à Santiago de los Caballeros, mais un incident sérieux a menacé le récital de l'artiste à Puerto Plata. Sachant que Brindis allait se produire dans cette ville où les exilés sont nombreux, le consul d'Espagne a exigé officiellement du gouverneur de la ville qu'il interdise le concert.

« Le gouverneur a préféré demander conseil au président de la République, Ulises Heuraux. Admirateur inconditionnel du violoniste et très habile diplomate, le président a arrangé les choses et le Chevalier a offert une de ses meilleures performances dans une salle chauffée à blanc par les expatriés cubains, lesquels n'ont pu s'empêcher de crier à la fin, après de nombreux *bis* : VIVA CUBA LIBRE ! »

Cet article est comme une raccourci saisissant des contradictions qui déchirent nos pays. Le président Heuraux, que l'on appelait ici « Lilis », était un dictateur brutal, sanguinaire. Pourtant, au début de l'année 1895, au moment où Brindis triomphait dans l'île, il soutenait la cause de l'indépendance cubaine...

J'ai trouvé aussi, bien sûr, de nombreux articles truffés d'anecdotes superficielles et des potins frivoles qui révèlent, aussi, d'autres aspects de la personnalité de l'artiste.

Son élégance, la description des honneurs reçus en Europe, sa Légion d'honneur, ses médailles conférées par l'empereur d'Allemagne, le Tsar de toutes les Russies, étaient immanquablement et longuement décrites dans le moindre article sur celui qu'on appelait aussi « l'Apollon d'ébène ». Le personnage de Brindis ne cessait de susciter une curiosité un peu malsaine. Un journaliste s'étonnait du « tempérament de diva du violoniste cubain ».

« Ni Jenny Lind, ni Maria Malibran, ni le génial violoniste Sarasate ne se sont comportés comme vient de le faire Brindis de Salas. Le Maestro a refusé de répéter avec la jeune pianiste qui devait l'accompagner. Elle n'a reçu les partitions que le soir même du récital ! L'artiste cubain refuse d'être entendu par qui que ce soit *avant* sa prestation ! Cela dit, le Chevalier s'est conduit en galant homme et a félicité la pianiste à la fin du récital : “ Je n'aurais rien pu faire sans votre aide. ” Et, rougissante, la jeune pianiste a reçu les fleurs destinées au Maestro. »

Quoi qu'il en soit, Brindis de Salas a conquis l'admiration et l'amitié de tout Saint-Domingue et, lors de son départ en février 1896, la foule l'a accompagné jusqu'au bateau qui devait le conduire vers d'autres terres.

Alléluia ! De retour à l'hôtel, je trouve une carte de l'entrepreneur Leonardo Mireau Schwartz. Il m'annonce qu'un phaéton viendra me chercher à l'hôtel Français, demain soir, et que nous dînerons chez lui, dans sa maison de San Cristóbal. Demain matin je changerai mon billet pour La Havane. Quelle nouvelle date choisir ?

Cela dépendra de ma rencontre avec l'ex-secrétaire du Chevalier. Et de ce qu'il me dira.

Simon Sánchez Mora est fier de son intuition : Leo Mireau ne cultive pas ce défaut des nouveaux riches qui adorent par-dessus tout étaler sans pudeur les signes extérieurs de leur fortune. La preuve en est cette maison située en haut d'une colline qui n'attire pas l'attention lorsqu'on emprunte la route conduisant à la ville de San Cristóbal. Seul un œil attentif peut deviner ce qui se cache derrière cette apparence de modestie.

Le Cubain connaît bien ces villas de style colonial inspirées par les riches demeures andalouses, et qui renaissent comme par magie ou, plutôt, par nostalgie, à Trinidad, dans la vieille Havane et à Santiago de

Cuba. La Casa Mireau de San Cristobal est fidèle au modèle que l'on retrouve un peu partout dans les îles, avec ses deux étages, son porche, ses terrasses à fines colonnades qui ne sont pas sans rappeler l'influence de l'art mauresque.

« L'entrepreneur Mireau est un homme qui sait protéger son intimité. »

Cette phrase du portier savant lui revient en mémoire alors qu'il gravit à pied, avec le gardien, le chemin escarpé qui mène au porche d'entrée. Une colline rocailleuse dont l'autre versant abrupt donne sur le large contraste avec la végétation tropicale présente partout ailleurs. À en juger par les hommes armés qui patrouillent sur les terrasses ou restent immobiles contre un mur, le regard aux aguets, la Casa Mireau est aussi une forteresse bien gardée.

« La demeure avec son air de maison familiale ouverte à tous vents contient-elle des objets si précieux qu'ils méritent la présence d'une petite armée ? Ou bien le propriétaire lui-même est-il l'objet le plus précieux à protéger ? »

Simon Sánchez Mora prend des notes dans sa tête, tout en suivant le domestique qui lui fait traverser un dédale de couloirs pour le conduire là où le maître des lieux l'attend.

Apparence trompeuse, en effet, de ce lieu avec ses dehors de vieille demeure convenable et son intérieur où le luxe le dispute à l'élégance. Fenêtres en vitraux vénitiens, de toute évidence importés ; bois précieux pour les portes ; sol en marbre de Carrare dans le couloir conduisant au hall d'entrée ; murs tapissés de soie de Chine. Meubles d'époque dans chaque pièce. Le Maître reçoit rarement, m'explique le majordome qui me guide. De toute évi-

dence, Leo Mireau est de ces riches excentriques qui se font construire un musée aux mille merveilles rien que pour la jouissance de leurs yeux.

Simon Sánchez Mora interrompt le fil de ses pensées pour se concentrer sur la rencontre qu'il a eu tant de mal à obtenir. Le domestique vient d'ouvrir la porte de la bibliothèque où l'entrepreneur Mireau attend son visiteur.

Il ressemble très précisément à la description que lui en a faite Mario Martucelli. « Mireau est de taille moyenne comme toi, Simon. Svelte comme toi. Et, comme toi, c'est un homme pétri de bonnes manières. Là s'arrête la ressemblance : tu portes une moustache, des lunettes rondes à monture d'acier, tu es le seul Cubain à insulter ta patrie en conservant un teint pâle de poète romantique parisien. Tes yeux couleur noisette ont parfois un regard enfantin et ton front haut et large couronné d'une chevelure de jais te fait ressembler – tu le sais, et tu en joues parfois – à l'apôtre José Martí. Leo Mireau, lui, a le teint cuivré du pirate qui a bourlingué sur toutes les mers. Ses cheveux poivre et sel forment une mèche rebelle qui retombe sur son front traversé de fines rides. Quant à ses yeux... De l'acier d'un gris glacial. On a du mal à soutenir son regard la première fois. Je n'ai pas honte de te dire que j'ai mis du temps à pouvoir fixer ses yeux. Au début, j'avais l'impression d'un rayon qui traversait mon iris et pénétrait au fond de mon cerveau pour y lire tout ce que je pensais de lui, quelle était ma vraie nature, et quels secrets je dissimulais. Par la suite, j'ai appris à apprécier ce regard : c'est celui de quelqu'un qui réserve sa confiance aux gens qu'il connaît bien, aux vrais amis. »

Mario Martucelli n'a pas exagéré : la description du personnage est exacte et le Cubain a du mal à soutenir le regard de Herr Mireau. Les deux hommes se serrent la main et s'observent comme des chats qui se jaugent, le temps de décider s'ils se trouvent face à un allié ou à un ennemi.

Le maître de maison laisse son hôte s'extasier en parcourant les rayons chargés de livres protégés par d'épais vitrages. Trois murs du vaste salon sont ainsi tapissés d'ouvrages reliés couvrant de nombreuses disciplines : littérature, art, astronomie, astrologie, médecine...

« Je possède quelques incunables, monsieur Sánchez Mora. Et puisque vous considérez comme moi que le livre peut aussi être une œuvre d'art, regardez ceci... »

Il me montre une édition très ancienne reliée avec une couverture en cuir de Cordoue. Les Sonnets *de Pétrarque avec la signature de l'auteur ! Je feuillette quelques pages ; j'ose à peine les toucher ! J'en ai des larmes aux yeux ! La tête me tourne. Je n'ai pas eu le temps de prendre un déjeuner et les deux verres de cet exquis porto que Mireau m'a offert commencent à faire leur effet. Par chance, un valet philippin annonce :* « La cena está servida, Señor. »

Le dîner, « un menu à la française », est servi par une petite armée de domestiques qui se déplace, pieds nus, sans faire le moindre bruit ; un ballet d'ombres parfaitement réglé. Tous ces Haïtiens et Haïtiennes à la peau très noire regardent leur maître avec une telle vénération que Simon Sánchez Mora en est gêné :

l'entrepreneur semble représenter pour eux un dieu tout-puissant.

Après le dîner, Leo Mireau montre au Cubain la serre où fleurissent des spécimens rares de fleurs exotiques, des plantes qui se faneraient aussitôt si on les exposait à l'extérieur.

Mireau est ravi de voir son invité s'émerveiller en parcourant les allées de la serre, s'arrêtant à chaque instant pour inhaler le parfum dégagé par certaines fleurs.

« Vous avez créé un paradis sur terre, monsieur Mireau.

– Tout le mérite revient à mon jardinier japonais. Les Asiatiques cultivent l'art de la patience, ce qui leur permettra un jour, peut-être, de conquérir le monde. »

Ils retournent dans ce temple calfeutré qu'est la bibliothèque. Selon Mireau, c'est l'endroit de la maison où il passe les meilleurs moments de la journée. Assis dans des fauteuils qui, après un dîner copieux et bien arrosé, invitent davantage au sommeil qu'à la lecture, les deux hommes se regardent un instant car ils savent que le moment de vérité est arrivé.

Simon Sánchez Mora refuse, poliment, le cigare que son hôte lui propose ; il accepte, en revanche, le ballon en verre de Murano dont le fond est empli de cognac français, « le préféré de Bonaparte », selon l'entrepreneur, qui a compris qu'il facilitera les choses en prenant l'initiative.

« D'où vient votre intérêt pour Brindis, Simon ?

– J'avais dix-sept ans en 1901 quand le Chevalier est retourné à Cuba pour la énième fois. J'aime la musique, mais je ne suis pas un mélomane. Ce sont les livres qui accaparent toute mon attention depuis ma petite enfance. Mon père, par contre, qui était médecin, adorait la musique. Il faisait partie d'un orchestre d'amateurs dans ma ville natale de Santiago, connu sous le nom de *Charanga oriental.* Il s'était rendu à La Havane en compagnie de ma mère pour assister aux deux concerts de Brindis de Salas au théâtre Albisu, en décembre 1900. En mars de l'année suivante, le Chevalier était de retour et, cette fois, sa tournée triomphale passait par Camajuani, Trinidad, Sancti Spiritus... et s'achevait à Santiago. Sa célébrité le précédait : la ville l'attendait, je le dis sans exagération, avec ferveur. C'était au mois de juin. Pour mon anniversaire, parmi d'autres présents, mes parents m'ont invité aux deux concerts de Brindis, le premier au club Aponte et le second au théâtre Oriente. Je n'ai pas honte de l'avouer : j'ai participé à cette sorte d'hystérie collective qui prenait possession du public à chaque apparition du Maestro. Mes réactions étaient très différentes de celles de mes parents : mon père admirait le musicien, ma mère ne pouvait cacher son adoration pour « ce bel homme, si sensible », quant à moi... Ce qui m'a le plus fasciné, c'est cette flamme intérieure qui brûlait en Brindis dès qu'il commençait à jouer. Son inspiration était fulgurante, stupéfiante. On disait qu'il était capable de s'interrompre et de partir s'il *sentait* que la salle ne réagissait pas comme elle le devait ou n'était pas assez attentive. Mon père m'avait averti :

« " Le Roi des octaves refuse la médiocrité : il ne joue jamais mécaniquement, comme tant de solistes. Avec lui, c'est tout ou rien. S'il ne ressent pas le besoin ardent de jouer, il n'hésite pas à annuler le récital ; si le public est, de son côté, médiocre ou insensible, il quitte la scène. Ne sois pas déçu si en définitive le concert n'a pas lieu.

« “ Je suis certain que notre Paganini noir aime notre province orientale, lui, le Havanais de naissance. Il semble se sentir ici comme chez lui. ”

« Mon père exultait et il a réussi à se procurer des places pour une messe solennelle lors de laquelle le Chevalier devait jouer. La cathédrale de Santiago était prise d'assaut. La *Guardia Rural* a dû intervenir pour éviter que la cohue sur le parvis ne tourne à l'émeute. Et l'impossible s'est produit : le violoniste a donné le meilleur de lui-même en interprétant la *Chanson de la nuit* de Schumann, dans un arrangement pour violon dû au Chevalier lui-même. L'*Ave Maria* de Schubert, une page que je déteste, m'a tiré des larmes. Tel était le talent de cet artiste prodigieux. Ce fut pour moi le début d'une obsession un peu malsaine : je tenais à voir si cet interprète adoré de la foule ne flancherait pas un jour ou l'autre au cours de cette tournée épuisante. J'ai cassé ma tirelire pour assister aux représentations annoncées à Güira de Melena et à Union de Reyes en décembre. Des petites villes, un public passionné : l'artiste ne jouait pas devant des têtes couronnées ni de hauts personnages comme il était habitué à le faire durant ses tournées en Europe. J'en ai eu pour mon argent : Brindis ne trichait pas, il se livrait en entier, avec une générosité qui suscitait chez son public un enthousiasme sans équivalent. À Güira de Melena, j'avais décidé d'aller trouver le Maestro pour lui dire toute l'admiration que je lui portais. Il était impossible d'accéder à sa loge : la foule avait pris d'assaut les coulisses. Et c'est à Union de Reyes que s'est produite une scène digne d'une pièce de théâtre. Je devais rentrer le lendemain tôt à Santiago et, ne pouvant fermer les yeux après l'émotion que j'avais ressentie pendant le concert, j'ai décidé de marcher dans la ville déserte. Il était tard, très tard, je m'étais éloigné du centre vers un quartier pauvre presque à la sortie de la ville. Quartier mal famé de bars louches et de bordels borgnes qui n'avaient pas droit de cité sauf au bord de la route. J'étais encore mineur, et je ne pouvais donc pas fréquenter ces lieux que ma mère appelait “ les maisons du Diable ”. Après avoir fait le tour de quelques pâtés de maisons, je m'apprêtais à rentrer chez les amis qui m'hébergeaient lorsqu'une silhouette affalée sur les marches d'une maison située à côté d'un bar a attiré mon attention. L'homme toussait à s'arracher les poumons, il relevait la tête et ouvrait la bouche en grand dans un effort désespéré pour respirer. C'est alors que j'ai reconnu cette épave humaine : c'était l'artiste que j'avais applaudi quelques heures auparavant. Brindis de Salas, ivre mort ! Laissant de côté toute timidité, je me suis approché pour lui porter secours.

« “ Permettez-moi de vous aider, Maestro ! ”

« Il m'a repoussé et, d'une voix d'outre-tombe, m'a lancé :

« “ Laisse-moi, *carajo* ! Laisse-moi ! ”

« Je ne pouvais rien faire et me suis éloigné. J'étais trop jeune pour comprendre que sa fierté, ou bien la peur d'être reconnu dans un tel état, empêchait l'homme d'accepter l'aide de qui que ce soit.

« Un an plus tard, mes parents, qui étaient ravis de mon intérêt aussi passionné que soudain pour le violoniste, m'ont proposé de les accompagner au concert qu'il devait donner au Teatro Principal de La Havane, le 5 novembre 1902. J'ai hésité avant d'accepter. Et si, un an après la terrible scène d'Union de Reyes, le violoniste ne possédait plus ces qualités exceptionnelles qui m'avaient tant marqué ? Je m'attendais à être déçu : je ne l'ai pas été. Son talent d'interprétation, sa virtuosité étaient intacts. J'ai pourtant eu l'impression que l'homme brûlait ses dernières cartouches. À la fin du concert, le Chevalier, amaigri, visiblement très fatigué, n'a pu remercier le public qu'à une seule reprise, avec cette *Abuelita* qui faisait pleurer les dames et que je trouvais, pour une fois, indigne d'un tel artiste.

« Une autre année s'est écoulée, et j'ai su que Brindis avait participé à une soirée intime à Pinar del Rìo, chez un pianiste de ses amis, Pedro Rubio, lequel l'avait accompagné au cours de sa dernière tournée en Europe. Un collègue de mon père avait assisté à cette réunion et il évoqua devant nous un Brindis épuisé, éméché, incapable de rester longtemps debout, le violon à la main. Ce fut la dernière visite du Chevalier à Cuba et de là date le début de mon intérêt professionnel pour lui. J'avais commencé à faire du journalisme tout en poursuivant mes études. L'envie d'écrire un livre sur cette figure légendaire s'imposa à moi. La République avait été proclamée à peine un an plus tôt, je trouvais qu'il était de mon devoir de rappeler l'immense artiste qu'avait été le Maestro Brindis de Salas. »

Simon Sánchez Mora vide la dernière goutte de cognac et pose son verre sur la petite table qui se trouve à sa droite. Il a déjà évoqué, au cours du dîner, la lettre de la baronne von Knäbel que le vicomte de Brinvilliers lui a confiée, et il peut donc poser la question qui l'intéresse le plus.

« Savez-vous que, dans sa " confession " à sa fille, la Baronne dit : " Claudio José n'était pas le même homme après ce voyage à Barcelone et la tournée qui s'ensuivit. " Monsieur Mireau, pourriez-vous me parler de ce qui s'est passé alors ? »

L'entrepreneur sourit, tire une longue bouffée de son cigare et fronce les sourcils, comme pour mieux scruter sa mémoire à la recherche des images qu'il doit évoquer.

« Cherchez la femme, cher ami, comme on dit en France. Cette fois la phrase est juste : une femme est la clé de cette histoire.

– Selon la légende, on ne compte pas les femmes dans la vie du Maestro. J'ai même entendu dire que, en tournée, une femme différente attendait chaque soir le Chevalier dans son lit.

– Il y a beaucoup d'exagération dans cette rumeur. D'un autre côté la femme dont je vous parle est une femme d'exception. »

Mireau m'a permis de prendre des notes, autrement j'aurais été incapable de retenir tous les détails de ce chapitre de la vie du chevalier Brindis de Salas, qui avait peut-être, en effet, changé le cours de son existence.

« Avant toute chose, je tiens à éclaircir un point, Simon : je n'étais ni l'impresario ni le secrétaire de Brindis. Je suis un homme d'action qui aime le concret et a en horreur le gâchis. Souffrez que je vous parle un peu de moi, en guise d'introduction ; cela vous permettra de mieux comprendre mes relations avec votre compatriote. Avez-vous jamais entendu parler de doña Anastasia de los Montes y Lynch ? Non ? Eh bien, doña Anastasia était une richissime dame d'un certain âge, d'une maigreur impressionnante et d'une volonté d'acier. Elle possédait des terres un peu partout dans le cône sud : vignobles à Mendoza, mines de cuivre en Bolivie, de potasse au Chili, d'argent au Pérou. Un véritable petit empire. Mais un empire assez piètrement géré, dans le fond. Beaucoup de forces et de moyens étaient souvent gaspillés inutilement. Le type même de gâchis dont je vous disais qu'il me hérisse au plus haut point. J'avais moi-même quelques intérêts dans la région, oh, bien plus modestes que ceux de la dame. Le hasard a voulu que nous nous rencontrions, et j'ai décidé un jour de lui prouver qu'il lui fallait une *vision* pour gérer au mieux ses possessions. En échange d'un pourcentage sur les bénéfices à venir, elle me donna carte blanche. Je ne vous cacherai pas que j'ai bien travaillé et cela explique, en partie, ma fortune actuelle.

« Doña Anastasia avait un don très particulier : elle savait voir le diamant brut dans la gangue, et la pierre taillée dans la pièce non dégrossie. Si vous préférez, disons qu'elle savait dénicher le talent et les grandes qualités là où on les attendait le moins. C'est ainsi qu'elle a remarqué, un jour, lors d'une visite dans une de ses possessions boliviennes, une petite fille indienne, de race aymara, âgée de huit ans. Allez savoir ce qui, précisément, a attiré son attention. Quoi qu'il en soit, après avoir observé la fillette pendant un certain temps, elle a fini par proposer à la famille de prendre Dariana – c'est ainsi qu'elle s'appelait – à sa charge. Elle a remis de l'argent au père de la petite pour le dédommager ; l'homme était trop heureux de voir partir, dans de si bonnes conditions, une des douze bouches qu'il avait à nourrir.

« Dariana reçut une éducation de *little lady*, apprit à lire et à écrire en plusieurs langues, et fut initiée à l'art de se vêtir et de se comporter, en toutes circonstances, comme une petite princesse. Doña Anastasia était fière de son *acquisition* et Dariana, en retour, faisait preuve à son égard d'une dévotion sans faille. Lorsqu'elle eut dix-huit ans, la jeune Aymara est devenue la dame de compagnie et l'ordonnatrice des réjouissances de sa « marraine », comme elle l'appelait, et qui était, je vous prie de me croire, également sa patronne, au sens religieux du mot. La Doña adorait les soirées mondaines et les événements culturels dont tous les journaux vantaient le succès et la qualité. Dariana épluchait la presse, puis indiquait à doña Anastasia la pièce de théâtre dont tout le monde parlait, le récital qu'il ne fallait manquer sous aucun prétexte. C'est ainsi que la petite Aymara est devenue une dame du monde accompagnant sa protectrice dans toutes les salles de spectacle du globe, de New York à Londres, de Barcelone à Paris, de Naples à Moscou. Mécène occasionnelle et amie de tous les directeurs de théâtres d'une bonne partie de la planète, la Doña aimait convier à des soupers somptueux les artistes les plus en vogue pour les interroger sur *l'essence secrète de leur art.*

« J'aime beaucoup ces villes toniques, Bilbao et Barcelone, qui ont compris l'importance d'un développement industriel, à l'aube d'une ère nouvelle. Vous pensez bien que ces deux villes avec leurs ports ouverts sur toutes les routes maritimes du monde ne pouvaient laisser indifférent l'homme d'affaires que je suis. J'y avais trouvé des perspectives d'investissement intéressantes pour mon associée et moi, car nous avions fini par unir une partie de nos avoirs. Nous étions donc en voyage d'affaires dans la région en 1889, lorsque Dariana a indiqué à sa patronne que le spectacle le plus intéressant du moment à Barcelone semblait être un violoniste noir dont on disait des merveilles. C'est ainsi que nous avons assisté à un récital du chevalier Brindis de Salas. L'artiste était très inspiré et la salle a répondu par une ovation qui s'est prolongée pendant un quart d'heure. Doña Anastasia était bouleversée et criait pour se faire entendre par-dessus les applaudissements :

« " Invitons ce Nègre magnifique à dîner ! "

« La loge de l'artiste était prise d'assaut : on aurait dit que la moitié des femmes présentes dans la salle étaient venues le saluer, et celui-ci se laissait faire avec une nonchalance toute orientale. Le directeur du théâtre m'a conduit jusqu'à Brindis. L'intuition m'a conseillé de m'adresser à lui en allemand. Il a semblé ravi de mon invitation.

« " J'avais d'autres engagements, une corvée plutôt, avec des gens très ennuyeux. Je préfère de loin vous accompagner, Herr Mireau. "

« Un salon privé nous attendait dans le restaurant le plus élégant de la ville. C'est ainsi que le " Nègre magnifique " a fait la connaissance de doña Anastasia et de son ombre, l'Indienne aux yeux d'onyx. Le Chevalier fut d'une politesse exquise, et il brilla par sa courtoisie et son sens de l'humour. Il nous a fait rire tant et si bien qu'à la fin du repas je lui ai déclaré qu'il était " un prince " :

« " Au cours de ma vie, qui a été moins longue que vous ne le pensez mais tout de même assez mouvementée, j'ai connu des présidents de républiques bananières, des généraux-dictateurs à la sauce latino-américaine, des têtes couronnées et aussi un certain nombre d'ecclésiastiques de haut rang. Je dis – non ! j'affirme que vous avez bien plus d'élégance et de charme que n'importe lequel de ces hommes qui tiennent parfois le destin d'un pays entre leurs mains. "

« La Doña et moi-même avions pas mal bu ; le directeur du théâtre, qui nous avait rejoints, s'était affalé, ivre mort, sur un canapé. Ni Dariana ni Brindis n'avaient bu une gorgée de ce champagne millésimé qui coulait à flots. Je savais que l'Indienne ne buvait jamais, je fus par contre étonné qu'un Cubain, musicien de surcroît, refuse ce nectar des dieux.

« " L'alcool ne vous tente pas, mon Prince ? Vous, un ancien du Conservatoire de Paris ?

– Il m'arrive de boire. Pas ce soir. "

« J'aurais dû comprendre tout de suite que l'ivresse dont le regard de Brindis présentait tous les symptômes n'avait pas la boisson pour origine. Une chose étrange venait de se produire : un Cupidon éméché avait lancé ses traits et blessé un musicien noir à l'orgueil légendaire et une Indienne bolivienne dont le visage ne laissait transparaître la moindre émotion ni pensée. Deux personnes qui s'étaient à peine regardées : mon Prince avait à peine dévisagé Dariana et l'attention de celle-ci, comme d'habitude, était tout entière tournée vers sa " marraine ". Un volcan s'était réveillé sans que personne en ait remarqué les signes avant-coureurs.

«Je ne vous ai pas encore décrit Dariana parce que, d'une certaine manière, aucune description ne saurait lui rendre justice. Elle était de haute taille et malgré ses vêtements toujours stricts, poignets serrés, col montant jusqu'au menton, aucun observateur attentif ne pouvait manquer de se dire que cette femme devait avoir un corps de déesse grecque. Les cheveux noirs très soyeux étaient toujours coiffés en un chignon torsadé. Parfois, je l'imaginais nue, les cheveux tombant en cascade sur sa chute de reins. J'avoue que j'ai eu, à un certain moment, la tentation de faire la cour à cette jeune femme qui ne ressemblait à aucune autre. Deux choses m'en ont dissuadé : son dévouement absolu pour la Doña et son caractère intègre : ce n'était pas quelqu'un que l'on pouvait séduire puis reléguer au second plan. Avec Dariana, tout devait être scellé par un contrat signé dans le sang, à la vie à la mort. Je n'ai aucun scrupule à le dire : je suis fait pour les rencontres passagères. J'ai déjà une épouse : mon indépendance ; et, en plus, je savais que cette Aymara ne se donnerait qu'à l'homme qui saurait éveiller en elle la passion. Un acteur aurait pu dire : je n'étais pas de taille pour un tel rôle. Brindis, pour son bonheur *et* son malheur, l'était : le rôle était même fait sur mesure pour lui.

« Cette nuit-là, les vapeurs éthyliques m'ont empêché de percevoir le gouffre qui venait de s'ouvrir sous les pieds du Chevalier. J'ai même cru que nous ne reverrions plus le violoniste que toute la haute société de Catalogne se disputait. À ma grande surprise, il se présenta à notre hôtel tôt le lendemain matin. J'émergeais à peine et mon Prince de la veille s'était transformé en une sorte d'adolescent timide qui a eu les plus grandes peines du monde à nous convier à déjeuner à bord d'un bateau de plaisance. Les matins difficiles exacerbent toujours en moi mon penchant pour l'ironie.

« " Nous deux ?

– Vous, bien sûr. Ainsi que Mme de los Montes et son accompagnatrice. " »

« L'homme se dévoilait : il était si plein d'amour pour la déesse aymara qu'il craignait de hurler *je l'aime !* en prononçant son prénom.

« L'invitation fut acceptée " avec joie " par la Doña et cela marqua le début d'un festival d'invitations de la part du Chevalier. Je dois dire que sa compagnie était si agréable et son sens de la fête si exceptionnel que nous nous sentions tous en vacances. Il faut y ajouter, en ce qui concerne doña Anastasia, le plaisir que lui procurait le fait de parader au bras d'un artiste reconnu et d'un si bel homme dans le hall d'un théâtre bondé ou de s'asseoir à son côté aux tables des restaurants les plus réputés de la région. Car Brindis et son imagination débordante nous ont menés de Barcelone à Biarritz, de Biarritz à

Saint-Jean-de-Luz puis à Bayonne, et de nouveau à Biarritz. Là, le Chevalier m'a demandé, un jour que nous nous promenions dans les jardins de l'ancien palais d'Eugénie de Montijo :

« " Si tu avais pu choisir ton pays de naissance, lequel aurais-tu choisi ?

– Le Pays basque, bien sûr. Et toi ?

– Moi aussi. Ainsi, j'aurais été basque et noir ! "

« Nous nous tutoyions, nous étions devenus de vrais amis et je connaissais à présent sa fierté à toute épreuve qui m'interdisait de lui poser la question qui me tracassait depuis un bon moment :

« " Es-tu si riche que tu puisses dépenser des sommes fabuleuses en nous invitant sans cesse ? "

« C'était la même question que doña Anastasia n'avait pas tardé à poser :

« " Ou bien ce charmant garçon est richissime, ou bien il est en train de se ruiner pour nous. Et il refuse de se laisser inviter. Parlez-lui d'homme à homme, Leo. Faites-lui comprendre que je suis gênée par toutes ces largesses de prince oriental. "

« Cette réflexion m'avait fait froid dans le dos : la Doña croyait que le Chevalier lui faisait la cour ! Il est vrai qu'il était toujours d'une grande correction avec Dariana, mais lorsque nous nous promenions ou étions à table ensemble, toute l'attention de Brindis se concentrait sur la " marraine " et non sur sa pupille. J'ai fini par lire dans son jeu : il voulait gagner la " patronne " pour mieux conquérir l'Indienne. Ayant pris mon Prince en amitié, je me demandais comment empêcher ce que je voyais venir. Par chance, des affaires urgentes nous rappelaient en Argentine et nous avons décidé d'un commun accord, doña Anastasia et moi, de rentrer. C'est à moi qu'il échut d'annoncer notre départ à Claudio : il s'est raidi comme s'il avait reçu un coup de poignard. Puis, prenant sur lui-même, il nous offrit un dîner d'adieux dans le meilleur restaurant de Bayonne, où nous nous trouvions à ce moment.

« Le Chevalier nous a amusés avec des anecdotes sur ses tours du monde, il nous a fait rire et joué pour nous en fin de la soirée. Il a fait s'asseoir, autour de nous, tous les employés du restaurant.

« J'ai ressenti le besoin de porter un toast :

« " Mon Prince, ce soir, tu as joué comme jamais. Tu avais le *Duende* ! "

« Le *Duende*, le diablotin, l'inspiration qui tombe du ciel et que tous les danseurs, chanteurs et guitaristes de flamenco appellent de leurs vœux avant d'entrer en scène. Le *Duende* de Brindis, c'était l'amour, et cette fois, pendant qu'il jouait, il n'avait pas quitté Dariana des yeux. Son masque aymara était tombé : elle avait eu du mal à contenir ses larmes.

« Quelques heures plus tard, presque à l'aube, je fus réveillé par des coups violents frappés à la porte de ma suite. J'ai ouvert la porte, prêt à infliger une correction à l'insensé qui m'avait tiré d'un sommeil profond.

« " Mon Prince ! Mais que t'arrive-t-il ? "

« C'est un homme ivre mort que j'ai dû conduire à la salle de bains, où il a vomi et passé ensuite son visage sous l'eau. Puis il s'est assis sur un fauteuil du salon et m'a tout confié entre sanglots et quintes de toux.

« “ Je suis fou d’amour pour Dariana, Leo. ”

« J’avais vu juste. Claudio m’a avoué qu’il avait dépensé avec ces invitations extravagantes tout ce qu’il avait gagné au cours de sa longue tournée. Et tout cela pour quoi ? Habitué à voir toutes les femmes tomber dans ses bras sans faire le moindre effort, il se retrouvait face à un mystère insondable.

« “ Je sais qu’elle éprouve les même sentiments que moi : ce feu, cette passion qu’on ne ressent qu’une fois dans sa vie. Alors, pourquoi se refuse-t-elle à partir avec moi ?

– Mon Prince !... Tu es marié et père de trois enfants.

– Je quitterais tout pour elle.

– Ce que tu ne vois pas ou ne veux pas voir c’est la dévotion qui lie Dariana à doña Anastasia. C’est le lien qui unit le chien à sa maîtresse, si tu me permets cette comparaison. Tu pourrais quitter ta famille, j’en suis certain, mais elle n’abandonnera jamais sa marraine bienfaitrice. Jamais !

– C’est ce qu’elle m’a dit.

– Il faut rendre hommage à son intégrité. Puis-je te donner mon avis ?

– Tu es mon frère. Parle !

– Rentre aujourd’hui même chez toi, retrouve les tiens. Tu es allemand à présent, tu es un familier de la famille impériale. Je retournerai avec la Doña et sa protégée à Buenos Aires. Toi et moi, nous nous reverrons plus tard, je te le promets.

– Je ne peux pas, Leo. Ce n’est pas ma faute. Je n’y peux rien. Je mourrai si je n’arrive pas à tenir Dariana dans mes bras. Une semaine, un jour, quelques heures... Je donnerais ma vie pour l'avoir juste un instant. "

« Il était sincère, et qui étais-je pour m'opposer à sa passion ? J'ai vraiment cru qu'il se laisserait mourir s'il ne pouvait conquérir l'Indienne.

« Brindis gardait le silence pendant que je méditais en essayant de trouver une solution à cet imbroglio digne de Rossini. Soudain, l'homme que je croyais désespéré s'est mis à rire aux larmes ; ce qui à son tour a déclenché une quinte de toux. Après avoir bu le verre d'eau que je lui tendais, il a enfin retrouvé l'usage de la parole.

« " Depuis mon arrivée en France, à l'âge de dix-sept ans, je n'ai eu dans ma vie que des femmes blanches et blondes, aux yeux clairs... Et me voici foudroyé par une *chola*, une Indienne. Une Aymara en plus, un peuple, dit-on, pour qui le silence est d'or. La race la plus taciturne de la terre ! Il y a de quoi rire, non ? "

« Il se pencha en avant pour bien me regarder dans les yeux.

« " Je ne peux pas la quitter, Leo. J'irai à Buenos Aires avec vous ! "

« Devenu ami-frère de ce grand artiste, moi, l'entrepreneur habitué à prendre sans cesse des décisions risquées, voire dangereuses, je me suis senti obligé de mettre mon expérience au service du Chevalier.

« Mon entrevue avec doña Anastasia fut placée sous le signe de la tragi-comédie. Lorsque je lui ai appris la passion de Brindis pour sa filleule, elle a refusé de laisser “ cet insolent ” nous accompagner. J’ai défendu la cause de mon ami avec des arguments perfides.

« “ Ils sont, pour l’instant, aussi épris l’un de l’autre que Tristan et Isolde, Roméo et Juliette. Ce genre de passion peut tourner à l’obsession, à la folie si quelque chose ou quelqu’un s’y oppose. Mais la passion est comme un feu de bois : en brûlant fort, elle épuise ses propres forces, puis s’éteint. Les flammes meurent et le bois se transforme en cendres. Laissons-les vivre leur amour. Je pense connaître un peu, à présent, le caractère volcanique de notre Chevalier. L’amour de sa vie, en fait, n’a pas forme humaine : il a la silhouette de son violon. ”

« Doña Anastasia de los Montes y Lynch était une femme d’une intelligence subtile, capable de saisir les plus fines nuances d’une affaire compliquée. Elle a accepté que Brindis “ fasse la cour ” à sa pupille mais n’a pu s’empêcher de prononcer ces mots terribles :

« “ Un amour fou entre un Noir des Tropiques et une fille de l’Altiplano ?... Rien de bon ne peut naître d’une telle rencontre. ”

« Ce jour-là, j’ai joué, pour la première fois, mon rôle de secrétaire du Chevalier.

« “ Je suis incapable d’écrire à ma femme, Leo, dans l’état où je suis. Peux-tu t’en charger et lui faire croire que je dois entreprendre une tournée en Argentine ? Je pars pour Buenos Aires au moment précis où elle attend mon retour à Berlin. ”

« J’ai écrit la lettre en essayant de mentir avec délicatesse. Je connaissais le prestige de la famille von

Knäbel, ses liens avec le Kaiser. Cette femme admirable qui adorait le Paganini noir, père de ses trois enfants, méritait mon respect. La lettre est partie pour Berlin et Brindis a embarqué sur le bateau qui devait nous conduire dans le río de La Plata. »

Leonardo Mireau Schwartz se lève du fauteuil profond dans lequel il est installé et abandonne un instant la bibliothèque pour donner des ordres à son valet de chambre. Lorsqu'il revient, Simon Sánchez Mora s'est assoupi, le verre de cognac vide posé sur ses genoux. Mireau secoue doucement le jeune homme et lui dit :

« Il est déjà fort tard et je dois partir à l'aube pour Puerto Plata, sur la côte nord de Saint-Domingue. Accompagnez-moi. Je vous montrerai les beautés de cette île et nous pourrons nous pencher, le moment venu, sur les aventures du chevalier Brindis de Salas en Argentine et son amour pour la belle et énigmatique Aymara. »

Leo Mireau m'a pris en charge. Il possède, en fait, une bonne partie de Puerto Plata, ainsi qu'un port de plaisance, une plage privée, et une maison du plus pur style mauresque dont même les dalles en faïence du patio intérieur proviennent de Séville. Un peu à l'écart de la maison mère se trouve une série d'agréables bungalows où dominent le blanc et le bleu. Le sud de l'Espagne transporté dans le nord de l'île de Saint-Domingue est la preuve visible que l'argent permet de réaliser tous les caprices.

En arrivant à Puerto Plata, Mireau m'a dit :

« Je suis en voyage d'affaires, Simon, cela ne t'ennuie pas de m'accompagner ? »

Le lendemain de notre soirée à San Cristóbal, nous avions décidé de nous tutoyer. Bien évidemment, j'ai répondu :

« Mais non, pas du tout »

Mireau est un organisateur hors pair. Ceux qui ne connaissent pas sa méthode de travail et qui l'observent de loin pourraient penser qu'il ne fait que se promener. Le voilà qui s'arrête pour parler à ses employés sur le port, qu'il en rencontre d'autres en marchant sur la plage ou qu'il discute avec le jardinier de sa maison, avec les ouvriers qui construisent un nouveau bungalow, etc. Parfois, comme tout à l'heure, il fait réduire la voile du bateau sur lequel nous naviguons pour s'approcher de pêcheurs qui travaillent en haute mer et leur dire quelques mots. Car l'entrepreneur est aussi *propriétaire d'une flottille entière.*

Voici, me dis-je, un homme d'affaires qui n'aime pas s'enfermer dans un bureau. Il garde toujours sur lui un épais carnet avec une couverture en peau de lézard. Ses poches sont emplies de crayons de toutes les couleurs et de plumes en acier. Je suppose que bien des gens donneraient une fortune pour savoir ce qu'il y a dedans. Mireau le range chaque soir dans un des nombreux coffres-forts de sa maison, comme si sa vie en dépendait. Par hasard, j'ai eu l'occasion d'en entr'apercevoir le contenu : les pages de gauche sont couvertes de notes, dont certaines sont en forme de questions ; les pages de droite contiennent d'autres notes, soigneusement alignées en face des questions. S'agit-il de réponses ? Et partout, des chiffres. Rien d'autre.

Homme ferme et exigeant en général, Mireau est d'une gentillesse extrême avec ses employés. Il serre les mains, donne des tapes amicales sur certaines épaules et ne se prive jamais de caresser d'une main légère le visage rond d'une de ses soubrettes haïtiennes. La fille ainsi flattée s'envole vers les sphères célestes, à en juger par son sourire béat.

C'est en pleine mer, alors que nous venons de perdre de vue le littoral, que j'ose poser deux questions qui me trottent dans la tête depuis que j'accompagne mon nouvel ami dans ses pérégrinations.

La première : « Leo, tes serviteurs, ton contremaître, tout ce petit monde qui dépend de toi, te respecte. Que dis-je, ils te vénèrent ! Or tu n'élèves jamais la voix, tu ne portes pas d'arme à feu à la ceinture, ni de cravache à la main. Que se passe-t-il quand tu n'es pas content de leur travail ?

– C'est simple : je leur dis de partir. Je connais chaque personne qui travaille pour moi, même ceux qui s'occupent des tâches les plus subalternes. Et j'annonce toujours la règle du jeu : si vous êtes diligent et loyal, je m'occuperai de vous et de votre famille si vous tombez malade, si vous venez à mourir. Si vous ne respectez pas ce contrat moral, c'est la porte. Et si, pour votre malheur, vous me volez ou vous me trahissez... Faites vos prières ! Cela suffit. Tout Saint-Domingue connaît ma réputation. Quant au revolver... Je n'en ai pas besoin. Ces marins sur le bateau, ces pêcheurs sur leurs barques, me servent aussi de garde rapprochée. Je suis très riche et j'ai des ennemis à la mesure de ma fortune, des concurrents, mais aussi des jaloux. Tout inconnu qui approche de moi peut être un assassin. C'est pour cela que j'ai pris mon temps avant de te recevoir, Simon. Il fallait d'abord que je me renseigne sur ton compte.

– Tu as fait une enquête ?

– Évidemment. Brindis de Salas aurait pu être un prétexte. Tu aurais pu être en service commandé... Mais peu importe ! »

Il me faudra un peu de temps pour digérer le fait que j'ai été « investigué ». Puis j'ai enchaîné avec ma seconde question.

« Leo, tu es très riche, alors pourquoi continues-tu à travailler ? Pourquoi ne pas profiter simplement de la vie ?

– Ce serait une erreur, Simon. Nous sommes à l'aube du XXe siècle. Le monde change et je pressens que tout va aller encore

plus vite. Regarde toutes ces découvertes, toutes ces avancées techniques récentes : l'électricité, le téléphone, l'automobile, et ce divertissement si amusant, le cinéma... L'homme vole à présent, Simon ! Il vole ! Rien ne nous empêche de rêver. Qui sait ? nous marcherons peut-être un jour sur la Lune ! Je suis un mélange de Français et d'Allemand, un Européen. Le vieux continent sera toujours en retard sur le nouveau, je le sais ! Tout là-bas est lent et lourd. Posséder une usine d'acier dans la Ruhr ou une filature de soie à Lyon suffit à faire le bonheur de toute une lignée, de père en fils. Ici j'ai appris bien des choses en observant le manège des hommes d'affaires nord-américains. Ils sont en train d'acheter toute l'Amérique latine ! Aucun entrepreneur de la Nouvelle-Angleterre ou du Midwest ne se contenterait de posséder une seule affaire ! L'argent doit produire plus d'argent ; le pouvoir nourrit le pouvoir. C'est une règle d'or. Regarde ce qui se passe dans ton propre pays, à Cuba. Les États-Unis sont intervenus à la fin de la guerre d'indépendance ! Ils ont détruit une partie de la flotte espagnole, c'est vrai ; ils ont gagné la bataille de San Juan ! Tes compatriotes s'étaient battus pendant dix ans sans que le géant du Nord lève le petit doigt. Ils arrivent et imposent cet amendement Platt humiliant qui autorise les marines à débarquer quand ça leur chante. La même chose se produira peut-être un jour ici même, à Saint-Domingue. Ils sont déjà installés à Puerto Rico, alors pourquoi pas le reste de la Caraïbe ? Les Yankees sont fiers de leur puissance, qui est réelle. Ils rêvent de dominer le monde. Y parviendront-ils ? Ça reste à voir. »

Mireau s'arrête au milieu de son discours, sourit et me pose un bras sur l'épaule.

« Je ne t'ai pas fait venir à Puerto Plata pour que tu saches que je suis immensément riche, Simon. En réalité, je voulais te montrer ce qui nous unit, Brindis, toi et moi. Notre amour pour *ces îles qui méritent toutes un destin meilleur que celui qui a été le leur jusqu'ici. Des colonisateurs barbares comme les Espagnols, avides comme les Français, les Anglais et les Hollandais, sans compter les autochtones prédateurs et cyniques. Des généraux qui deviennent des dictateurs ; des dictateurs qui se prennent pour l'incarnation de Dieu sur terre... Sais-tu pourquoi ma maison est entourée de bungalows ? J'invite des entrepreneurs latino-américains pour leur transmettre, non pas de bonnes paroles, mais un concept plus sain : comment s'enrichir sans pactiser avec le diable. Je ne suis pas un samaritain : mon métier, c'est les affaires, et le monde des affaires ne connaît pas la pitié. Mais j'essaye d'être avisé et humain. J'investis dans ce pays ce que je gagne dans ce pays, et je consacre une partie de mes bénéfices à la construction d'écoles et d'hôpitaux. Ne te méprends pas : c'est aussi un investissement. Je pars d'un principe très simple : si, sur ce continent, les riches deviennent plus riches et les pauvres encore plus pauvres, le futur sera plus que sombre. Je prêche dans le désert pour l'instant, je le sais. Mes amis riches me rendent visite, boivent mon rhum, essaient de forniquer avec mes petites servantes et repartent, aussi bornés qu'en arrivant. »*

Une pause. Le port est en vue. Avant de se diriger vers la passerelle pour commander la manœuvre, Mireau ajoute :

« Je voulais te montrer ce que je suis et ce que je pense pour que tu comprennes mieux la relation amicale qui m'a lié à Brindis pendant dix ans. Ce soir, je te raconterai la suite de l'histoire d'amour de l'Aymara et du Chevalier. »

Les deux hommes sont assis sur la terrasse, face à la mer. L'entrepreneur qui aime tant le progrès éclaire pourtant sa maison de Puerto Plata « à l'ancienne » : bougies, torches, lampadaires...

Mireau fume un de ses longs cigares et Simon Sánchez Mora se rapproche de la lampe à l'huile en prétextant qu'il a besoin de lumière pour prendre des notes. En réalité, il déteste l'odeur du cigare et n'ose pas l'avouer à son hôte. Pendant toute son adolescence, il a dû supporter les moqueries de ceux qui doutaient de sa virilité parce qu'il était « le seul Cubain à ne pas fumer le cigare ».

C'est le visage dans la pénombre que Leo Mireau continue son récit.

« Je savais que le Chevalier n'avait plus beaucoup d'argent et que sa fierté l'empêchait d'accepter l'aide que je lui proposais. Il a tout de même consenti à être mon invité pendant que nous essayions de résoudre le problème le plus urgent : lui faire signer des contrats, préparer une tournée... Claudio avait sur lui une seule lettre de recommandation que lui avait donnée un de ses admirateurs de Barcelone, un célèbre tribun et homme politique. Cette lettre était adressée rien moins qu'à Bartolomé Mitre, l'homme le plus puissant du pays. Le Chevalier, drapé dans son amour-propre, refusait d'utiliser ce sésame, qui “ heurtait sa dignité ”.

« “ J'irai voir Mitre lorsque j'aurai joué et triomphé dans un théâtre. ”

« On lui avait aussi recommandé l'impresario Onrubia, dont je connaissais la réputation : un avare doublé d'un filou. Brindis m'avait beaucoup parlé du Florentin qui s'était occupé de lui à ses débuts. L'homme était mort et Claudio était persuadé qu'il avait assimilé les ficelles du métier. Sa femme, bonne ménagère et Prussienne de surcroît, l'avait aidé après la mort du Florentin. Tout seul, notre ami était incapable de défendre ses intérêts. Il savait imposer le respect, faisait des caprices et se conduisait en diva de la Scala de Milan. De là à bien négocier un contrat, c'était une autre paire de manches.

« " Je joue déjà au secrétaire avec ta femme, Claudio : laisse-moi négocier avec Onrubia. "

« Ce que je craignais se réalisa : le filou ne proposait que cent pesos par concert. J'ai refusé net. La chance a voulu qu'en quittant le bureau de l'impresario, je tombe nez à nez avec don Enrique Frexas, le critique le plus respecté de Buenos Aires. Or – oui, tu peux sourire, Simon – il se trouve que je suis *aussi* l'un des actionnaires de son journal, *La Nación.* Frexas et moi étions de bons amis et je lui ai demandé de m'aider avec Brindis.

« " Tu dis que ton ami a une lettre de Castelar pour Mitre et qu'il refuse de l'utiliser ? Je le comprends. J'admire la dignité des artistes. Hélas, elle se fait rare : la plupart du temps, tu le sais, ils rampent pour être reçus chez Bartolomé. Je me fais fort d'arranger cette histoire. Je connais la réputation de ton ami. C'est Mitre qui l'invitera à dîner. Nous choisirons quelques beaux esprits, de belles dames et, si le Roi des octaves tient ses promesses..., mon article, tu le sais, fera le reste. "

« Et il en fut ainsi. Brindis nous a tous éblouis. Dans son très long article, Frexas analysait chaque page interprétée, décrivant la maestria de l'artiste, sa technique éblouissante, l'enthousiasme du cercle de personnes qui l'écoutaient, l'émotion de Mitre... Le lendemain, Onrubia se prosternait devant moi : il offrait – ah, le voyou ! – *mille* pesos par représentation. Le reste, comme on dit, appartient à l'Histoire. Brindis a donné son premier récital le 27 août 1889 et on le porta aux nues. Les meilleurs salons de Buenos Aires réclamaient sa présence. Un ami millionnaire, Alberto A. Guerrero, lui a fait cadeau d'un diamant que son Aymara adorée n'a pas tardé à porter au doigt. Car doña Anastasia et sa pupille étaient de tous les concerts, de toutes les représentations. La passion les consumait et, au lieu de s'épuiser, les flammes se faisaient plus vives. Comble de bonheur, Claudio a reçu un cadeau inestimable. J'avais proposé à ses admirateurs *porteños* de participer à une collecte secrète : un soir, notre Maestro s'est vu offrir un stradivarius. Il n'a pu s'empêcher de verser une larme et un de nos amis, chanteur à ses heures, voyant le trouble de l'artiste, entonna une de ces mélopées typiquement argentines, une *milonga,* dont les paroles disaient : *N'aie pas honte,* che, *les hommes aussi ont une âme et ils pleurent.*

« Claudio a fini par accepter la tournée proposée par Onrubia : de Buenos Aires à Corrientes, Tucumán, Córdoba, Mendoza, Neuquén, pour finir à Santa Cruz, presque aux portes de la Terre de Feu. Le Chevalier était devenu une idole.

« J'ai tenu mes deux promesses : écrire à sa femme pour la faire patienter, et lui donner des nouvelles de Dariana, sa bien-aimée. C'est précisément à Santa Cruz que je lui ai annoncé trois nouvelles : sa femme, ses jumeaux, sa fille préférée et *son* Kaiser réclamaient son retour en Allemagne ; doña Anastasia était très malade ; Dariana, elle, était enceinte.

« Joie et chagrin. L'Aymara refusait de quitter le chevet de sa marraine mourante, Brindis tournait en rond, et, comme des affaires pressantes me rappelaient en Espagne, j'ai convaincu le Chevalier de rentrer chez lui pour calmer la situation et revenir plus tard. Nous avons embarqué sur le même bateau. Et c'est ici que commence ce que j'appelle le calvaire d'un homme généreux, bon, mais incapable de prendre les décisions justes. Pour ne pas faire souffrir sa femme, il lui mentait ; pour calmer la jalousie et l'impatience de Dariana, il mentait.

« Ces allers et retours ont duré dix ans, Simon.

« Doña Anastasia de los Montes y Lynch a géré sa mort avec le même soin qu'elle avait mis à gérer sa vie : elle a légué la quasi-totalité de son immense fortune à des œuvres charitables catholiques d'un bout à l'autre du continent latino-américain. De la Terre de Feu au Mexique, des orphelinats, des dispensaires, des foyers pour jeunes filles abandonnées ont ouvert leurs portes ; au-dessus de l'entrée trônait toujours, en grandes lettres, le nom de la bienfaitrice. Des messes devaient être dites pendant des années, à la mémoire de la noble dame dont on pensait déjà demander au Vatican la béatification. À sa filleule, à cette pupille qu'elle disait tant aimer, la Doña n'a laissé qu'un modeste appartement et de quoi acheter une boutique de fleuriste.

« " Dariana a les bonnes manières, l'élégance nécessaire pour réussir dans ce genre de négoce. Toutes mes amies se fourniront chez elle. Et, en plus, Dariana adore les fleurs. "

« J'avais ces paroles de doña Anastasia présentes à l'esprit pendant que la jeune femme s'apprêtait à inaugurer *Chez Dariana*, la boutique de fleurs qu'elle venait d'acquérir dans la rue Florida, l'artère la plus passante de la capitale argentine.

« Elle avait bien changé, la belle Aymara, depuis la naissance de sa fille et la mort de sa protectrice, dont elle porta le deuil pendant trois ans. La mode de l'époque permettait aux femmes d'exhiber avantageusement leurs atouts physiques : corsages serrés, tailles de guêpe pour celles qui pouvaient se permettre ce luxe, jupes qui accentuaient les cambrures provocantes... Adieu cols montants et tenues sévères : tout en Dariana laissait à présent deviner une femme au corps épanoui, aux formes voluptueuses. Mais le changement le plus important était, en vérité, l'effacement progressif de son masque impassible, qui avait fait place à une douceur toute maternelle, une inaltérable sérénité. En un rien de temps, la boutique est devenue la " maison de fleurs " préférée des dames de la haute société *porteña*. La beauté, le charme de l'Indienne n'y étaient pas pour rien ; d'ailleurs, bon nombre de maris de ces dames se faisaient un plaisir de venir y chercher les bouquets destinés à leur maison.

« Les relations entre Brindis et Dariana avaient elles aussi évolué. La jeune femme réservée et timide se comportait à présent en maîtresse exigeante et passionnée. L'Aymara n'était pas l'épouse prussienne à la patience angélique pour qui le retour du mari volage était un signe de constance et d'amour. Chaque fois qu'il revenait à Buenos Aires, le violoniste était accueilli par la même question, inlassablement répétée :

« “ Quand vas-tu t'installer définitivement ici, José ?

– Après la prochaine tournée. Je te le jure : après la prochaine tournée. ”

« L'orgueil du Chevalier l'empêchait de dire la vérité : il avait de plus en plus de mal à faire face à ses dépenses. Il voyageait accompagné d'une armada de serviteurs parce qu'il était convaincu que son standing l'exigeait. Il est vrai que les journaux latino-américains adoraient autant, sinon plus, s'étendre sur le train de vie extravagant du Roi des octaves que sur ses prestations.

« “ Le chevalier Brindis de Salas loue les services du meilleur restaurateur de Kingston pour offrir un banquet à ses amies et admirateurs... ”

« “ Connaissez-vous le secret de l'élégance du Paganini noir ? Il s'habille chez le même tailleur que le roi d'Angleterre. ”

« Les maisons de Berlin et d'Erfurt lui coûtaient une fortune. Suivant mes conseils, Brindis avait investi dans une deuxième fabrique de pianos, dont il était devenu propriétaire. C'était une affaire très saine qui procurait de solides bénéfices. Mais, chez Brindis, l'argent gagné par une main était dépensé par l'autre à la vitesse de l'éclair.

« Pour compliquer le tout, le Chevalier adorait sa fille mi-indienne, mi-noire, qu'ils avaient appelée Anacaona, du nom d'une célèbre princesse indienne de son île natale. Claudio rentrait de ses tournées les bras chargés de cadeaux pour Anacaona et sa mère :

jouets dispendieux pour l'une, bijoux coûteux pour l'autre. Dariana ne cessait de se plaindre. Depuis la mort de la Doña, j'étais devenu son confident et conseiller.

« “ Dites-lui que nous n'avons pas besoin de ces présents somptueux. Le meilleur cadeau serait qu'il vienne vivre avec nous. Je suis fatiguée de lui répéter : ‘ l'Argentine t'adore, José, tu pourrais parcourir le pays en long et en large. Et nous pourrions t'accompagner de temps en temps. ’ Je vous en supplie, parlez-lui ! José vous respecte ! ”

« Les prénoms et les surnoms de Brindis... Il était José pour Dariana, Claudio José pour son épouse, la Baronne, le chevalier Brindis de Salas pour d'autres. Sans oublier le Roi des octaves, le Maestro, et que sais-je encore... Et pour moi, il était resté “ mon Prince ”, bien sûr. Cette prolifération de noms, qualificatifs et titres était le meilleur symbole de ce personnage insaisissable : un homme toujours présent dans le souvenir de ceux qui l'aimaient, et de plus en plus absent.

« Un jour, j'ai fini par faire un aveu à Dariana :

« “ José est toujours mon ami, mais il ne m'écoute plus. Il accepte des tournées qui lui rapportent de l'argent sans accroître son prestige, ce qui finira par être fatal à sa réputation. Je tenterai de lui parler la prochaine fois que je le verrai. ”

« Mais je n'ai pas voulu cacher à Dariana la vérité : son amant se tuait littéralement au travail, ses traversées de l'Atlantique et ses tournées l'épuisaient. Sa santé commençait à faiblir et il trouvait des forces dans l'alcool, les cigares et le café qu'il consommait sans la moindre modération. Son orgueil faisait le reste ; droit et hautain sur scène, il s'effondrait dès qu'il retournait dans sa loge.

« J'ai conservé les programmes et les articles de cette période comprise entre son triomphe argentin, en 1889, et ce que je considère comme la déchéance progressive de cet immense artiste. Neuf ans d'amitié qui ont aussi pris fin en 1898. Neuf ans. Étrange renversement de dates : un huit fait un saut de mouton par-dessus un neuf, et le destin de celui qui avait des foules d'admirateurs à ses pieds bascule vers un point de non-retour.

« 1890 : Brindis est de nouveau à Cuba. Les allers et retours entre l'Europe et le Nouveau Monde s'accélèrent.

« 1894 : Veracruz et retour à Cuba.

« 1895 : Cuba, Saint-Domingue, Puerto Rico.

« 1896 : Il est à nouveau dans les îles de la Caraïbe. C'est cette année-là qu'il m'a avoué son amertume : " D'autres solistes triomphent en Europe ; on m'oublie. "

« 1897 : La Jamaïque. Son triomphe au Théâtre royal de Kingston lui met du baume au cœur. Les journaux l'acclament. On ajoute un nouveau surnom à sa liste déjà longue : le Prince du violon. Chaque récital est un événement.

« La vie privée de Brindis reste toujours aussi compliquée. Il " visite " son foyer en Allemagne en promettant chaque fois de rentrer bientôt définitivement au bercail. Et " José " jure devant le Christ à Dariana et sa fille Anacaona " qu'il va tout arrêter après sa prochaine tournée ".

« Quand je me trouvais à Buenos Aires et que Brindis était de passage, nous nous arrangions pour respecter un rituel établi depuis des années : dîner en tête à tête, discussion sans chichis, d'homme à homme. J'aime boire, j'apprécie les grands crus et les alcools de qualité, mais je déteste les ivrognes. Mes dîners avec le Chevalier ont commencé à tourner à l'aigre : après quelques verres, mon ami perdait le sens de la réalité et plongeait dans l'épaisse mare de ses souvenirs. Il n'écoutait plus : il soliloquait sans fin.

« “ Le jour où j'ai interprété avec le pianiste Hans von Bülow, le gendre de Liszt, la *Sonate à Kreutzer...* ”

“ Le jour où la reine Victoria et le prince Albert sont venus m'écouter au Winter Garden de Londres... ”

“ Le jour où l'impératrice allemande m'a offert une épingle à cravate sertie de diamants... ”

“ Le jour où... ”

« Tout cela était de très mauvais augure et ne pouvait signifier qu'une seule chose à mes yeux : le grand artiste que j'avais tant aimé et admiré avait commencé sa descente aux enfers.

« Il y a toujours une année, un mois, une semaine ou un jour néfastes dans la vie d'un être humain. 1898 fut l'année néfaste de Brindis. Il récoltait, en vérité, ce qu'il avait semé : infidélités conjugales, orgueil démesuré, perte du sens de la réalité, alcoolisme... Je dois ajouter, pour être honnête et essayer d'expliquer l'inexplicable, que la chance semblait l'avoir abandonné.

« Trois pierres noires marquent le début du calvaire du Maestro.

« D'abord, la Baronne a découvert, à Erfurt, une photo de Dariana et Anacaona. Elle avait tout accepté, mais ne pouvait supporter ce qu'elle appelait “ la trahison la plus grave ” : une autre femme, une autre fille. Tu connais l'histoire de leur séparation, Simon : le Chevalier a tout laissé à sa famille allemande. Tout !

« Ensuite, il est revenu en Amérique latine par la Colombie et s'est trouvé pris, à Bogotá, dans une sordide querelle. Quelqu'un l'a accusé publiquement de “ n'avoir rien fait pour la cause de l'indépendance cubaine ”. Le Chevalier s'est révélé être un piètre polémiste : il a nié, accusé, insulté, exigé réparation les armes à la main... Son orgueil l'a empêché de répliquer, comme il aurait pu le faire, en apportant les preuves de son soutien financier au général Maceo.

« Enfin, quand il est rentré, malade, épuisé et amer, à Buenos Aires, ce fut pour constater que Dariana avait vendu son appartement et son magasin. J'ai été obligé de lui raconter ce qui s'était passé.

« “ Dariana s'est lassée de t'attendre, Claudio José. En plus, elle en avait assez de ses clientes, de leur condescendance, de leur mépris pour les gens de sa race. Elle a fini par comprendre que tu ne t'établirais jamais à Buenos Aires. Elle m'a demandé de l'aider à acheter une ferme quelque part où elle pourrait assister des petites filles dans le besoin comme sa marraine l'avait fait pour elle. Elle m'a dit de te dire qu'elle t'y attendra. En précisant que ce sera à toi de faire le premier pas. ”

« C'est un Brindis au bout du rouleau qui s'est assis en face de moi deux jours plus tard. J'ai essayé de lui faire manger quelque chose, sans succès. Il buvait sans prendre le temps de respirer.

« “ Dariana m'a planté un poignard en plein cœur.

– Oublie pour une fois ta fierté, mon Prince. Cours rejoindre cette femme qui t'adore.

– Où ? Dans un coin perdu entre la Bolivie, l'Argentine et le Paraguay ?

– Dariana fait quelque chose d'important pour elle : elle se consacre aux siens. Et je sais qu'elle réussira car cette diablesse possède la seule chose qui vaille lorsqu'il s'agit de faire triompher une idée : la foi. Qu'as-tu à perdre en allant la voir : elle t'attend ! ”

« J'avais bu plus que je n'en avais l'habitude pour faire face au mur qui se trouvait devant moi. La discussion est montée d'un cran : elle s'est transformée en dispute. Claudio José m'a accusé de “ l'avoir trahi ”.

« “ Pour qui te prends-tu, pour le Christ crucifié ? Mais cette crucifixion, c'est toi qui l'as cherchée en ne voulant pas choisir *une* femme, *un* pays, *un* foyer et *une* seule manière de conduire ta vie et ta carrière.

– Tu oses m'accuser de duplicité ? Toi, Herr-Monsieur-Señor Mireau ? Ni allemand, ni français et encore moins latino-américain ? Certes, tu as, toi, un seul but dans la vie, Mireau : l'argent. Midas, comme on t'appelle à Buenos Aires. L'homme qui change la boue en or en se salissant les mains. Car tes mains sont sales, Mireau. L'or redevient parfois de la boue. Et tu as aussi du sang sur les mains ! De la boue et du sang ! ”

« Il s'était dressé, ivre mort, et luttait pour garder son équilibre. Après m'avoir giflé avec ces paroles, il m'a tourné le dos et quitté la maison sous les regards épouvantés des domestiques, pour qui il avait toujours été " mon Prince ", un artiste, un homme qu'ils respectaient et admiraient.

« Je suis resté assis, trop saoul moi-même pour me lever, abasourdi par cette discussion que j'aurais voulu éviter, pressentant que la rupture serait définitive.

« Je n'ai jamais revu Brindis. J'ai su, par la rumeur, qu'il attendait le retour de Dariana. Pauvre ami ! Il n'avait jamais voulu reconnaître sa force de caractère ; elle était aussi fière que lui et bien décidée à prouver qu'elle ne plierait plus devant celui que, pourtant, elle n'avait cessé d'aimer.

« Que puis-je ajouter, Simon ? Tu as eu la joie d'entendre et de voir un Brindis encore en pleine possession de son talent, au tout début du siècle. Ce que je sais de lui, aujourd'hui, n'est que honte et tristesse. Le Chevalier se produit à présent dans des théâtres miteux, pour une misère ; lui, le Fier, joue " au résultat " ; il finit là où il avait commencé : on passe le chapeau et le public verse son obole. J'avais pressenti que Brindis n'avait plus la flamme, mais il était encore capable d'admirer la relève. Au retour d'un de ses voyages en Europe, il m'avait longuement parlé du jeune Fritz Kreisler qu'il avait entendu à Berlin.

« " Il a le même âge que moi à mes débuts à Paris. Pas besoin d'être sorcier pour lui prédire un avenir fabuleux. Il ira encore plus loin que nous, José White, Sarasate, moi-même. Un jour, ce jeune homme dépassera tous ses prédécesseurs. Son parcours est semblable au mien. Concerts à la salle Pasdeloup de Paris, tournées aux États-Unis, en Russie. J'avoue que je suis un peu jaloux, car Kreisler se permet de jouer le *Concerto en un seul mouvement* de Paganini, que je n'ai jamais osé interpréter en public. On m'a affublé de ce surnom maudit de Paganini noir qui me poussait à faire des acrobaties avec l'archet. Personne n'appelle Kreisler le Paganini juif, parce qu'il est Blanc et Européen. Avec un Nègre des tropiques, on peut tout se permettre. Mais... laissons de côté ces petitesses. Ce Fritz Kreisler ira très loin, et il le mérite. ”

« Voilà un des derniers souvenirs que je garde de Brindis : l'artiste attentif aux talents multiples, l'homme généreux capable de mieux apprécier autrui que lui-même.

« Mais voyons... L'aube s'annonce et tu n'as pas cessé de prendre des notes, Simon. J'espère bien pouvoir lire ce livre un jour et voir si tu te seras souvenu de ma modeste contribution. Dis, aimes-tu Buenos Aires ? »

Leo Mireau se lève pour ordonner à sa gouvernante de nous servir le petit déjeuner. Le soleil réalise son œuvre de peintre amoureux du ciel de la Caraïbe. Ce matin-là, il déploie sa palette flamboyante : rose et rouge vermeil, bleu marine et bleu pâle, jaune canari... Chaque nuance de couleur lutte pour surpasser les autres.

J'ai tant écrit que la main poursuit le geste de tenir une plume qui n'est plus là et mes doigts refusent de m'obéir.

Je sens la présence de Mireau derrière moi. Il attend ma réponse :

« Si j'aime Buenos Aires ? Au temps de mon adolescence, j'ai écrit un texte qui disait : chacun de nous naît dans un pays

donné, dans une ville qui est notre berceau, puis, un jour ou l'autre, on ressent le besoin d'une ville ou d'un pays d'exil. Un lieu où, on l'espère, tous nos rêves pourront se réaliser. Buenos Aires est la ville de mes rêves, Leo.

– Parfait. Si tu le souhaites, je peux te faire embaucher à La Nación. *Cela te permettra de continuer tes recherches sur Brindis, tout en exerçant le métier de journaliste dans un quotidien prestigieux. Comptes-tu vraiment essayer de le rencontrer ?*

– Je l'espère. Ces années de recherche ont produit en moi un sentiment étrange : je considère le Chevalier comme un ami. Si je le rencontre un jour, me permets-tu d'évoquer ton nom, Leo ?

– Oui. Enfin, non ! Il vaut mieux que ce soit lui qui me mentionne en premier, c'est-à-dire s'il se souvient encore de moi. Après tout, j'ai moi aussi mon orgueil. Brindis n'est pas le seul homme fier de la planète, vois-tu ? »

Et Leo Mireau s'accoude à la véranda de la terrasse pour contempler à son tour le soleil en fête qui incendie le ciel dominicain.

L'entrepreneur tient ses promesses. De retour à La Havane, je mets mes affaires en ordre. Mes parents ne sont plus de ce monde. Qu'est-ce qui me retient ici ?

Quelques semaines plus tard, je suis à Buenos Aires, où je commence à travailler au journal sans oublier mon projet de livre sur le chevalier Brindis de Salas. Je mets un peu de temps à retrouver sa trace : il s'est réfugié depuis quelques années en Andalousie et donne des concerts, comme l'écrit mon correspondant, « quand l'occasion se présente ». On annonce un récital à Ronda. Il ne me reste plus qu'à réserver une place sur le premier bateau en partance pour l'Espagne.

2

Rencontre à Ronda

29 avril 1911.

Le concert du chevalier Brindis de Salas est annoncé pour le 1er mai au théâtre Espinel. Je suis arrivé en avance à Ronda pour deux raisons : la première, je veux avoir le temps de relire d'un seul trait toutes mes notes sur le parcours du violoniste, les pages contenant mes entrevues avec le vicomte de Brinvilliers et Leo Mireau. J'ai avec moi la supplique-confession de la Baronne. Il me semble que le Chevalier a le droit de conserver ce cri d'amour qu'il a inspiré malgré ses absences et son infidélité. Je dois lui remettre ces pages qui sont parvenues jusqu'à moi d'une si étrange manière.

Avant de quitter Buenos Aires, j'ai demandé à mon ami Mario Martucelli, qui partait en reportage pour le journal dans la région du Chaco, de profiter de l'occasion pour rendre visite à Dariana. Je pensais que Brindis apprécierait que je lui apporte des nouvelles fraîches de celles qu'il a tant aimées. Hélas, les voyages dans le Chaco sont dangereux et compliqués : j'ai dû prendre le bateau pour l'Espagne avant le retour de Martucelli.

La deuxième raison pour laquelle je suis en avance, c'est pour réaliser un vieux rêve d'adolescence : visiter un de ces *pueblos blancos*, ces villages mythiques avec leurs maisons blanchies à la chaux et leurs portes et fenêtres bleu ciel.

Bâtie sur le rebord d'un plateau qui donne sur une gorge profonde, Ronda est plus proche de l'Afrique que du continent européen. Ce ravin appelé El Tajo, l'entaille, est déjà tout un symbole : il coupe la ville en deux. La vieille ville et ses monuments se trouvent au sud. Le Mercadillo, le petit marché, et la *plaza de toros*, les plus veilles arènes d'Espagne, au nord. Le Pont-Neuf, qui date du XVIIIe siècle, réunit les deux rives : nord et sud. Un autre symbole. Au nord on vit dans le présent, là où les quartiers modernes se sont développés. Au sud, on rêve d'un passé prestigieux à l'ombre des emblèmes de cette ancienne grandeur. Ce passé est surtout maure, comme on dit ici. Ronda a résisté aux armées chrétiennes jusqu'en 1485.

Je me suis promené à la recherche de ces vestiges. La maison du Roi maure, le palais Mondragon, le minaret de Saint-Sébastien... Les Espagnols se sont conduits en terre andalouse un peu comme ils l'ont fait par la suite en Amérique latine : ils ont détruit tout ce qui s'opposait à leur avancée. Parfois la beauté de l'architecture arabe les a fait réfléchir. Ils ont alors conservé le monument de base en lui donnant de nouveaux atours. Ainsi la grande mosquée de Cordoue est-elle devenue la cathédrale catholique et apostolique.

De même pour la maison du Roi maure à Ronda avec ses trois cent soixante-cinq marches qui descendent jusqu'à la rivière. Sans parler du palais de Mandragon, reconstruit après la Reconquête et qui garde encore ses deux patios avec leurs mosaïques et leurs stucs arabes. Et le minaret de Saint-Sébastien, seul vestige d'une mosquée du XIVe siècle.

C'est un habitant de la vieille ville, un ancien tailleur presque centenaire, qui m'a montré où se trouvait le couvent de Saint-Domingue, utilisé, jadis, comme haut lieu de l'Inquisition.

« C'est d'ici que partaient les processions accompagnant ceux qu'on allait brûler sur la place publique, monsieur. Je n'ai pas vécu à cette époque, bien sûr, mais les autodafés restent gravés dans la mémoire de nombreuses familles. De génération en génération on se transmet la description de ces spectacles horribles : des centaines de Juifs et de Maures rôtis comme des saucisses, monsieur. Et le tout au nom de l'amour du Christ ! Les murs de cette ville ont vu trop de choses, Monsieur ! »

1er mai 1911.

Tard dans la nuit. Presque à l'aube, pour être plus précis.

Les murs de la ville sont tapissés d'affiches annonçant des corridas à venir : mais on ne trouve les affiches pour le concert du chevalier Brindis de Salas que devant le théâtre. Voilà tout l'intérêt que suscite la présence du Roi du violon dans cette ville du sud de l'Espagne.

Le théâtre Espinel est à moitié vide. Brindis partage le programme de la soirée avec des chanteurs et des danseurs locaux. Des artistes de deuxième catégorie qui se donnent un mal fou pour exciter l'enthousiasme d'un public bon enfant qui est là pour passer un agréable moment.

Brindis clôt la soirée en tant que vedette de premier rang. L'homme qui entre en scène avec son violon et son archet à la main n'est pas le même que celui que j'avais vu à Cuba. D'une maigreur terrifiante, les épaules voûtées, les cheveux blanchis, l'artiste s'incline pour remercier le public qui l'accueille avec des applaudissements plus polis que chaleureux. Aucune décoration sur son habit élimé. Où sont donc passés la Légion d'honneur, les médailles allemandes, les bijoux offerts par son admiratrice la reine Victoria ? Le port altier d'hier a laissé place à une sorte de modestie presque timide. Chaque fois que la salle applaudit un morceau, Brindis hoche la tête en signe de remerciement.

Son programme ne comporte que des airs d'opéras célèbres adaptés pour le violon par lui-même. Il joue ainsi *Rigoletto* de Verdi et Brindis de Salas, *Norma* de Bellini et Brindis de Salas, *Lucia di Lammermoor* de Donizetti et Brindis de Salas, *Othello* de Rossini et Brindis de Salas...

L'homme est fatigué. Quant à l'artiste, il semble avoir jeté par-dessus bord la passion qui faisait de lui un interprète exceptionnel. La technique paresseuse n'arrange rien. Je ne cesse de me répéter : « Il a renoncé ! Notre Maestro d'hier a renoncé ! »

Le public de bal du samedi soir réuni dans la salle pense-t-il que le violoniste joue ces morceaux d'opéra pour l'inciter à se joindre à lui ? Après tout, un peu plus tôt, un guitariste gitan ne les a-t-il pas apostrophés en hurlant :

« Allez ! Chantez avec nous, bande de fainéants ! C'est pour vous que nous jouons cette *jota*, *coño* ! »

Quoi qu'il en soit, l'aria de *Norma* que le Maestro vient d'entamer semble avoir éveillé l'inspiration lyrique de quelque spectatrice amatrice de *bel canto*, puisqu'une voix dissonante s'élève. Le public rit, applaudit. Brindis, imperturbable, enchaîne.

Il fait de plus en plus chaud : l'air est lourd ; toutes les portes et les fenêtres sont closes. Les épais rideaux en velours doublé de soie ne font qu'accentuer la sensation d'enfermement, qui finit par provoquer des malaises. Deux dames âgées doivent être évacuées ; des toux d'impatience se font entendre ; le claquement des éventails qui s'ouvrent et se referment sert de contrepoint aux notes du violon.

Le Chevalier est-il devenu sourd ? Est-ce de la résignation ou, pis encore, du cynisme ?

Voilà qu'il se lance dans ce morceau que le père de la Baronne détestait par-dessus tout : la *Grand-Mère*, l'*Abuelita*. Cette mélodie sirupeuse s'installe, s'étale et, soudain... Brindis s'interrompt. Le violon à la main, il s'avance vers le bord de la scène et scrute la salle : la force de son regard est telle qu'il impose le silence aux spectateurs. Je sens mon dos se raidir. Le Maestro est-il devenu fou ?

Après un instant qui semble durer un siècle, Brindis recule et attaque *Le Carnaval de Venise*, une de ses compositions. L'influence de Niccolò Paganini et de ses études acrobatiques est palpable, mais cela n'a pas la moindre importance. L'homme épuisé semble avoir repris des forces, l'artiste apathique a laissé la place au virtuose de l'archet qui avait les monarques et les grands de ce monde à ses pieds.

Le Roi des octaves, le Chevalier, le Maestro adulé par les foules renaît de ses cendres. La dernière note exécutée, Brindis de Salas tourne les talons et quitte la scène sans jeter un regard en arrière. Le public s'est enflammé : debout, en transe, on l'ovationne.

Le 2 mai 1911.

L'intuition dicte ma conduite. Avant la représentation, j'avais donné une boîte, une enveloppe et un excellent pourboire au portier du théâtre en le priant de bien vouloir remettre ce cadeau à l'artiste.

La boîte contenait des cigares cubains de première qualité. Dans l'enveloppe, j'avais glissé ma carte de visite sur laquelle j'avais griffonné ces quelques mots.

Simon Sánchez Mora
Journaliste

Très admiré Chevalier Brindis de Salas,
Me feriez-vous l'honneur d'accepter cette invitation à déjeuner,
demain, à trois heures, si vous avez le temps
et le désir de rencontrer
un de vos fervents admirateurs né, comme vous, à Cuba.

J'indiquais l'adresse d'un restaurant en face des arènes, le meilleur de la ville selon les connaisseurs.

C'était une bouteille à la mer : Brindis pouvait parfaitement quitter la ville sans rien me dire.

Les horaires « à l'espagnole » sont pour moi un martyre : déjeuner à trois heures de l'après-midi ou dîner à onze heures du soir, cela ne correspond en rien à mon idée d'un repas sain.

Des *tapas* et un xérès local suggéré par le garçon me font patienter. Je ne cesse d'avaler des olives noires et des olives vertes, des anchois, des tranches d'un chorizo qui me met la langue en feu. À quatre heures de l'après-midi, j'achève de boire mon cinquième xérès. Je me dispose à réclamer la note lorsque sa silhouette se découpe à contre-jour dans l'entrée du restaurant.

De près, on lui donnerait dix ans de plus que son âge.

« Cinquante-neuf ans, et il a déjà l'air d'un vieillard. »

Cette pensée me glace le sang et, pour cacher mon malaise, je me mets à raconter n'importe quoi, en parlant très vite et en espagnol, mélangeant involontairement l'accent cubain et l'accent argentin que je suis en train d'acquérir depuis que je me suis établi à Buenos Aires.

Voûté, l'air fiévreux, d'une voix rauque – le moindre mot semble lui demander de grands efforts –, Brindis me remercie pour ces cigares qui lui rappellent les jours heureux.

Les rôles s'inversent et c'est le Chevalier qui me pose des questions auxquelles je me dépêche de répondre de peur que le silence ne s'intalle entre nous.

« La situation à Cuba ? Les choses s'étaient calmées au moment de mon départ, il y a six mois. La lutte entre les partis conservateur et libéral, la “ petite guerre ”, s’est apaisée. Les *marines* américains, qui avaient débarqué sur nos plages en 1906 en application de l’amendement Platt, ont quitté l’île pour le moment. Mais l’indépendance cubaine est sous haute surveillance, Chevalier.

« Buenos Aires ? Une ville qui se targue de sa resssemblance avec Paris. On ouvre une librairie, un restaurant, une boutique de luxe chaque jour. »

Je me dis qu’il va réagir en entendant cette description de Buenos Aires. L’ombre de Dariana plane audessus de la table, mais le Chevalier ne dit pas un mot. Il mange peu, ne commande pas d’alcool, mais allume cigare sur cigare, et boit une tasse de café à la suite de l’autre.

Je lui parle de l’admiration de mes parents pour lui et de mon émotion lorsque je l’ai entendu à Santiago de Cuba, « un cadeau d’anniversaire pour mes dixsept ans ».

Le visage du Chevalier se détend enfin, même sa voix profonde et rocailleuse se fait un peu plus douce. Ses yeux retrouvent cette force lumineuse qu’ont évoquée devant moi le vicomte de Brinvilliers et Leo Mireau. Avec un sourire d’adolescent, le Maestro me dit :

« Un livre sur moi ? Vous voulez raconter le roman de ma vie ? Mais je n’intéresse plus personne, mon jeune ami ! Regardez-moi dans les yeux et osez me dire que l’on parle encore de moi à Cuba, en Argentine ou ailleurs. »

Je soutiens son regard un instant avant de m’avouer vaincu.

« Bien des gens se souviennent encore de vous, Chevalier.

– Qui, cher menteur ? Qui ? »

C'est ce moment que je choisis pour lui confier mes rencontres avec le vicomte de Brinvilliers et l'entrepreneur Leonardo Mireau Schwartz. Il m'écoute en silence, tirant sur son cigare et buvant une nouvelle tasse de café. Le moment le plus délicat est arrivé : je pose l'enveloppe sur la table.

« Je voulais vous remettre ceci, Chevalier. Cette longue... lettre a été écrite par la baronne von Knäbel à l'intention de votre fille Maria Nemesia. Il me semble qu'elle vous intéressera. »

Le visage de Brindis se fige subitement. Sa respiration s'interrompt. Puis il est saisi par une longue quinte de toux. Lorsque celle-ci s'apaise enfin, il tire une bouffée de son cigare et finit par murmurer d'une voix sourde, détachant chaque mot comme pour mieux se faire comprendre :

« Vous vous trompez. Cela ne m'appartient pas, ne m'intéresse plus. L'homme que j'étais est mort. Vous êtes trop jeune pour le comprendre, mais posez la question au premier vieillard que vous croiserez sur votre chemin. S'il s'agit d'un honnête homme, s'il a un tant soit peu réfléchi au parcours de sa vie, il vous répondra la même chose : l'enfant, l'adolescent, l'homme adulte que j'ai été un jour sont morts en moi. Oh, bien sûr, il reste toujours les souvenirs qui vous collent à la peau. Un jour, si l'envie vous prend d'écrire sur votre passé, vous comprendrez ce que je veux dire. Cette envie de regarder en arrière, c'est la preuve que nous portons en nous un cadavre qui ne cesse d'agoniser. Le Claudio José Domingo d'hier, garçon sérieux et studieux, jeune homme ambitieux, amant passionné et mari infidèle, n'existent plus en moi. Que reste-t-il après le désastre ? Regardez-moi bien, jeune homme, à la lumière cruelle de ce soleil espagnol : rien d'autre qu'un corps décharné, un visage ravagé par le temps, une indifférence totale pour tout ce qui m'entoure. C'est cela qui m'aide à survivre : cette absence totale de désir. Combien de temps encore cela va-t-il durer ? Je n'en sais rien. Et je m'en moque. Non, ce pli ne m'appartient pas. Prenez-le. Jetez-le à la mer ou gardez-le, si vous y tenez. Je suis plus proche de l'ombre que de la lumière, Simon. *Sol y sombra.* C'est une image appropriée, à deux pas des arènes les plus vieilles d'Espagne. *Sombra y sol.* Le soleil s'éloigne et l'ombre gagne. Un de ces jours, elle finira par m'engloutir. »

Tout est dit. Il ne reste entre nous que les gestes et les mots conventionnels de la vie quotidienne. Le Chevalier refuse de me laisser l'inviter.

« Vous m'avez offert des cigares somptueux. C'est à moi de vous régaler ! »

En réglant la note, il dépense sans doute le tiers de ce qu'il a gagné la veille.

Nous faisons quelques pas ensemble. Je ne lui propose pas de l'accompagner jusqu'à son hôtel. J'ai bien fait mon travail de « journaliste de terrain » comme aime dire Mario Martucelli, et je sais que Brindis ne peut plus s'offrir que des pensions minables où il ne dispose même pas d'une salle de bains.

« Vous restez longtemps à Ronda, Chevalier ?

– Quelques jours. J'ai une longue tournée en perspective. Trois ou quatre mois à parcourir les routes poussiéreuses de l'Andalousie, cette région que mon cœur a adoptée. »

Il me gratifie d'un *abrazo* à la cubaine avant de s'éloigner, les mains croisées derrière son dos, traînant un peu les pieds.

J'avais menti au Chevalier. À Séville, un confrère espagnol s'était exclamé :

« Brindis qui ? Ah, le violoniste noir, n'est-ce pas ? Personne n'a entendu parler de lui depuis longtemps.

– Il y a dix ans, on l'appelait le Paganini noir, le Roi des octaves, le Seigneur de l'archet, dans le monde entier.

– C'est ce que je te disais ! Dix ans ! Tout va trop vite. Aujourd'hui, le Roi du violon, c'est Fritz Kreisler ! L'as-tu déjà entendu ? Quel génie ! Lui, au moins, on ne risque pas de l'oublier ! »

7 mai 1911.

J'ai pris place, ce matin, dans ma cabine de première classe à bord du paquebot *Patricio Sarustegui* qui se dirige vers l'Argentine en faisant de nombreuses escales tout au long de sa route. J'aime regarder la mer de loin, mais j'ai horreur de naviguer sur l'océan. La tempête annoncée pour demain me donne des frissons. Voilà pourquoi je m'offre une cabine de luxe. Puisqu'il te faut mourir en mer, Simon, au moins que le sarcophage soit beau !

J'ai honte car en rejoignant ma cabine située au pont supérieur, j'ai vu le chevalier Brindis de Salas se diriger, son étui de violon sous le bras, vers la troisième classe, située dans le ventre du bateau, sous la ligne de flottaison. Il suivait un groupe d'Espagnols qui quittent leur pays pour l'Eldorado argentin.

Le Maestro s'est arrêté au bout de la passerelle et a tourné son visage vers le soleil, indifférent à la cohue qui l'entourait. Puis, après un long moment d'immobilité, il a entrepris sa descente vers ce puits d'ombre où il logera pendant de longues semaines.

Je respecte sa dignité : inutile de l'humilier en proposant de lui payer une cabine.

À présent que je sais qu'il sera à Buenos Aires, je me dis que je dois avertir Leo Mireau. Ensemble, nous trouverons bien le moyen de faire revenir vers la lumière le roi déchu. Peut-être retrouvera-t-il l'envie de se battre comme le taureau indomptable qu'il a toujours été.

3

Finale

Buenos Aires. 6 juin 1911.

Les formalités à l'arrivée du *Patricio Sarustegui* sont particulièrement lentes. Mario Martucelli m'attend à la sortie de la douane et, sous l'étincelant soleil d'automne qui éclaire Buenos Aires, je lis sur son visage expressif qu'il n'a rien de bon à m'annoncer. Fatigué par mon long séjour en mer, je coupe court aux embrassades.

« Ne fais pas semblant de sourire, Mario : tes yeux me parlent de larmes et de douleur. Donne-moi les mauvaises nouvelles. *The hard facts*, comme disent les Yankees. Et pas de littérature, je t'en supplie.

– Rien ne presse. À Buenos Aires, la ville qui ne dort jamais, c'est l'heure du petit déjeuner. Allons boire un *mate* quelque part.

– Elles sont si mauvaises tes nouvelles, messager de malheur ? Tu penses amortir le choc avec des pâtisseries et cette infâme eau à l'herbe amère dont vous êtes si friands ?

– Oui.

– Oui, quoi ?

– Les nouvelles sont très mauvaises. »

Mario s'est saisi de la plus lourde de mes trois valises et joue des coudes pour se frayer un chemin sur le quai bondé de gens.

« Je refuse de faire un pas de plus, Mario, si tu ne me dis pas tout de suite de quoi il s'agit ! »

Je repose sur le sol mes deux autres valises, pour l'essentiel chargées de livres achetés en Espagne. Mario s'arrête lui aussi et pose son propre fardeau à ses pieds. Il hésite encore un bref instant avant d'annoncer d'une voix forte pour que je puisse l'entendre par-dessus les bruits de la rue :

« Leo Mireau est mort.

– Que dis-tu ?

– Son voilier a disparu en pleine mer au cours d'une tempête. C'est, du moins, ce que l'on raconte car le bateau s'est évanoui sans laisser de traces. »

L'espace d'un instant, le monde me semble ne plus exister. Mario doit me secouer pour me ramener sur terre. Plus tard, il me dira :

« J'ai eu peur. Tu étais tétanisé, les yeux grands ouverts, le regard perdu. Je te parlais et tu ne m'entendais pas. J'ai dû te brutaliser un peu pour te faire réagir. »

Nous entrons dans le premier bistro. Je tiens à peine sur mes jambes et grelotte de la tête aux pieds. Un peu de fromage et de pain accompagnés d'un petit verre de cognac m'aident à retrouver l'usage de la parole.

« Raconte. Je suis assis et le sang bat à nouveau dans mes veines.

– Il y deux versions : l'officielle et l'autre, celle qu'on raconte dans les milieux informés et les salles de rédaction. Selon la version officielle, il s'agit d'un infortuné mais banal accident de navigation comme il s'en produit tant dans les Caraïbes. Leo Mireau aurait décidé de se rendre en Haïti par la mer. Le temps s'annonçait mauvais mais l'entrepreneur n'a rien voulu savoir et a appareillé. Les éléments déchaînés ont fait le reste.

– Et la rumeur ? Que dit la rumeur ?

– Là, c'est une autre histoire. Il ne s'agirait pas d'un accident, mais d'un assassinat, disent ceux qui prétendent être dans le secret des dieux, sans en savoir beaucoup plus. À partir de là, on brode. Certains affirment que des mains expertes auraient saboté la coque du navire. Selon une autre version, Leo Mireau était gravement malade et il se serait suicidé en mettant le feu au voilier. Rien de cela n'est bien convaincant. Pour ma part, j'ai pu vérifier les deux faits troublants : *primo*, Mireau a quitté Puerto Plata des heures *avant* le début de la tempête. Il avait tout le temps d'atteindre sa destination sans encombre. *Secundo*, des pêcheurs ont vu une canonnière dans les parages, et ils ont entendu des coups de tonnerre qui auraient très bien pu être des coups de canon. Tu en sais autant que moi, maintenant. Qu'en penses-tu ? »

Ce que j'en pense ? Je pense que tout est possible. Et que nous n'en saurons sans doute jamais rien. Leo ne m'a-t-il pas confié qu'il avait des ennemis à la mesure de sa fortune ? Et sa vision du progrès devait déplaire à beaucoup de gens, surtout dans cette région du monde où les puissants se conduisent comme si l'âme même des hommes leur appartenait.

Je suis sonné. Je n'arrive pas à articuler un mot. Je vois bien que Mario attend que je dise quelque chose mais rien ne vient. Il se racle la gorge, sort un mouchoir de sa poche et s'essuie le front, où de grosses gouttes de sueur ont perlé. Nous restons ainsi un long moment, sans parler.

Soudain, je me lève d'un bond. Brindis. J'ai oublié Brindis. Mario me regarde, ébahi :

« Mais enfin, que t'arrive-t-il ?

– Il faut retourner à l'embarcadère, Mario. Brindis était dans le même bateau que moi, en troisième classe. Je n'ai pas voulu me manifester pendant la traversée, tu connais l'orgueil démesuré de cet homme. Mais je m'étais juré de faire semblant de tomber sur lui en arrivant. Il est au bout du rouleau. Il faut faire quelque chose. »

Nous nous précipitons vers la douane. J'ai bon espoir qu'il ne l'aura pas encore franchie ; les passagers de troisième classe, particulièrement nombreux, passent toujours en dernier et l'attente est souvent interminable. Et j'ai en partie raison : les derniers groupes attendent que le personnel paresseux et insolent de la douane daigne s'occuper d'eux. Mais Brindis n'est plus là. Nous visitons tous les bars du port, toutes les pensions, mais c'est peine perdue : le Chevalier est introuvable.

À peine arrivé, je suis accablé d'obligations. Les amis de Leo Mireau organisent diverses manifestations en son honneur auxquelles je dois prendre part ; mon journal me réclame des articles. Et puis je dois aussi m'occuper de la revue littéraire que j'ai contribué à créer un an plus tôt. En compagnie d'un groupe d'écrivains et de journalistes, nous voulons offrir aux lecteurs un lieu où tenir ces débats littéraires et artistiques qui font cruellement défaut dans les quotidiens. Au début, je cherche à savoir où le Maestro peut bien se trouver, mais n'y parvenant pas et pris dans l'engrenage de la vie, je finis par baisser les bras en me disant que Buenos Aires a beau être grande, c'est quand même une ville de province. Nos chemins finiront bien par s'y croiser.

Je ne le sais pas encore, mais je ne reverrai jamais le Chevalier.

Lorsqu'il n'est pas en reportage, Mario Martucelli s'occupe de faits divers. Chaque matin, il fait un tour du côté de la morgue pour voir l'« arrivage de la nuit ». Souvent, il y trouve le matériau brut qui inspirera un de ces articles dans lesquels il dénonce la pauvreté, le manque d'instruction et la misère qui règnent dans le pays, et dont le ton cru, réaliste, dépouillé de toute fioriture, commence à faire mouche.

Chaque matin, Mario demande à son ami le gardien :

« Tu as quelque chose d'intéressant pour moi, Tito ? »

Ce matin-là, le 2 juin 1911, Tito lui répond :

« Pas grand-chose. Juste un macchabée mort de mort naturelle. Un phtisique. *Un negro atorrante.* »

Un nègre pouilleux. Un rien du tout. Une épave.

Comme on ne sait jamais, Mario demande quand même à Tito de lui montrer les objets personnels du mort. Il n'y a presque rien. Un porte-monnaie usé, une boîte à tabac, un passeport allemand. Le porte-monnaie est vide, la boîte ne contient pas de tabac, mais la photo d'une femme au visage d'Indienne. Le passeport allemand, inhabituel pour un Noir, retient son attention. Il appartient au citoyen Claudio José Domingo Brindis de Salas y Garrido.

Mario n'aura pas de mal à reconstituer les derniers jours du Maestro.

À son arrivée à Buenos Aires, il passe d'abord deux nuits dans une pension, au 357 de la rue Sarmiento. Mais il n'a même pas de quoi payer sa chambre dans cet endroit sordide, et il se voit obligé de déménager dans un hôtel-restaurant appelé *Dal re dei vini*, situé au 294 de l'avenue 9 de Julio. Le Roi des octaves finira ses jours sous l'enseigne du « roi du vin ». Il s'enferme dans sa chambre ou, plutôt, dans le placard meublé d'un lit de campagne et d'une table de nuit que le patron, un Italien, appelle une chambre. Le client du 17 demandera à la femme de chambre, une ex-prostituée borgne et balafrée, de lui apporter un morceau de pain, un bout de fromage et quelques bouteilles de ce vinaigre que l'Italien vend sous le nom de *vino di Fiesole*.

C'est la femme de chambre qui trouvera l'homme à terre, inconscient, baignant dans une mare d'un liquide rouge et visqueux qu'elle prend, au début, pour du vin : il s'agit en fait de son sang. Phtisique depuis des années, Brindis a été foudroyé par une hémorragie brutale.

Aussitôt, le patron appelle l'Assistance publique. Transporté à l'hôpital, le malade est examiné par un médecin qui déclare qu'il n'y a plus rien à faire. Brindis décède le surlendemain, dans la salle commune, sans être sorti du coma, quelques jours à peine après être arrivé à Buenos Aires. Le cadavre est déposé à la morgue, en attendant d'être jeté dans la fosse commune.

Le lendemain de sa mort, Mario Martucelli évoque dans un article la mémoire du grand artiste que Buenos Aires a naguère adoré et qui vient de mourir, dans l'anonymat et la misère. Mario conclut son papier par ces mots :

« Si les amoureux de la musique et de l'art ne se mobilisent pas, le Chevalier n'aura pour tombeau que la fosse commune à laquelle cette ville destine les êtres humains abandonnés par le sort. »

L'appel sera entendu et la collecte publique permettra l'achat d'une concession et d'une tombe en marbre dans le cimetière ouest de la capitale.

La rédaction de ma revue, quant à elle, prend en charge l'organisation d'une veillée funèbre dans ses locaux. Dans le numéro suivant, j'ai publié le texte qui suit, écrit sous le coup de l'émotion :

De nombreuses personnalités ont défilé au cours de la journée pour te rendre hommage, Maestro. Tous se souvenaient encore de tes concerts. Mais une amie de doña Anastasia de los Montes y Lynch a prononcé ces mots cruels : « Je le croyais mort depuis longtemps. »

Le soir, il ne restait qu'un groupe d'amis, dont Francisco (« Pancho ») Casas Fermis. Habitué des veillées funèbres, il m'a assuré que la meilleure manière de dire adieu à un être aimé est celle des gauchos dans la pampa.

« Ils boivent tout leur saoul pour laver l'âme du défunt et l'aider à monter au ciel purifiée. »

Je me suis laissé convaincre et nous avons trinqué pour dire adieu au Roi des octaves, au Prince du violon, au musicien préféré du Kaiser, à l'une des gloires de Cuba, au violoniste de génie, au Noir éminent, au Maestro...

Peu à peu les amis sont partis. Le dernier fut Mario Martucelli, qui t'a découvert à la morgue. Par hasard. Parce qu'il s'y rend tous les jours. Parce que, comme il dit : « On sait jamais. » C'est la phrase préférée de Mario : on ne sait jamais.

On ne sait jamais, Claudio José Domingo Brindis de Salas y Garrido. Si l'Au-delà existe et si tu peux m'entendre, écoute-moi.

Nous sommes seuls à présent.

Nous sommes seuls et je m'en veux d'avoir voulu respecter ton sens de la dignité. Je te revois, à Ronda, assis face à moi, droit sur ta chaise. La raideur de ton dos était pour moi un signe de noblesse.

Un don Quichotte vaincu par tous les moulins à vent de la planète. Un don Quichotte riche de son orgueil et fier d'avoir vécu sans plier le genou devant personne. Pauvre Chevalier errant !

Je suis allé à la morgue quand Mario m'a annoncé ton décès. J'y suis allé et j'ai vu.

J'ai vu ton passeport de citoyen allemand. Passeport de citoyen apatride parce que c'est cela que tu as été toute ta vie : un homme qui cherchait sa patrie ailleurs que sur un globe terrestre.

J'ai vu ton porte-monnaie en cuir de Cordoue, usé, sans couleur, sans sa doublure en soie de Chine, sans un sou. Vide. Tes mains prodigieuses, tes mains qui avaient tant reçu et tant donné, n'avaient rien su retenir.

Pauvre parmi les pauvres. Nu tu es entré au monde, nu tu es reparti.

J'ai vu une tabatière qui ne contenait pas de tabac et une vieille photo froissée de celle que tu as tant aimée.

Que te restait-il ? Une unique porte de sortie. Tu n'avais plus le choix : tu as traversé cette porte qui t'a conduit, je l'espère, au repos. Ce repos auquel tu as droit après tant d'années d'errance et tant de rêves brisés.

Cubain-Allemand enterré en terre argentine.

Noir errant arrivé enfin à bon port.

Ton violon s'est tu et tu es entré dans la légende.

Un jour un enfant né dans ton propre pays entendra ton nom par hasard et demandera : « Mais qui était Brindis de Salas ? »

Que lui répondra-t-on ? Qu'aurais-tu aimé qu'on lui réponde ?

Je lève mon verre et je bois à ta mémoire.

Brindis.

Chevalier.

Prince.

Ami.

Maestro.

Coda

Santiago de Cuba, le 19 juin 1930.

Calderón de la Barca a exprimé, en une seule phrase, la singulière fragilité de l'être humain :

La vida es sueño y los sueños sueños son.

Nous rêvons notre vie, et nos rêves sont composés de cette poussière magique que William Shakespeare évoque, à son tour, dans *Le Songe d'une nuit d'été*. Laissons les poètes nous guider à travers les mystères de l'existence, et que les philosophes se taisent car ils n'ont jamais été capables de prodiges.

C'est ainsi que j'ai « songé » ma vie, tel un personnage du poète anglais et du poète espagnol. J'aurai bientôt quarante-six ans. J'avance d'un pas allègre vers la cinquantaine. Vouloir se rajeunir en trichant sur quelques années est bien une preuve de cette lutte, perdue à l'avance, qui se déroule inexorablement depuis la création du monde, entre la Personne et le Temps. J'ai donc presque cinquante ans et je n'ai pas encore écrit le livre sur la vie du Chevalier qui était un de mes projets les plus chers. Pourquoi ?

Parce que j'avais besoin d'un salaire pour subsister et que le métier de journaliste exige de suivre sans relâche l'actualité du jour. Critique d'art, je courais d'un théâtre à l'autre, d'une exposition à l'autre, de concert en concert. J'étais aussi jeune et boulimique : je voulais tout voir et, pauvre de moi, j'ai cru même, en me nourrissant d'art, que j'y arriverais un jour. Vaine illusion, bien entendu. Avec les années, j'ai fini par comprendre, au bout d'une longue route, qu'il me restait tout à apprendre de ce qui est vraiment l'essentiel.

Je n'ai pas écrit le livre sur Brindis parce que j'aimais Buenos Aires et que je dansais et chantais le tango comme un fils du pays, c'est-à-dire comme un immigré parmi d'autres immigrés. Je me croyais « Argentin jusqu'à la mort », cri magnifique de tous les immigrés de cet immense pays : *Argentino hasta la muerte !* Je buvais du *mate* tous les matins, je disais *djo*, pas le *yo* exigé par l'Académie royale d'Espagne. Et, bien sûr, je donnais du *che !* à tous mes amis. Je me *croyais* argentin... Je ne l'étais pas. Je portais toujours Cuba dans mon cœur. Ou, plutôt, j'étais « en manque » de cette île qui vit à l'heure de l'été selon le méridien de Greenwich et ne connaît pas l'heure d'hiver, comme à l'autre bout du continent, dans le cône sud. À Buenos Aires, on sort les manteaux et les pulls quand sur les plages cubaines tout le monde se promène en maillot de bain. Cela explique peut-être beaucoup de choses sur mes préférences géographiques. Quoique, au fond, je n'en sache rien. Pis encore : je ne veux rien savoir. La psychanalyse est en train de devenir, comme chacun le sait, la branche de la science la plus à la mode du côté du Rio de La Plata.

« Tu n'obéis qu'à ton inconscient », m'a dit un jour mon fidèle ami Mario Martucelli, qui est maintenant « en analyse ».

« Non, j'obéis à mon bon vouloir », lui ai-je répondu.

Ainsi, un beau jour, mon *bon vouloir* m'a conseillé de quitter Buenos Aires après un quart de siècle de passion amoureuse pour les trottoirs de cette ville « qui ne dort jamais ». Je m'en suis retourné au pays où le soleil n'a pas d'heure pour briller.

En préparant mon retour aux sources, j'ai voulu tenir parole envers moi-même et j'ai proposé mon livre sur le *maestro* Brindis de Salas à plusieurs éditeurs argentins. Fin de non-recevoir. La vie de celui qui avait été le Prince du violon n'intéressait plus personne. Brindis venait de mourir une deuxième fois.

Un de ces éditeurs, remarquant mon intérêt pour la musique, m'a fait une contre-proposition :

« Écrivez un livre sur Fritz Kreisler et je le publierai ! Il est en pleine gloire ! Son 78 tours du *Concerto pour deux violons* de Jean-Sébastien Bach, enregistré en 1915 en compagnie de cet autre grand artiste, Ephrem Zimbalist, est un bijou que tout mélomane se doit de posséder ! Votre Noir a-t-il au moins laissé un enregistrement ? Qu'on puisse au moins savoir ce que le bonhomme valait !

– Il paraît qu'il existe un enregistrement de 1902. Réalisé ici, en Argentine.

– Il paraît ! Avec ça, mon ami, nous n'irons pas loin ! On parle aussi d'un célèbre discours prononcé par votre José Martí dans le New Jersey et dont quelqu'un conserverait le rouleau enregistré quelque part ! Notre métier, mon cher, ne vit pas de rumeurs mais de faits. Un bon disque de votre Salas pourrait convaincre un éditeur de publier votre bouquin. Autrement... »

Autrement... J'ai pris un avion, moyen de transport préféré de ceux qui aiment le suicide collectif : de Buenos Aires à Lima, de Lima à Quito, de Quito à Caracas, de Caracas à San José de Costa Rica, de San José de Costa Rica à Mexico et, de là, à La Havane, où je suis resté un certain temps. Puis de La Havane à Santiago de Cuba, pour toujours.

J'écris assis à la terrasse de ma maison : la baie de Santiago est à mes pieds et la Sierra Maestra quelque part dans mon dos. Je me suis mis à l'ombre car le soleil tape avec sa « force santiaguera » ou, comme on dit ici, « aujourd'hui le soleil est *macho* ».

On parle beaucoup de Brindis en ce moment : sa dépouille est rentrée au pays. Mes confrères journalistes s'évertuent à mettre à jour le peu qu'on sache de celui qui fut tant aimé de son vivant.

On ressort des archives un article sur Brindis écrit au XIXe siècle par le poète romantique Julian del Casal.

On publie ce texte paru dans le *Diario Español* en 1911 :

Hier, à dix heures du matin, le cortège funèbre de l'infortuné Brindis de Salas a quitté la rédaction de la très populaire revue P.B.T...

Suit la liste des noms de ceux qui ont participé à la collecte de fonds destinée à l'enterrement de « l'infortuné ». Mon nom n'apparaît pas sur cette liste, bien sûr : c'est ma « populaire revue » qui a payé le reste de l'addition. Personne ici ne remarque le jeu de mots contenu dans le titre de la revue. *P.B.T.* veut dire *« pebeta »*. Ce mot intraduisible désigne les *« porteñas »* qui n'ont rien à voir, contairement à ce qu'affirment les ignares, avec les « catherinettes » de Paris. Le tango *« Por una pebeta »*, tango tragique chanté par l'immense Carlos Gardel, a immortalisé cette figure féminine : celle qui pousse au crime l'homme le plus doux.

« L'infortuné Brindis », en effet. Une fois mis en bière, tout le monde l'a oublié.

En 1917, mon « complexe de culpabilité », comme dirait mon ami Mario-Martucelli-l'expert-en-psychanalyse-sauvage, m'a poussé à écrire un article dans le journal *La Razón* de Buenos Aires proposant que les restes du maestro soient transférés à Cuba. Une cérémonie fut organisée dans le cimetière où il était enterré. Le consul cubain de l'époque ainsi que d'autres personnalités ont salué la mémoire du disparu. Nous avons dû mettre la main à la poche pour régler « le loyer » de « l'infortuné », faute de quoi ses restes auraient fini dans la fosse commune.

Une autre coupure de l'époque rappelle l'événement.

La colonie cubaine et la revue P.B.T. *ont rendu hommage au célèbre artiste noir Claudio Brindis de Salas, Baron de Salas, décédé le 2 juin 1911. La dépouille du Maestro repose dans ce tombeau provisoire en attendant que le gouvernement cubain se souvienne de celui qui a brillé au firmament, couvrant de gloire son pays et sa race.*

Ces paroles ont été gravées dans le marbre comme un message défiant le temps, qui ne laisse, en s'écoulant, que poussière d'étoile.

En 1917, le gouvernement cubain avait d'autres chats à fouetter. Le sort des restes du « Noir infortuné » semblait assez peu digne d'intérêt au moment où libéraux et conservateurs repartaient en guerre. L'humour populaire cubain a mis cette « guerre » en chanson : cela a donné un grand succès musical connu sous le titre de *La Chambelona*.

Washington, qui n'aime rien moins que le désordre à deux pas de sa frontière, a chargé les *marines* de la base de Guantanamo d'y mettre bon ordre, comme en 1906. L'amendement Platt le permettait, alors pourquoi se gêner ? Cette fois encore l'explication officielle était claire et nette : l'agriculture et l'industrie appartenaient, en grande partie, à des Américains. Les États-Unis se devaient de protéger leurs intérêts menacés par ce peuple frivole qui transforme en *rumba* les crises politiques les plus sérieuses. Le calme est revenu. Les *marines* ont repris le chemin de Guantanamo.

Le temps a passé. Du haut de ma terrasse, à Santiago, je le regarde encore passer. Nous avons eu cette année un tremblement de terre d'une violence exceptionnelle. Des murs, des édifices, se sont écroulés. Il y aurait eu « des situations prodigieuses ». On aurait vu courir des veaux à deux têtes, des colombes attaquer des vautours, des arbres stériles fleurir. On jure qu'une femme a mis au monde un enfant dans un lit à baldaquin en pleine rue. Cela se serait produit à Santiago, la ville où tout peut arriver.

Pendant ce temps, à La Havane, le compositeur, chef d'orchestre et homme de cœur Gonzalo Roig a pris sur lui de rappeler l'existence d'une gloire cubaine enterrée en Argentine. Les milieux artistiques se sont émus de cet oubli. La presse s'en est fait l'écho et toute une partie de la société s'est mise à brandir le drapeau de la cause « Brindis ». Voici une occasion de découper sa photo dans le journal.

Le 12 avril dernier, le docteur Nestor Carbonell, ministre plénipotentiaire de Cuba auprès de la République argentine, a surveillé le transfert des cendres du Maestro, qui furent déposées dans une urne de bronze sculptée par l'artiste argentin Luis Perlotti. Une messe fut dite à la basilique Saint-François et une soirée d'hommage eut lieu à la Société des arts et des lettres. Et il y eut encore d'autres cérémonies à la mémoire de celui qui avait été adoré, puis oublié, par les cercles mondains et artistiques de Buenos Aires. Complexe de culpabilité des Argentins ? Leur geste d'adieu au Chevalier ne manquait pas de panache et l'oubli fut pardonné.

Le 2 mai 1930 un bateau de la marine cubaine quittait le Rio de La Plata avec à son bord l'urne contenant les cendres du Chevalier. Celle-ci était recouverte d'un drapeau cubain confectionné par doña Maria F. de Mendizabal. À côté étaient posés un archet de violon ayant appartenu au Maestro, un portrait de l'artiste décédé et la dalle en marbre qui recouvrait sa tombe. Tous ces objets furent confiés à la garde du Musée national cubain.

Le 26 mai, l'Académie nationale des arts et des lettres rendit un hommage solennel à Brindis de

Salas. Et, le 27 mai, les cendres du Maestro prenaient place dans une niche du panthéon de la société Solidarité musicale de La Havane, situé dans une belle allée du cimetière Colón. C'est là que le Chevalier reposera, comme l'a déclaré un journaliste, *jusqu'à la fin des temps*.

Les cendres de Brindis se trouvent à présent dans une urne et toutes mes notes et mes pages écrites dorment au fond d'un tiroir. Je pensais offrir ce matériel à la bibliothèque de Santiago. J'y ai finalement renoncé.

Le chevalier Claudio José Domingo Brindis de Salas y Garrido était un homme multiple et un musicien de génie. Il a suivi son étoile, pour le meilleur et pour le pire. Je lègue au hasard mes notes, ce livre non publié. Peut-être, un jour, quelqu'un, quelque part, retrouvera ces papiers et écrira sa version de l'histoire de Brindis. Ce livre sera le sien, mais aussi un peu le mien et – pourquoi pas ? – celui de tous.

Un artiste, qu'il soit cubain, français, belge, basque, italien ou chinois, appartient à l'humanité et non à un endroit ou à un autre de notre vaste monde.

Et le genre humain – est-ce Brindis qui m'a dit cela ? – n'a pas de *race*. Il n'y a que des êtres fragiles composés de cette poussière d'étoile dont sont tissés nos rêves.

Une vie, un rêve, le son d'un violon que chérissent dans leur cœur ceux et celles qui ont eu le bonheur de l'entendre. Voilà ce qu'est pour moi le chevalier Brindis de Salas.

Que son âme repose en paix.

Pour l'éternité.

Remerciements

Il n'est pas courant qu'un roman soit suivi de remerciements. Dans le cas présent, toutefois, ils me semblent de mise.

Il y a plus de quatre ans, au cours d'un déjeuner amical, Abel Gerschenfeld m'a demandé : « Est-ce que cela t'amuserait d'écrire un roman sur la vie de Brindis de Salas ? »

Retour au temps de mon enfance. Tout petit, à Santiago de Cuba, j'entendais ma mère et ses amies évoquer la légende du « Paganini noir »...

De Brindis, il ne restait presque rien : aucun enregistrement; quelques articles publiés par les *Cuadernos de historia de La Habana* en 1935, repris et enrichis par d'autres articles dans un livre publié en 1981 par la maison d'édition Letras Cubanas. L'idée de m'inspirer d'une figure mythique de la culture cubaine me faisait rêver; j'ai donné mon accord de principe.

Puis le temps a passé...

Abel Gerschenfeld, Nicole Lattès et les Éditions Robert Laffont ont eu l'élégance d'attendre – et les Éditions Grasset ont eu à leur tour l'élégance de me laisser faire lorsque le moment de l'écriture est venu.

En ces temps hasardeux où les difficultés du métier d'écrivain intéressent davantage que les bonnes nouvelles, cette entente cordiale méritait d'être soulignée.

Maestro !

C'est pour cela que je tenais à remercier ici tous ceux qui ont su accompagner, à chaque étape, la lente gestation de ce roman.

Et mon éternelle gratitude à Françoise Verny qui, pour la première fois, lira un de mes livres sans en avoir stimulé la création.

Paris, août 2002
Eduardo Manet

Table

Cet ouvrage a été réalisé par

FIRMIN DIDOT
GROUPE CPI

Mesnil-sur-l'Estrée

pour le compte des Éditions Robert Laffont
24, avenue Marceau, 75008 Paris
en août 2002

Imprimé en France
Dépôt légal : août 2002
N° d'édition : 42869/01 – N° d'impression : 60372